Lenia von der Weide

Liebe auf den Herzensblick

W0225006

LENIA VON DER WEIDE

Liebe auf den Herzensblick

1. Auflage September 2020
Copyright: © 2019 by Lenia von der Weide
Covergestaltung: Rose Bloom
(Bilder von Shutterstock)
Korrektorat: Ruth Pöß
Druck: Amazon Media EU S àr. l., 5 Rue Plaetis, L-2338, Luxembourg

Herausgegeben von:

Lenia von der Weide
c / o AutorenServices.de
Birkenallee 24
36037 Fulda

Alle Rechte vorbehalten. Nachdruck, auch auszugsweise, nur mit schriftlicher Genehmigung von Lenia von der Weide.

Kontakt: Lenia.vdWeide@gmx.de

Man sieht nur mit dem Herzen gut. Das Wesentliche ist für die Augen unsichtbar.

ANTOINE DE SAINT-EXUPÉRY

Kapitel 1

NICK

»Sind alle bereit? Dann führe ich euch jetzt herein«, beschließt der dunkelhaarige Mann vor mir und öffnet die erste Tür.

Ich reihe mich in die Schlange aus sechs Männern ein. Mittig. Ob ich bereit bin? Scheiße, ich weiß es nicht. Ich gehe einfach mit. Durch den Gang in einen kleinen dunklen Raum. Ich korrigiere: in einen schwarzen Raum. Die Tür wird hinter uns geschlossen und ich sehe absolut nichts.

»Fuck!«

»Fühlt sich komisch an, oder?«, fragt eine tiefe Stimme neben mir.

Ich nicke. Dann merke ich, dass derlei Antworten in vollkommener Schwärze nicht funktionieren und erkläre: »Komisch ist gar kein Ausdruck.« Und genauso empfinde ich es. Meine Nackenhaare stellen sich auf, die Hände sind feucht und mein Bauch? Irgendetwas flattert darin von rechts nach links und nimmt zum Spaß meine Organe huckepack. Das hier ist viel mehr als komisch. Es ist aufregend, irre und ein kleines bisschen skurril. Es ist ein Blind Date in einem Dunkelrestaurant. Und ich finde es jetzt schon genial.

»So ihr Lieben, euer Date beginnt. Ich bin Pedro, euer Kellner, und ich führe euch jetzt zu den Ladies. Wer bist du?«

Eine warme Hand legt sich um meinen Unterarm.

»Ich bin Nick.«

»Hallo Nick, halte dich bitte an meinen Schultern fest, es geht los. Alle anderen folgen Nick.«

Pedro führt meinen Arm hoch, dreht sich um und läuft los. Na, der ist ja witzig. Ich packe zu und eile dicht hinter ihm her. Auf meinen unteren Rücken patschen Hände, dann greifen sie ins Hemd. Ein Lächeln legt sich auf meine Lippen. Meine Schulter ist dem kleinen Mann hinter mir wahrscheinlich zu hoch. Ich habe ihn schon im Eingangsbereich gesehen und gleich gewusst, warum er diese Art von Date für sich ausgesucht hat. Gemeinsam laufen wir in einer Polonaise in Richtung schwarz und schwärzer.

Was für meine Augen ungewohnt ist und meine Füße zum Stolpern bringt, ist für meinen Verstand ein Freudenfest. Der Reiz des Ungewissen, ein Anflug von Nervenkitzel. Herrlich. Das habe ich schon immer geliebt. Dazu dringen würzige Aromen in meine Nase und ansonsten … Ansonsten merke ich gar nichts. Die Schwärze um mich herum lässt keinen Eindruck zu. Außerdem halten wir gerade an.

»Nick, du sitzt hier.«

Pedro nimmt meine Hand und legt sie auf eine glatte, kalte Oberfläche. Vermutlich stehe ich vor dem Tisch.

»Hier ist auch dein Stuhl, hast du ihn?«, fragt er und tastet nach meinen Fingern, der Stuhllehne und zieht sie mit mir gemeinsam zurück. Ich nicke stumm vor mich hin. Ich Idiot! Allerdings bleibt mir keine Zeit für eine Antwort, weil Pedro weiterläuft und mit ihm die anderen Männer. Na gut. Wie es aussieht, habe ich alles, was ich brauche. Die Stuhllehne in der einen Hand und den Tisch vor mir. Wird schon schiefgehen. Ich setze mich hin, packe die Sitzfläche mit beiden Händen und hebe den Stuhl an, um näher an den Tisch zu rücken.

»Ahhh!«, stöhne ich und halte mein schmerzendes Knie.

»Alles gut, hast du dir wehgetan?«

Die Stimme kommt von gegenüber. Sie klingt besorgt, weich, irgendwie melodisch und … sie gefällt mir.

»Nur das Knie gestoßen«, murmle ich zurück. Dann räuspere ich mich, straffe meine Schultern und blicke geradewegs in das wunderschöne Schwarz zum anderen Ende des Tisches. Meine Güte ist das eigenartig!

»Hi, ich bin Nick, und du bist bestimmt Romi.«

»Genau die bin ich.«

Sie lacht leise. In meinem Kopf formt sich das Bild einer Frau mit hübschem Lächeln und Stupsnase. Warum? Ich habe keine Ahnung. Vielleicht übernehmen meine übrigen Sinne die Kontrolle und erzeugen ihre eigene Vorstellung.

»Hast du das schon einmal gemacht?«, frage ich sie.

»Noch nie. Und ich finde es total aufregend. Hast du dich schon angelehnt?«

»Wo angelehnt?«

»An deine Stuhllehne. Wie sitzt du? Locker, entspannt, zurückgelehnt. Oder hockst du ganz vorne auf deinem Stuhl, direkt am Tisch?«

Interessante Frage.

»Ich hocke ganz vorne. Und weißt du was? Ich traue mich auch nicht, etwas an der Position zu ändern.« Ich beuge mich noch weiter zu ihr und gestehe: »Hinter mir zieht es, ich weiß nicht, was da ist.«

Der leise Klang ihres Lachens hüpft zu mir herüber und bringt auch meine Lippen dazu, sich nach oben zu bewegen.

»Hinter mir ist ein leerer Tisch, ich habe schon gefühlt«, flüstert sie.

»Na du gehst ja ran.«

Wieder lacht sie. Dieses Mal höre ich Schüchternheit heraus, was meine Gedanken dazu bringt, mir leicht errötende Wangen vorzustellen. Niedlich.

»Ich habe doch nur gefühlt.«

»Aber du wusstest nicht, auf was du mit deiner Hand treffen wirst. Was, wenn du genau den Hintern von jemandem erwischt hättest?«

»Hätte ich nicht!«

»Was, wenn du einen Kellner zum Stolpern gebracht hättest? Immerhin rechnet keiner damit, dass Arme wild in alle Richtungen ausgestreckt werden.«

»Nein, so war das nicht!«

»Wie war es denn dann?«

»Ich habe mich zurückgelehnt und blitzschnell die Hand ausgestreckt. Guck, so.«

Dass ich nicht gucken kann, ist egal. Auch, dass es keinen Unterschied macht, wie schnell sie war. Alles ist egal. Weil Romi auf einmal aufschreit. Schrill, kurz und dann … Dann bricht ein lautes Lachen über ihre Lippen.

Es gibt Frauen, die lachen gekünstelt. Es klingt immer falsch und teilweise schmerzt es regelrecht in den Ohren. Andere Frauen lachen rau, fast schon männlich. Das ist okay, man kann es sich anhören und mitlachen. Und dann gibt es Frauen wie Romi. Bei ihr ist es pure Freude, gemischt mit Schokoladensoße. Weil es nicht nur süß klingt, sondern auch so schmeckt. Und dabei habe ich ihre Lippen noch nie gesehen, ihren Geschmack nicht probiert.

»Nick?«

»Romi?«

»Ich habe einen fremden Hintern angetatscht.«

Pure Freude, gemischt mit Schokoladensoße.

»Warum macht du sowas?«

»Das war aus Versehen«, erklärt sie.

Ihre Stimme ist nähergekommen. Ich will sie noch näher bei mir haben, noch mal ihr Lachen hören. Verdammt, ich will der Grund sein, warum sie lacht.

»Wars wenigstens ein Knackarsch?«

»Gott, Nick!«

Ihr Kichern schwappt zu mir. Es beschert meinem Bauch ein warmes Gefühl.

Dann schweigen wir eine Weile und das Drumherum nimmt wieder mehr Platz ein.

Habe ich schon erwähnt, dass es vollkommen dunkel ist? Ja, das habe ich. Es ist einfach so ungewohnt. Ich könnte Grimassen schneiden, gähnen, popeln. Scheiße, ich könnte die Hose ausziehen und es würde keiner mitbekommen. Man sieht ja nichts. Das ist eine Einladung auf Vertrauensbasis. Weil ich mich danebenbenehmen kann, es aber trotzdem nicht sollte. Immerhin ist das hier ein Restaurant. Und ich habe ein Date. Bei dem ich darüber sinniere, in der Öffentlichkeit die Hosen herunterzulassen …

Kopfschüttelnd lasse ich von dem Gedanken ab und konzentriere mich wieder auf meine Umgebung. Der Tisch ist klein. Ich erreiche mühelos beide Enden mit den Händen. Direkt vor mir ertaste ich einen Teller, links davon zwei Gabeln und rechts zwei Messer. Über dem Teller liegt ein kleiner Löffel und dahinter ein – was ist das? Ich habe in irgendetwas gepackt. Weich, kalt und cremig. Was mache ich denn jetzt? Mit ausgestrecktem Finger überlege ich, bis …

»Hallo ihr Lieben. Es geht los. Nick? Nimmst du bitte dein Bier an, hier ist es.«

Bevor ich reagieren kann, stößt ein Glas an meine Hand und ich greife zu, mitsamt verschmiertem Zeigefinger. Da habe ich die Lösung, wenn auch keine besonders appetitliche.

»Romi, für dich habe ich ein Glas Wasser und einen trockenen Rotwein, richtig?«

»Ja, richtig. Dankeschön.«

»Dann geht es weiter mit einem Teller für dich, Nick und für dich, liebe Romi habe ich auch einen. Vor euch steht Baguette mit Kräutercreme. Guten Appetit.«

»Dankeschön!«, richte ich an Pedro und zu Romi sage ich: »Ich habe in die Kräutercreme gepackt.«

Da ist es wieder, ihr wunderschönes Lachen.

»Na dann, guten Appetit.«

»Meinst du, ich soll meinen Finger einfach ablecken?«

»Natürlich, was denn sonst? Sag mal ... Hast du irgendwo eine Serviette gefunden?«

Während ich den Finger meiner rechten Hand ablecke - die Creme schmeckt ausgezeichnet - sucht meine andere Hand den Tisch ab. Hier ist nichts weiter. Teller, Besteck, Getränke, das Tablett mit dem Baguette, Romi. Meine Hand trifft ihre. Sie zuckt kurz, lässt ihre Hand aber liegen. Unter meiner.

Eine flüchtige Berührung, vollkommen unbeabsichtigt, und sie prickelt mehr als so manch gewollter Kuss. Verrückt. Indem ich meine Hand wieder zurückziehe, fahre ich mit meinem Mittelfinger über ihren zarten Handrücken. Ich kann nichts gegen das Grinsen unternehmen, das sich auf meine Lippen zwingt. Und noch weniger gegen die Bilder in meinem Kopf.

Sie versprechen mir weitere Berührungen, Haut an Haut. Mein Kopf malt mir die intimsten

Szenarien aus und ich beginne mich zu fragen, ob das normal ist. Ob die Gedanken in vollkommener Dunkelheit immer rosarot sind. Denn normalerweise sind sie das nicht. Zumindest bei mir. Ich habe männliche Gedanken. Nichts mit flüchtigen Berührungen und Kribbeln im Bauch. Normalerweise packe ich eine Frau richtig an und dann setzt das Kribbeln eine Etage tiefer ein. Die Schwärze macht meine Gedanken weich, so wird es sein.

»Keine Serviette«, beantworte ich Romis Frage und nehme mir vor, nicht mehr so viel nachzudenken. So geht das nicht weiter.

»Ich finde auch keine. Egal, uns sieht ja keiner.«

»Wie sieht's aus, stoßen wir an?«

»Sicher! Auf ein wundervolles Blind Date.«

Ich halte mein Bierglas hoch und ziele auf die Mitte des Tisches. Nichts passiert. Langsam schwenkt mein Arm von links nach rechts und trifft irgendwann auf Romis. Die Gläser klirren aneinander, meine Hand wird nass und Romi? Sie lacht.

»Prost.«

Das Bierglas findet unfallfrei den Weg an meine Lippen. Lecker. Und meine nasse Hand? Ich wische sie an meiner Jeans ab. Mit ebendieser Aktion beginnt ein Abend, an welchem wir herrlich sorgenfrei auf Tischmanieren scheißen.

»Ahhhh! Meine Gabel ist immer leer. Ich pike und pike und wenn ich sie in den Mund stecke, ist nichts drauf. Zum Verrücktwerden ist das«, beschwert Romi sich.

»Du musst eine Hand dazunehmen.«

»Ich soll mit den Fingern essen?«

»Nein, wobei ja, also so halb. Ich nehme die Gabel und mit meiner anderen Hand schiebe ich das Essen drauf. Das klappt super«, weihe ich sie in meine Taktik ein.

»Warte.«

Ich höre ein schabendes Geräusch, dann ein Schmatzen. Und dann ein Stöhnen.

»Oh, ist das lecker!«

»Was isst du denn?«

»Keine Ahnung, aber es ist gut.«

Romi ist herrlich. Ich mag ihr Lachen, ihre unkomplizierte Art, ihren Witz und ihre Freude am Essen. Die Zeit verfliegt.

Wir verputzen die Vorspeise, machen uns über das Baguette her, bestellen weitere Getränke, eine Suppe und die Hauptspeise. Was wir essen? Gute Frage. Ich hatte einen Salat als Vorspeise und bin mir relativ sicher, Oliven und Fetakäse herausgeschmeckt zu haben. Romi sagt, ihre Vorspeise war warm, süß und salatig. Die Suppe sei cremig und unglaublich gut, der Hauptgang fleischig mit viel Soße und irgendetwas irre Leckerem. Die Frau macht mich fertig. Sie hat es in kürzester Zeit geschafft, dass ich ihr verfallen bin. Jedem einzelnen Wort, jedem Lachen und Stöhnen, was ihre Lippen verlässt.

Wir sind an einem Punkt des Dates angekommen, an welchem ich normalerweise ein kleines Spiel spielen würde. Ich würde die Ärmel meines Hemdes hochkrempeln, mich zurücklehnen und meine nackten, tätowierten Unterarme auf dem Tisch ablegen. Dann würde ich beobachten, was passiert. Es ist ein Test. Eine Überlegung, die irgendwann einmal funktioniert hat und mir seitdem Sicherheit gibt. Wenn sie meine Bewegung spiegelt, ihre Arme auch auf den Tisch legt oder ihre Blicke an meinen Armen kleben – Jackpot. Wenn nicht – Game Over. Wobei ich das *nicht* noch nie erlebt habe.

Jedenfalls werde ich es jetzt und hier nicht probieren können, ihre Reaktion gar nicht mitbekommen und sie nichts von dem, was ich mache. Ich muss mich fern ab von allen Spielchen, Regeln und Überlegungen darauf verlassen, was ich höre und fühle. Und das gefällt mir.

»Ihr Lieben, ich bin es wieder.« Wie immer kommt Pedros Stimme aus dem Nichts, was meine Muskeln dazu bringt, sich kurzzeitig anzuspannen. »Kann ich euch noch einen Nachtisch bringen? Vielleicht einen Espresso? Oder seid ihr schon für das Wiedersehen im Hellen bereit?«

Pedros Fragen begleiten uns durch den Abend. Wie uns im Vorraum erklärt wurde, können wir nach jedem Gang aufhören und den galanten Ausstieg: *Ich möchte dich gerne im Hellen sehen* nutzen, um das Date zu beenden. Ich warte ab und lege die Entscheidung damit in Romis Hände. Jedes Mal. Inzwischen haben einige Paare das Date beendet, während wir weiterbestellen. Runde um Runde.

»Ich liebe Nachtisch. Magst du auch einen, Nick?«

»Sehr gerne.«

Wieder wählt sie den nächsten Gang, das weitere Kennenlernen. Und es fühlt sich an, als würde sie sich damit für mich entscheiden. Runde um Runde, Frage für Frage. Romis Antwort ist immer: *Ja.*

Pedro verlässt den Tisch. Für einen Moment ist es mucks Mäuschen still.

»Ich glaube, wir sind die Letzten hier«, spricht Romi meinen Gedanken laut aus.

»Das glaube ich auch. Was meinst du, wie viele werden sich ein zweites Mal treffen wollen?«

»Zwei.«

Mein Herzschlag setzt aus. Eine Sekunde, zwei Sekunden, drei ... nur um danach in doppelter Geschwindigkeit weiterzuschlagen.

»Du glaubst also, ich will dich wiedersehen?«

»Ja.«

Sie ist mutig. Ihre Stimme zittert kein bisschen, ist genauso sicher wie der Gedanke dahinter. Und sie hat recht.

»Was würden wir denn machen, wenn wir uns wiedersehen?«

»Das ist eine Überraschung.«

Bevor ich reagieren kann, redet Romi weiter.

»Nick, wir haben jeder noch fünf Fragen. Ab jetzt. Danach ist das Date vorbei.«

»Du fängst an«, sagt mein Mund, während mein Kopf *warum* fragt und mein Herz zu flüstern beginnt, dass fünf Fragen zu wenig sind.

»Erzähl mir von deinem Lieblingsurlaub, wie würde er aussehen?«, stellt Romi ihre erste Frage.

Bei dem Gedanken an Urlaub lehne ich mich im Stuhl zurück und schließe meine Augen. Es fühlt sich tatsächlich noch mal anders an. Einfach, weil die Dunkelheit hinter meinen Lidern mehr Geborgenheit verspricht als die vor meinen offenen Augen.

»Zunächst einmal: Ich liebe Urlaub. Und ich war schon viel zu lange nicht mehr unterwegs. Früher bin ich viel gereist. Mit meinen Eltern, mit den Jungs, meiner Freundin, allein. Total egal, Hauptsache reisen. Ich bin eher der Action Urlauber. Ich möchte das Land kennenlernen, wenn ich es bereise. Seine Landschaft erkunden, Berge, Strände, Wasserfälle, Wälder, Städte. Ich möchte die verschiedenen Gerichte probieren, die Gerüche einsaugen, das Klima spüren und die Kultur kennenlernen, einfach alles. Verstehst du, was ich meine?«

»O ja. Ich weiß genau, was du meinst.«

Sie flüstert. Der Moment bringt eine Intimität mit sich, die zweifellos schön ist, aber ich habe Schwierigkeiten, damit umzugehen. Hier. Jetzt. Weil ich sie ohne Blickkontakt nicht genießen, ohne Berührung nicht spüren kann. Nicht richtig. Obwohl sie zweifellos da ist. Intimität. Zwischen Romi und mir. Und weil das so ist, könnte ich dieses eigenartige Gefühl entweder versuchen zu verstehen, oder ich leite zu sicherem Terrain über:

»All inklusiv ist mein Style. Zwei Wochen Poolbar und sonst nichts. Das nenne ich Urlaub.«

Romi prustet vor Lachen.

»Vergiss den Luxus exklusiver Hotelzimmer nicht. Urlaub beginnt erst ab 1.000 identischer Zimmer dicht neben- und übereinander. Gleichheit ist die neue Individualität.«

»Wir verstehen uns.«

»Wie stehst du zu deiner Familie?«

»Themenwechsel? Schon? Und du stellst die nächste Frage? Ich dachte, wir wechseln uns ab.«

»Uhhhh, Nick. Dafür opferst du doch nicht ernsthaft eine Frage?«

»Dasselbe könnte ich dich fragen.«

»Machst du aber nicht. Weil Fragen kostbar sind.«

Sie schnalzt mit der Zunge. Ich wette, ihr Ausdruck ist amüsiert und ihre Augen funkeln. Ich wette, ihre Lippen glänzen feucht. Ich wette, ich fände sie hinreißend. Wenn ich sie sehen könnte. Verdammt!

»Also: Wie stehst du zu deiner Familie?«

Ein Lachen vibriert in meinem Brustkorb und entlädt sich über meine Lippen. Die Kleine ist taff.

»Schwieriges Thema. Definitiv kein erstes Date Thema und keins, was in der Kürze unserer fünf Fragen Regel beantwortet werden könnte.«

»Okay. Damit willst du dich entweder geheimnisvoll wirken lassen, oder es gibt einen ernsten Hintergrund. Vielleicht einen traurigen … « Sie unterbricht sich selbst, scheint zu grübeln. Und ich lasse ihr den Freiraum zu entscheiden, was sie glauben will. »Du wirst nichts dazu sagen, oder?«

»Nope. Und jetzt hast du nur noch zwei Fragen offen.«

»Mist!«

Bevor ich erneut lachen muss, unterbrechen Pedro und der Nachtisch unser Gespräch. Als beide Teller vor uns stehen, verschwende ich unbeabsichtigt eine meiner kostbaren Fragen:

»Wonach schmeckt dein Nachtisch?«

»Hmm. Süß und cremig. Schokoladig. Kalt«, zählt Romi auf.

Sie gibt immer wieder kleine Geräusche von sich. Es ist kein wirkliches Stöhnen, aber es ist definitiv purer Genuss. Ob sie das merkt? Macht sie das absichtlich? Vielleicht spielt sie ein Spiel, das sehr wohl im Dunkeln funktioniert, und ich falle darauf rein.

»Willst du mal probieren?«

Scheiße, und wie ich darauf reinfalle. Der Gedanke, meine Lippen um den Löffel zu schließen, der eben erst in ihrem Mund war, ist zu verlockend.

»Gerne.«

Ich neige mich vor und öffne meinen Mund. Als nichts passiert, rutsche ich ein bisschen weiter nach vorne, suche mit meinem Mund den Raum ab. Immer in Erwartung, gleich einen Löffel zu finden. Aber ich spüre keinen Löffel. Ich spüre Romis Finger. An meiner Lippe, an meiner Zunge, in meinem Mund. Ich schließe die Lippen um ihn und lutsche die Creme ab. Und während ich die Kälte in meinem Mund genieße, wird es in meiner Jeans heiß. Verboten heiß.

»Und, lecker?«

»Mhh«, raune ich.

»Wie ist denn dein Nachtisch?«, fragt sie einige Sekunden später. Ihre Stimme ist leiser geworden.

Vielleicht weil sie es auch gespürt hat. Die plötzliche Hitze. Oder aber, weil ich mir inzwischen so einiges einbilde … Wer weiß das schon?

»Ich habe einen warmen Apfelstrudel. Lecker.«

»Du Spielverderber!«

»Warum?«

»Na, ich wollte auch probieren.«

»Oh!«

Mist. Ich habe sie vergeigt. Die Chance, meinen Finger in Romis Mund zu tauchen. Ihre Zunge zu spüren, ihren Atem. Ich Volltrottel.

»Willst du trotzdem probieren?«

»Nö, ich will meine Fragen weiter stellen.«

»Ich glaube, du hast alle verplempert. Und ich habe noch … Drei. Ich habe noch drei Fragen über.«

»Das ist nicht fair! Lass mir wenigstens noch eine Frage.«

»Na gut, du bekommst die letzte Frage.«

Romi lacht. Sie antwortet auch. Aber nicht so, wie ich es erwartet hätte.

»Pedro? Bringst du mich raus?«

Während ich nicht so recht weiß, was gerade passiert, kommt Pedro an unseren Tisch. Er findet Romi und nimmt sie mit. Ich bin allein, warte drauf, abgeholt zu werden. Und obwohl ich einen kleinen Funken Zweifel spüre, überwiegt die Freude in meinem Inneren. Weil wir uns gleich sehen werden. Romi und ich.

Ich habe das Gefühl, ihr gefiel unser Gespräch, das Date, und ich. Ich erwarte, dass es gleich weitergeht und der Abend noch intensiver, näher und echter wird. Noch besser.

Aber das tückische an der Schwärze ist, dass die Gedanken alles rosa malen. Zumindest machen meine das. Fürs Protokoll: Die Realität ist nicht rosa.

Kapitel 2

NICK

Der Weg vom Tisch über den Flur in den kleinen dunklen Vorraum ist schnell zurückgelegt. Jetzt stehen wir hier, Pedro und ich, und eine einzelne Tür trennt uns von der anderen Seite. Der Seite, auf welcher Romi auf mich wartet. Die Klinke knarzt, danach ein schleifendes Geräusch und dann dringt Zentimeter für Zentimeter Licht ins Dunkel. Eine Hand in meinem Rücken schubst mich raus. Aus der Sicherheit ins Ungewisse. Oder ist es umgekehrt?

Jedenfalls hebe ich reflexartig die Hände vors Gesicht und schütze meine Augen vor dem grellen Licht. Eigenartig, dass die Dunkelheit aufregend war, in mir Nervenkitzel und Vorfreude ausgelöst hat und das Licht mir Schmerzen bereitet. Der Empfang gefällt mir nicht und der Vergleich in meinem Kopf auch nicht. Augen auf und Jammern einstellen, ich bin doch kein Schwächling!

Meine Hand wandert durch die kurzen dunkelbraunen Haare, meine Lippen legen sich in ein schiefes Lächeln, ich hebe meinen Blick und scanne den Raum. An der langen Bar sitzen drei

Männer, ansonsten ist niemand zu sehen. Ich laufe zwei Schritte und drehe mich einmal um die eigene Achse. Nichts. Die Sitzecken sind leer, ebenso die Stehtische und an der Garderobe … Hängt eine Jacke. Meine Jacke. Was zum –?

»Nick? Nick Bömke?«

Bevor ich mich umdrehe, weiß ich, dass es nicht Romis Stimme ist. Es ist eine hellere Stimme. Eine, die von einem unsicheren Lachen begleitet wird.

»Ja?«

»Ich habe hier etwas für Sie. Eine Nachricht.«

»Dankeschön.«

Ich nehme das Stück Papier entgegen und drehe mich um. Nach kurzem Überlegen entscheide ich, es in die Hosentasche zu stecken und nach Hause zu fahren. Hier ist nicht der richtige Ort für einen Brief. Egal, was darin geschrieben steht.

Ich ziehe meine Jacke an und frage nach der Rechnung. Bereits beglichen. Von Romi. Was ich davon halte? Ich weiß es nicht. Nichts außer, dass ich nach Hause will.

Der erste Schritt ins Freie beschert mir einen nassen Schuh. Mist! Die riesige Pfütze vorm Eingang ist nicht gerade einladend. Der kalte Regen ebenso wenig und was ich so richtig beschissen finde, ist, dass mein Bus an mir vorbeifährt. Wie kann ein Date so grandios beginnen und dann so enden?

Normalerweise beginnen Dates bei mir mit einer nervösen Frau, einem selbstsicheren Mann, und sie enden in meinem Bett. Immer. Ich will nicht behaupten, dass mich der Ablauf gelangweilt hätte oder ich etwas grundlegend verbessern wollte. Dazu habe ich zu gerne Sex.

Es ist vielmehr so, dass ich neugierig war, wie es sein würde, jemanden kennenzulernen. So richtig kennenlernen. Nicht körperlich. Weil ich es hasse, letztendlich immer darauf reduziert zu werden.

Nick Bömke, der 1,98 m große Kanusportler mit breiten Schultern, kurzen Haaren und den unverschämt blauen Augen. Der ehemalige Anwalt, der unter seinen Hemdärmeln Tattoos versteckt und hinter seinem Pokerface ein Gewissen. Der Mann, der neuerdings Barbesitzer ist und liebend gerne hinter der Theke steht, Bier zapft, mit seinen Freunden quatscht und die Mädels verführt. Nick, dem die Höschen zufliegen. Nick, der Frauenversteher. Scheiße … Es ist nicht so, als würde es keinen Spaß machen. Aber es reicht einfach nicht. Ich will mehr.

Der nächste Bus kommt, ich steige ein und lasse mich nach Hause fahren. Ich denke nach. Dann laufe ich die letzten Meter bis zu meiner Wohnung, schließe die Haustür auf, nehme die Treppen bis in den zweiten Stock, schließe die Wohnungstür auf und ziehe meine Schuhe aus. Die Jacke hänge ich an die Garderobe im Flur, schalte das Licht ein und setze mich auf die dunkelgraue Couch im Wohnzimmer. Unter meinen Füßen liegt ein weicher Wollfaserteppich, in meinem Rücken ein buntes Kissen und in meiner Hosentasche? In meiner Hosentasche wartet ein Brief:

Nick,

du hast noch drei Fragen, bevor ich meine letzte stellen darf. Leg los.

Romi

Sie hat mir ihre Handynummer aufgeschrieben. Sie ist nach unserem Date einfach verschwunden und will jetzt, dass ich sie anrufe? Warum?

Das ist einer dieser Momente, an denen das Leben dir verschiedene Möglichkeiten bietet. Ich merke es daran, dass um mich herum alles still wird, der eigentliche Raum verblasst und ich die Möglichkeiten wie Türen vor mir sehe.

Die erste Tür ist der *leck mich am Arsch Weg*, an dessen Ende ich mit großem Ego und ohne Romi dastehe.

Hinter der zweiten Tür verbirgt sich der *ehrliche Weg*. Der *ich will alles wissen und überlege dann Weg*. Der *Vernuftweg*.

Vollkommen klar, dass ich mich für die dritte Tür entscheide, oder? Ich greife zu meinem Handy und wähle ihre Nummer. Nach dem zweiten Klingeln hebt sie ab.

»Ja?«

»Hi, Romi. Ich bin es, Nick«, sage ich und gerate dann ins Stocken. Einem plötzlichen Impuls folgend, vertraue ich meiner Entscheidung, der dritten Tür und allem, was zu diesem Weg gehört. »Ich habe also noch drei Fragen. Die erste lautet: Wäschst du dir beim Duschen die Füße?«

Stille. Dann raschelt es in der Leitung und dann … dann kitzelt ihr Lachen an meinem Ohr, legt mir eine Gänsehaut in den Nacken und ein Grinsen auf die Lippen.

»Mache ich was?«

»Ob du deine Füße wäscht, während du unter der Dusche stehst. Aktiv. Oder bist du der Meinung, dass es reicht, wenn sie im Duschwasser stehen?«

»Du willst wissen, ob ich ein aktiver oder passiver Fußwäscher bin. Dich interessiert meine Fußhygiene?«

»Manche Dinge im Leben sind essentiell und verraten viel mehr über die Person dahinter als der Beruf, die Familie, Standards«, sinniere ich und messe meiner überaus sinnlosen Frage damit ein ganz schönes Gewicht zu.

»Ich bin passive Fußwäscherin.«

»Nicht dein Ernst«, pruste ich los, entlocke ihr ein Lachen und stimme herzhaft mit ein.

»Es läuft doch die ganze Zeit Wasser und Seife. Außerdem sind meine Füße nicht dreckig.«

»Aber vielleicht stinkig.«

»Nein!«

»Vielleicht sammeln sich Bakterien zwischen deinen Zehen.«

»Igitt! Ganz sicher nicht.«

»Doch, ganz sicher. Und das schon seit … Wie alt bist du?«

»Siebenundzwanzig.«

»Sie - ben - und - zwan - zig Jahren«, betone ich jede einzelne Silbe.

Romi kriegt sich nicht mehr ein vor lauter Lachen. Derweil ist es mir geglückt, an die Losgelöstheit unseres Dates anzuknüpfen, sein eigenartiges Ende zu vergessen. Und jetzt setze ich einfach einen Schritt vor den Nächsten.

»Fürs Protokoll: Von deinen Füßen werde ich mich fernhalten. Bereit für die nächste Frage?«

»Immer! Aber du hast eine verspielt.«

»Nichts da!«

»Und ob. Du hast gefragt, wie alt ich bin. Ich habe geantwortet. Frage verspielt«, hält sie mir das Offensichtliche vor Augen. Mist. Also nur noch eine Frage.

»Okay, lass mich kurz überlegen. Entweder ich frage dich, ob du Haare auf den Zehen hast«, ihr Kreischen unterbricht mich.

»Auf meinen Ze - hen? Du hast ganz eindeutig einen Fußtick!«

»Oder …«, übergehe ich ihren Kommentar. Meine Stimme wird dabei leiser, lässt ein einzelnes Wort so verführerisch klingen, wie einen großen Becher Ben & Jerry´s. Chocolate Fudge Brownie.

»Oder?«, haucht sie zurück.

»Oder, ich frage dich, ob du in einer Beziehung vor deinem Partner furzt.«

»Nick!«

»Romi!«

»Was sind das für Fragen?«, kichert sie drauflos und klingt dabei jünger, noch jünger, als die Bilder in meinem Kopf sie mir bisher ausgemalt haben.

»Soll das etwa deine Frage sein?«

»Gott, nein! Meine Frage behalte ich für etwas Wichtiges.«

»Angeberin.«

»Okay, Nick. Was willst du wissen? Ob ich Haare auf den Zehen habe oder ob ich furze?«

»Du klingst wie die Stimme bei *Herzblatt*.«

»Nein, das ist ja genial«, kichert Romi und räuspert sich. Was danach kommt, ist köstlich. So unglaublich köstlich, dass mein Herz schneller zu schlagen beginnt und meine Wangen ein kleines bisschen höher rücken. »So lieber Nick, wer soll nun dein Herzblatt sein? Kandidatin eins, die 27-jährige Romi mit einem Faible für gutes Essen, Abenteuer, Witzen, langen Haaren auf den großen Zehen und mangelnder Fußhygiene. Oder soll es lieber Kandidatin Nummer 2 sein? Die Romi, mit der du reisen und lachen kannst. Die bereit ist, alles mit dir zu teilen. Schöne Momente, das Duschwasser und sogar ihre stinkenden Körpergase. So lieber Nick, nun musst du dich entscheiden.«

»Das ist, du bist …«, finde ich keine Worte.

»Ja?«, fragt sie. Die Stimme leise, das Wort beinahe gehaucht.

»Du hast …«, erst indem ich es laut ausspreche, wird es mir bewusst: »Du hast beide Fragen beantwortet.«

»Habe ich nicht.«

»Und wie du das hast.«

Eine kurze Pause, ein Moment der Stille. Dann ein Schnauben und dann:

»Mist! Okay, ich habe Haare auf meinen großen Zehen und manchmal furze ich. Wenn ich mich wohlfühle. Heimlich. Weil ich zuhause bin. Also zumindest würde ich es so machen. Du weißt schon«, druckst sie herum und wirkt damit noch niedlicher auf mich.

Und echter. Sie gibt mir das Gefühl, so viel echter zu sein als all die Frauen, die ich in echt gesehen habe. Und das, obwohl sie unsichtbar ist. Ach Shit! Ich denke schon wieder in rosa weich plüschigen Samtgedanken vor mich hin … Was ist bloß los mit mir??

»Nick?«

»Ja?«

»Hat dich meine Antwort verstört?«

»Nein. Nein, Romi. Sie gefällt mir. Und du gefällst mir auch«, wage ich endlich den ersten Schritt in ihre Richtung.

»Du mir auch.«

Stille. Und ich bin nicht bereit, sie zu unterbrechen. Dafür ist sie es.

»Okay, es ist Zeit für meine Frage.«

»Ich bin gespannt«, flüstere ich. Und das bin ich. Gespannt. Weil ich das Gefühl habe, an einer Gabelung zu stehen. Schon wieder. Nur, dass es dieses Mal nicht ich bin, der sich für eine Tür, für einen Weg, für eine Zukunft entscheiden kann.

»Würdest du für die Liebe deines Lebens das Land verlassen? Würdest du der Liebe deines Lebens überall hin folgen? Bedingungslos?«

Oh. Das ist eine interessante Frage. Nicht nur im Allgemeinen, sondern ganz speziell in diesem Moment. Weil es unser erstes Date ist, weil wir uns noch nicht einmal gesehen haben, weil sie es ist, die fragt. Und weil ich es bin, der ja sagen würde. Aber das mache ich nicht. Nicht laut. Stattdessen frage ich:

»Der Liebe meines Lebens?«

»Der Liebe deines Lebens.«

Ihre Stimme mag leise sein, aber nicht zart, nicht schwach, nicht das kleinste bisschen unsicher. Und das gefällt mir. Weil sie die Zuversicht in sich trägt, die so vielen Frauen abhandengekommen ist.

»Das ist eine interessante Frage.«

»Und mich interessiert deine Antwort.«

Ich lache, überspiele meine eigene Unsicherheit.

»Ist es nicht eher so, dass der Mann so eine Frage stellt? Dass der Mann es ist, der die gemeinsame Zukunft in die Hand nimmt und die Frau folgt?«

»Dann frag mich.«

»Wie jetzt?«

»Du bist der Mann. Frag mich.«

»Würdest du? Das Land verlassen? Für die Liebe deines Lebens und ihr bedingungslos folgen?«

»Ja.«

Ihre Antwort sendet ein Signal an mein Herz. JA. Von dort aus wird es weitergeleitet und pocht durch meine Brust. JA. Durch meinen Bauch. JA. Durch meinen ganzen Körper. JA. JA. JA.

Ich schlucke. Dann räuspere ich mich. Nur um danach doch nichts zu sagen. Weil ich nicht kann.

»Und du?«, haucht sie. »Würdest du?«

»Ja.«

Kapitel 3

ROMI

Ich habe aufgelegt. Er hat *ja* gesagt und dann habe ich aufgelegt. Ich sitze in meinem pinken Ohrensessel im Wohnzimmer, die Beine angezogen, meine nackten Füße zwischen die weichen Polster gequetscht und das Handy an mein polterndes Herz gedrückt. Meine Augen sind geschlossen. Ich atme. Ruhig. Dann schleicht sich ein Lächeln auf meine Lippen, nimmt Anlauf und katapultiert einen Freudenschrei aus meinem Mund: »Ahhhhhhhh!«

Wie verrückt bin ich? Was mache ich hier? Was war das? Was wird das. Was? … Verdammt. Es ist, als wüsste ich auf einmal gar nichts mehr. Nichts. Nur, dass ich ihn mag. Nick. Und wie ich ihn mag. Bitte, wenn es einen Gott gibt – ich falte meine Hände, öffne die Augen und blicke an die Zimmerdecke – BITTE! Lass das hier funktionieren.

Kapitel 4

NICK

Manche Leute denken, als Barbesitzer müsste man nur abends arbeiten. Generell nur an den Wochenenden so richtig, an den Wochentagen ist ja nichts los.

Tja, so ist es nicht. Tatsächlich arbeite ich immer. Was hauptsächlich daran liegt, dass ich ein Kontrollfreak bin. Die Lieferung Dienstagsmorgens? Nehme natürlich ich entgegen. Schriftverkehr, Verträge, Rechtliches, Marketing, Events, Personalführung und – ich hasse es jetzt schon – Steuern. Alles meine Aufgabe. Das eigentliche Bargeschäft ist dabei nicht zu vergessen … Wenn ich so weitermache, platzt mein Kopf.

Und das ist auch der Grund, warum ich einen Geschäftsführer für das *Stars* einstelle. Beziehungsweise eine Geschäftsführerin, denn Nora ist mit Abstand die geeignetste Bewerberin.

Ich lege ihre Bewerbungsunterlagen beiseite, ohne meinen Blick vom Schreibtisch zu heben. Ich kremple meine Hemdärmel hoch. Eine Hand fährt durch meine Haare, den Nacken hinab und legt sich auf den Tisch. Die andere folgt. Und Nora? Ihr Blick klebt an meinen Unterarmen, ihre Zunge huscht über die trockenen Lippen und dann hebt sie ebenfalls den Blick. Direkt in meine Augen. *Jackpot.*

Das ist das Erste, was ich denke. Dann schüttle ich den Kopf, nicht ohne mir ein kleines Grinsen zu erlauben.

»Nora, ich mache es kurz: Du hast den Job.«

Ich stehe vom Stuhl auf, beuge mich über den Tisch und reiche ihr meine Hand.

»Sehr gerne. Aber eins muss von Anfang an klar sein …«

Ihre Stimme ist kräftig, lässt eine gewisse Art von Autorität vermuten und die Distanz, die ihr Körper nicht auszustrahlen vermag.

»Ich bin ganz Ohr.«

»Das ist mein Job, für den ich bereit bin, mein Herz zu geben. Aber mein Höschen behalte ich dabei an!«

Das Lachen vibriert in meinem Brustkorb. Kein Ton verlässt meine Lippen. So viel Anstand besitze ich. Und wenn ich ehrlich bin, habe ich den größten Respekt vor ihrer direkten Ansage.

»Deal.«

»Das ist nicht die professionelle Antwort, die ich mir erwünscht hätte, Nick«, verdeutlicht sie ihr Anliegen.

»Entschuldige bitte, Nora. Ich will ehrlich sein: du bist unglaublich attraktiv. Aber während ich eine wirklich heiße Nacht mit dir haben könnte - «, ihre Wangen erröten, aber sie hält dem Blickkontakt stand, »ist mir die Aussicht auf ein dauerhaftes Geschäftsverhältnis zwischen uns um einiges lieber.«

Als sie nichts sagt, füge ich scherzhaft hinzu: »Du weißt nicht, wer sich sonst beworben hat.«

»Für dein Bett oder den Job?«

»Ha!« Meine Lippen geben endlich den Ton preis, der in meiner Brust schon darauf gewartet hat, freigelassen zu werden.

Einen Augenblick später beugt Nora sich vor und greift erstaunlich fest nach meiner Hand. Es wirkt fast so, als wolle sie damit einmal mehr klarstellen, kein Betthäschen zu sein.

Die Botschaft ist angekommen. Auch wenn ich es aufgrund ihrer langen, schlanken Beine, den funkelnden grünen Augen und vollen Lippen verdammt schade finde, ist es nichts als richtig. Und ich bin unendlich erleichtert, endlich jemanden an meiner Seite gefunden zu haben. Für das Organisatorische.

»Also, wann kann ich anfangen?«, fragt sie und lässt meine Hand wieder los.

»So schnell es dir möglich ist.«

»Ich könnte zum nächsten Ersten des Monats anfangen. Also in knapp einer Woche.«

»Perfekt. Hast du noch irgendwelche Fragen?«

»Einige, um ehrlich zu sein.«

Als ich meine Augenbrauen hebe, stöhnt Nora auf. Dann beschließt sie: »Ich lese mir den Vertrag durch und falls dann noch eine Frage offen sein sollte … weiß ich ja, wo ich dich finde.«

Zustimmendes Nicken meinerseits. Wir bewegen uns abermals aufeinander zu, meine Hand drückt ihre. Es folgt ein kurzes Kräftemessen beim Blickkontakt, aus welchem ich als Sieger hervorgehe. Sie verlässt mein Büro.

Ich bin wieder allein. Und wie jedes verdammte Mal, wenn ich allein bin, wenn meine Zeit es zulässt, wenn mein Kopf keine Beschäftigung hat … denke ich an Romi.

Ich kann nichts dagegen unternehmen. Es ist, als hätte sie schon darauf gewartet. Als stünde sie hinter irgendeiner Ecke, abwartend, lauernd. Nur um den richtigen Moment abzupassen, um sich wieder auf mich zu stürzen. Gedanklich. Und ich bin zu schwach, um ihre Attacken abzuwehren. Vielleicht versuche ich es gar nicht. Wer weiß das schon?

Jedenfalls denke ich an Romi. Ich klappe meinen Laptop zu und denke an Romi. Ich schließe das Büro ab und denke an Romi. Ich laufe den dunklen Gang entlang, ziehe die Tür mit der Aufschrift *Personal* hinter mir zu, verriegle das Schloss und denke auch dabei an Romi. Die kompletten fünfzehn Minuten Fußmarsch vom ***Stars*** bis zu mir nach Hause. Bis ich in meiner Wohnung ankomme, meine Schuhe ausziehe und mich auf die Couch setze. Immer wieder und ausschließlich: Romi.

An was ich denke? So ziemlich an alles. Nach unserem Date haben wir telefoniert, Nachrichten geschrieben, Voicemails hin und her geschickt. Und das an jedem einzelnen Tag. Teilweise stundenlang, nächtelang. Die letzten 10 Tage waren komplett voller Romi. Was bewundernswert ist, da ich ja eigentlich gar keine Zeit habe. Trotzdem finden sich immer wieder Zeitfenster, um einen Blick aufs Handy zu werfen, eine Nachricht abzuschicken, ein Lächeln zu spüren.

Fuck! In den letzten Tagen habe ich nichts anderes gemacht, als der unsichtbaren Frau in meinem Kopf ein Bild zu geben. Wie schafft sie es, so viel Platz einzunehmen? Wie schafft sie es, mich allein mit ihren *Fragen des Tages* von sich zu überzeugen? Denn genau das macht sie …

Inzwischen weiß ich, welche Musik sie hört, welchen Filmgeschmack sie hat, was sie gerne isst und dass sie Angst vor dem Fliegen hat. Sie bleibt gerne lange auf und ist morgens früh wieder wach, trinkt literweise Kaffee, dafür viel zu wenig Wasser. Sie lacht. Und dieses Geräusch kitzelt jedes Mal in meinem Ohr, wandert durch meine Adern und wärmt mein Herz. Ich weiß nicht warum, aber es ist zu meiner Mission geworden, Romi zum Lachen zu bringen.

Was macht sie mit mir? Und warum zum Teufel habe ich diese eigenartigen Gedanken? Die Frau macht mich wahnsinnig!

Egal wie, was oder warum … jetzt und hier bringt sie mich dazu, mein Handy zu zücken und mich anschließend wie ein Schuljunge über die Erdbeermilch im Ranzen zu freuen. Ich habe eine neue Nachricht.

»Du bestimmst das Thema, ich die Fragenanzahl. Deal?«

Soso, ich darf heute bestimmen. Ein Schnaufen verlässt meine Lippen. Zumindest das Thema. Irgendwie fühle ich mich herausgefordert, irgendwie verarscht und letztlich doch interessiert. Die Frau reizt mich. Von Beginn an. Ihre forsche Art und diese beständige Form von besonderen Momenten, die sie mit mir teilt … Unser Kennenlernen ist vollkommen anders.

Doch so aufregend ich dieses Spiel auch finden mag, ewig werde ich es nicht mitspielen. Es wird Zeit, dass ich die Zügel in die Hand nehme. Also verlasse ich das Nachrichtenfenster und drücke auf das grüne Anrufsymbol.

»Nick?«, erklingt ihre Stimme nach dem zweiten Klingeln.

»Romi, wie war dein Tag?«

»Das ist dein Thema? Mein Tagesablauf?«

»Sieht ganz danach aus.«

»Unspektakulär«, schnalzt sie mir entgegen.

»Was hast du gegen Alltägliches? Gutes muss nicht besonders sein.«

»Wie weise.«

Ich grinse. Dann lehne ich mich zurück und lege die Füße auf den Couchtisch. »Na sag schon. Was wäre dein Themenvorschlag?«

»Dein peinlichstes Erlebnis.«

»Das ist gut!«

»Wusste ich es doch. Und, fängst du an?«

Ich kann ihr Lächeln förmlich spüren. Es wartet schon darauf, freigelassen zu werden. Weil sie damit rechnet, dass ich ein gutes, peinlichstes Erlebnis habe. Und irgendwas in mir will dem nachgeben, ihr die peinlichsten Geschichten erzählen, alle auf einmal. Aber dann ist da diese andere Stimme, die mir sagt, dass ich mehr will. Mehr als eine Frage, ein Thema, ein Anruf.

»Mir passieren keine peinlichen Dinge«, weiche ich deswegen aus.

»Das glaube ich dir nicht« kichert sie.

»Du lachst schon, obwohl ich noch gar nichts erzählt habe.«

»Tu ich nicht!«, dröhnt ihre Stimme in tiefem Bass in mein Ohr.

»Und jetzt strengst du dich beim Sprechen an, damit du nicht loslachst.«

Romi räuspert sich. Stille. Dann erklärt sie: »Du kannst loslegen, ich bin nichts als gespannt.«

»Ich erzähle dir gerne mehr. Aber zuerst ...«

»Was?«

»Zuerst möchte ich wissen, wie dein Tag war.«

»Langweilig. Du bist dran.«

»Das zählt nicht.«

»Okay. Thema Tagesablauf. Du hast eine Frage«, sagt sie und legt damit einen Schalter um. In meinem Kopf.

»Nein, Romi. Heute gibt es kein Thema, keine Fragenanzahl, kein Spiel. Heute will ich einfach ich sein und ich will, dass du du bist. Also, wie war dein Tag?«

Dass ich die Luft angehalten habe, merke ich erst, als sie antwortet.

»Das willst du?«

»Genau das will ich.«

»Nur heute?«

»Alles, was nach Heute kommt, kann ich nicht versprechen. Ich kann dir nur sagen, dass ich heute keine Lust auf abgezählte Fragen habe, nicht auf ausgewählte Themen.«

»Worauf hast du dann Lust?«

Sie flüstert. Ich kann ihren kräftigen Herzschlag durch das Handy hören. Oder ist es meiner? Natürlich ist es meiner, und er ist laut, schnell und einem Gefühl geschuldet, dass mir neuerdings immer vertrauter wird: Nervosität. Was für eine bekloppte Idee, dass ich ihr Herz hören könnte. Trotzdem hat es sich so angefühlt und das tut es noch. Als spüre ich ihre Aufgeregtheit.

»Das ist eine gute Frage.«

»Und die Antwort darauf lautet?«

»Die Antwort?« Ich schinde Zeit, atme noch mal durch, schließe meine Augen erneut, um herauszufinden, was die richtige Entscheidung ist. Scheiß drauf. Bei der Frau habe ich von Anfang an gesagt, was ich denke und es nicht mit den üblichen Spielchen versucht. Sie will hören, was ich will? Dann sag ich es ihr auch. »Ich will dich endlich sehen, Romi. Ich will … alles oder zumindest mehr. Ich habe einfach Lust auf mehr.«

Als ich meine Augen wieder öffne, verspüre ich Erleichterung. Weil ich ausgesprochen habe, was ich fühle. Weil es richtig ist. Trotzdem wird mein rechtes Ohr mit einem gleichbleibenden Ton bestraft. Romi hat aufgelegt.

Kapitel 5

ROMI

»Scheiße! Scheiße! Scheeeeeeeeeiße!«

Ich schreie. Laut und aus vollem Herzen. Und doch kann mich keiner hören. Weil ich allein in meiner Wohnung bin. Und der Mensch, der mir zuhören würde, der Mann, der an meinen Worten interessiert ist … tja, dem habe ich gerade gehörig vor den Kopf gestoßen. Indem ich nichts gesagt habe. Schon wieder.

Mist! So ein verdammter Mist! Ich weiß nicht, was ich machen soll. Meine Finger zittern, halten das Handy geradeso in meinen Händen. Ich könnte ihn zurückrufen. Ich könnte ihm alles erklären. Ich … ich könnte alles verlieren und enttäuscht werden.

Durch meine geschlossenen Lider quetschen sich heiße Tränen. Ich will sie nicht weinen, halte sie mit aller Macht zurück. Aber sie sind stärker. Das waren sie schon immer. Sie sind die Soldaten meiner Gefühle und sie marschieren in jede Schlacht, die ich kämpfe. Sie begleiten die Kleinen wie die Großen. Egal, ob ich gewinne oder verliere. Ganz egal, worum ich überhaupt kämpfe. Sie marschieren.

Gerade fühlt es sich nach Verlieren an. Deshalb sind sie heiß. Sie lassen mich fühlen, dass mein Innerstes schmerzt. Es sind Herzenstränen.

Da ich Tränen niemals wegwischen würde, warte ich ab. Ich lasse sie ziehen und nehme mir die Zeit, sie zu würdigen. Sie bedeuten etwas. Diese hier, dass ich Gefühle für Nick entwickle.

Es bringt aber nichts, darüber nachzudenken. Ich habe aufgelegt. Die Entscheidung war bereits getroffen, bevor wir uns überhaupt kennengelernt haben. Und jetzt halte ich daran fest. An meinem Plan. Damit auch er sich entscheiden kann. Und alles, worauf ich hoffen kann, ist, dass die Zeit gereicht hat. Die Zeit für seine Gefühle.

Als der Moment gekommen ist, indem die letzte Träne von meinem Kinn auf den Boden fällt, wage ich, meine Augen wieder zu öffnen. Mein Plan. Damit er funktionieren kann, muss ich jetzt los.

Zum Glück war ich auf den Moment vorbereitet. Dass er heute schon kommen musste … Nun, das ist gleichermaßen traurig wie schön. Ich will mir nicht erlauben, an die schöne Seite zu denken, und doch kann ich nichts gegen das Lächeln unternehmen, welches sich auf meine Lippen schleicht.

Ich bin ein Fan von Hoffnung, von Freude und von Liebe auch. Nur deswegen mache ich das hier überhaupt. Was das hier ist? Dazu später mehr. Jetzt … jetzt muss ich packen.

Ich gehe systematisch vor und werde von Mal zu Mal organisierter. Mein Erfolgsrezept ist simpel: ein Raum nach dem anderen. Erst das Schlafzimmer, dann folgen Badezimmer, Küche, Arbeitszimmer,

Wohnzimmer und zum Schluss der Flur. Ich nehme meine Fleecejacke vom Haken, die Jeansjacke und den Regenmantel. Ein Blick zur Seite und mein Herz wird schwer. Der gläserne Schuhschrank birgt die größte Herausforderung.

»Ich kann euch nicht alle mitnehmen«, flüstere ich und öffne beide Türen.

Mein Zeigefinger streift über den rubinroten Samt meiner geliebten Heels, stupst den schwarzen Lack des nächsten Paares an und wandert wehmütig weiter. Zu der vernünftigen Wahl. Zu den Schuhen auf der anderen Schrankseite. Schweren Herzens entscheide ich mich für Chucks, Stiefeletten, Birkenstock und … Ach, ein Paar wird zu verkraften sein. Schnell greife ich zu. In meinen Händen halte ich Jimmy Choo Sandalen in Glitzer rosé mit Fesselriemchen. Stiletto versteht sich.

Ich beglückwünsche mich zu meiner ausgezeichneten Wahl und stelle die Schuhe oben auf den Berg aus Koffern, Kisten, Taschen und drei Jacken. Ein beachtlicher Berg. Und einer, der nicht ein einziges passendes Outfit zu meinen Schuhen beherbergt. Mist. Das ist so typisch für mich, dass ich mehr schmunzle, als mich tatsächlich aufzuregen. Ich könnte natürlich ein anderes Paar Schuhe aussuchen, aber das werde ich nicht.

Mein Lächeln wird breiter und meine Laune gleichermaßen besser. Ich weiß genau, was ich machen werde. Sobald ich angekommen bin, belohne ich mich und bestelle ein neues Outfit bei *Seventyseven*.

Ich liebe diesen Onlineshop. Was vermutlich daran liegt, dass ich mich gerne hübsch kleide, aber in Klamottenläden heillos überfordert bin. Letztendlich entscheide ich mich dann für das Outfit, welches die Schaufensterpuppe trägt. Da passt alles zusammen und das gefällt mir. Ich habe kein Händchen für Mode, möchte aber gerne danach aussehen. Das mag jetzt eigenartig klingen und bei genauer Betrachtung ist es das auch. Aber genau so bin ich.

Ein bisschen verrückt, nah am Wasser gebaut, eigenständig, dickköpfig und wahnsinnig gut gekleidet. Wenn ich ausgehe. Den Zusatz muss ich anbringen. Denn *ich* in der Öffentlichkeit und *ich* in meinen eigenen vier Wänden … da können gut und gerne Welten zwischenliegen.

Jedenfalls bin ich fertig mit der Packaktion, habe mir selbst einen Anreiz fürs Ziel gesetzt und ein Paar Leckereien für unterwegs habe ich auch. Es kann losgehen.

Eine halbe Stunde später ist meine Wohnung leer und mein Auto voll. Und ich bin irgendwo dazwischen.

Um diesem Gefühl nicht mehr Raum zu geben, verlasse ich meine Wohnung. Mein letzter Blick fällt auf den pinken Ohrensessel, den ich vermutlich am meisten vermissen werde. Warum kaufe ich mir nicht endlich einen Zweiten? Richtig, weil es das gute Stück nur einmal gibt und jeder andere Ohrensessel mich nicht glücklich machen könnte. Weil es eben nicht meiner wäre. Außerdem ist es dafür jetzt eh zu spät.

Um dem Ganzen zu entfliehen, steige ich in mein Auto, sage meiner Wohnung auf Wiedersehen und heiße den Weg vor mir willkommen.

Bevor ich Münster verlasse und auf die Autobahn fahre, halte ich kurz an und gebe ein Päckchen zur Post. Nicks Adresse war zum Glück leicht herauszufinden. Ich hätte mir allerdings das Porto sparen, direkt zu seiner Wohnung fahren und es ihm persönlich überreichen können. Aber dann wäre der Sinn verloren gegangen. So ist es richtig. Zumindest rede ich mir das ein.

Hach … das Leben kann kompliziert sein, wenn man es lässt.

Kapitel 6

NICK

Das kann unmöglich ihr Ernst sein. Jedes verfluchte Mal, wenn ich ihr zu nahekomme, zieht sie sich zurück. Und ich fühle mich wie ein Arsch. Als hätte ich etwas falsch gemacht. Und genau dieses Gefühl treibt mich in den Wahnsinn. Weil ich absolut nichts falsch mache. Nicht bei ihr.

Fuck! Wie ein Tiger im Käfig laufe ich durch mein Wohnzimmer. Hin und her, hin und her. Trotzdem komme ich nicht einen Schritt vorwärts. Was soll das Ganze? Ich habe nicht die geringste Ahnung, was Romi bezwecken will, aber so langsam geht mein Interesse in Wut über. Wut über mich selbst, weil ich einer unsichtbaren Frau meine ganze Aufmerksamkeit schenke und nicht merke, dass sie kein Interesse an mir hat. So ist es doch, oder?

Meine Hand fährt durch die mittlerweile länger gewordenen Haare. Dann ballt sie sich zur Faust. Und dann greift sie in meine Jeanstasche, holt das Handy heraus, wählt die Nummer von Raphael und hält mir das Handy ans Ohr.

»Nick, was gibts?«

»Raph, mein Bester. Sag mir, dass du Zeit für ein Bier hast.«

»Immer.«

»Ich liebe dich.«

»Hey, hey. Ich habe nur zum Bier *ja* gesagt.«

Meine Mundwinkel heben sich, bereiten sich auf den Scherz vor, der seit eh und je unsere Freundschaft bestimmt:

»Challenge accepted.«

»Was? Wie? Nein. Neeeeein! Es gibt keine Challenge. Und über meine Lippen kommt bestimmt keine Liebeserklärung. Nie und nimmer.«

»Du hast jetzt schon verloren.«

Ich gehe zum Kühlschrank in der Küche, nehme ein Sixpack heraus und mache mich auf den Weg in den Flur. Unterwegs stecke ich den Schlüssel in meine Hosentasche und ziehe die Wohnungstür hinter mir zu. Seltsam, wie plötzlich sich meine Laune ändert. Das Bier ist schuld. Und die Aussicht auf einen Männerabend.

»Ich habe gar nichts. Mach kein Scheiß. Laura ist hier!«

»Ha, noch besser!«, freue ich mich und denke an vergangene Momente, in denen Raphaels Freundin ihn nicht nur unter den Tisch getrunken hat, sondern auch köstlichen Spaß daran hatte, sich Gemeinheiten für ihn zu überlegen. Nur um es zu verdeutlichen: Raphael verliert oft.

»Ihr werdet euch wieder gegenseitig die Bälle zuspielen, oder?« Seine Stimme klingt wehleidig. Ich könnte glatt Mitleid mit ihm bekommen. Obwohl … Nein, eher nicht.

»Wo denkst du hin?«

»Nick?«

»Raph?«

»Wie lange habe ich noch, bis du hier bist?«

Ein Grinsen legt sich auf meine Lippen. Ein dreckiges Grinsen. »Zwei Minuten.«

»Scheiße.«

»Raph?«

»Ja?«

»Ich liebe dich auch.«

»Ha! Ha! Nichts da. Kein Wort, nichts, gar nichts kommt über meine Lippen.«

»Wir werden sehen.«

Einen Moment später stehe ich vor Raphaels Haustür und drücke auf die Klingel. In meiner Hand das Sixpack und in meinem Herzen? Ach Mist. Ich leide! Ganz im Ernst jetzt. Ich bin es leid, nur an der Oberfläche zu kratzen, nur eine Nacht zu bekommen, nur eine nette Erinnerung zu sein, reduziert zu werden. Ich will das ganze Paket. Und was bekomme ich? Eine Frau, die mich nicht einmal sehen will. Herzlichen Dank dafür.

Bevor ich mich weiter in meine Gedanken verliere, geht die Haustür auf und offenbart eine verboten hübsche Frau.

»Nick, wie schön!«

Arme legen sich um meinen Hals, ziehen meine Wange an kühle Lippen und meine Nase in ein Meer aus frischgewaschenen Haaren.

»Laura.«

Der Moment ist genauso schnell vorbei, wie er gekommen ist. Ihre Arme lösen sich von mir und ihr Blick … Er lässt mich glauben, dass sie jeden meiner Gedanken gehört hat.

»Ach Nick, so schlimm?«

Ihr Kopf legt sich auf eine Seite, einzelne Haarsträhnen fallen in ihre Stirn. Sie mustert mich, wartet auf eine Antwort. Aber ich sage nichts. Was sollte ich auch antworten? *Ja, es ist so schlimm. Ich will endlich das haben, was Raph und du habt.* Pah, ich bin doch kein Mädchen. Ich sage gar nichts. Und weil Laura Laura ist … Versteht sie alles. Kurzerhand greift sie meinen Arm und zieht mich in die Wohnung.

»Schatz, Nick ist hier und er sieht aus, als könnte er sehr viel mehr als ein Bier vertragen.«

So sehe ich also aus.

»Nick?«

Raphael sitzt auf der Couch im Wohnzimmer. Ein Blick auf mich genügt, und er verstummt. Sehe ich wirklich so scheiße aus?

»Junge, Junge.«

»Danke, ich freue mich auch, dich zu sehen.« Das Sofa gibt unter meinem Gewicht nach, meine Füße legen sich dreist auf den Couchtisch vor mir, meine Hände finden den Weg hinter meinen Kopf. Ich lehne mich in die weichen Kissen.

»Ahhhhhh«, seufze ich und genieße es, mich hier zuhause fühlen zu können.

Raph beugt sich vor und zieht das Sixpack vom Tisch, auf welchen ich es gerade erst abgestellt hatte. Das Klacken folgt dem Zischen, dann spüre ich kaltes Glas in meiner Hand und einen Schluck später prickelndes Paradies in meinem Mund. Herrlich.

»Erzähl schon, was ist passiert?«

Ich bin nicht bereit für eine Antwort, halte lieber an meinem Bier und dem Irrglauben fest, dass Alkohol Probleme lösen kann.

»Es ist die Unsichtbare, oder?«

»Hmm«, grummle ich. Weil mir der Spitzname nicht sonderlich gefällt. Wobei er natürlich passend ist. Trotzdem. Romi ist nicht unsichtbar. Nicht für mich.

»Willst du nun sagen, was los ist, oder wolltest du nur zum Biertrinken herkommen? Das ist kein Problem. Ehrlich, ich freue mich, wenn ich in Ruhe ein Bier trinken kann.«

Er blickt mich fragend an, dann zuckt er mit den Schultern und beginnt, meine Position zu spiegeln. Raphaels Beine legen sich auf den Couchtisch, die Hände verschränken sich im Nacken, ein Seufzen kommt über seine Lippen.

Ich für meinen Teil schließe die Augen. Ab und zu trinke ich einen Schluck. Irgendwann findet ein neues Bier den Weg in meine Hand und dann noch eins. Ich bin gerade so richtig schön vertieft im Nichtstun, als mich ein Geräusch hochschrecken lässt. Was zum … Raphael kann unmöglich eingeschlafen sein. Oder etwa doch? Okay, er ist ganz sicher eingeschlafen. Inklusive dröhnendem Schnarchen. Das gibt es doch nicht.

Kindliche Neugierde treibt mich dazu, mir das genauer anzusehen. Ich lehne mich vom Sofa auf, beuge mich über Raphael und studiere sein Gesicht. So nah war ich meinem besten Freund noch nie. Aber ich will mir nicht etwa ansehen, wie gerade seine Nase, oder wie lang sein Bart ist. O nein.

Mich interessiert viel mehr … Ahh, da ist es wieder. Er hat den Mund einen Spalt weit geöffnet, schließt in überhaupt nicht. Tiefe Atemzüge schnaufen beim Ausatmen aus ihm heraus, und indem er einatmet, knattert eine Lawine in seinem Rachen. Unglaublich. Wie kann er bei dem Krach schlafen? Und wie hält Laura es Nacht für Nacht neben ihm aus?

Beim nächsten Schnarchen quiekt ein Lachen aus meinem Mund. Das ist zu amüsant. Irgendwie glaube ich nicht daran, dass er ernsthaft schläft. Der verarscht mich doch nur. Kein Mann kann so schnarchen!

»Die reinste Symphonie, hmm?«

Lauras Stimme lässt mich zusammenzucken. Nur einen kurzen Moment, dann fange ich mich wieder und drehe mich zu ihr um.

»Sag nicht, das ist normal.«

»Oh, doch. Das ist es.«

»Jede Nacht?«

Laura schweigt, dann schüttelt sie den Kopf, das Schütteln geht in ein Nicken über und mein Lächeln in ein Lachen.

»Jede verdammte Nacht also, ich fasse es nicht. Wie hältst du das aus?« Ich stütze mich vom Sofa ab und folge Laura in die Küche. Sie steht vor dem geöffneten Kühlschrank, zieht eine Milchpackung aus der Tür und gießt sich ein Glas ein.

»Weißt du, Nick, es stört mich einfach nicht.«

»Nicht dein Ernst. Das …«, meine ausgestreckte Hand zeigt in Richtung des Wohnzimmers, wo Raph, wie auf Kommando ein besonders prächtiges Dröhnen von sich gibt, »stört dich nicht? Bist du taub? Ich meine, wie kannst du, was machst du, wie willst … Laura, der Mann schnarcht ungeheuerlich laut. Wirklich un-ge-heu-er-lich.«

»Ich glaube, genau das unterscheidet uns voneinander.«

»Auf jeden Fall tut es das. Ich würde bekloppt werden und nach einer Lösung suchen. Da lässt sich doch sicherlich etwas machen? Helfen eigentlich diese Nasenpflasterdinger, Ohrenstöpsel, vielleicht kann man da etwas wegoperieren?«

»Operieren? Nick, genau das ist der Grund, warum du noch Single bist.«

Anstatt auf mich einzugehen, unterbricht sie mich. Und nicht nur das. Sie verletzt mich. Mit ihrem Blick, den vor der Brust verschränkten Armen und mit ihren Worten. Vor allem mit denen.

»Weil es mich stören würde, wenn mein Partner Nacht für Nacht Naturkatastrophen mit seinen Stimmbändern imitiert? Das ist der Grund, warum ich noch Single bin. Klar. Herzlichen Dank«, gifte ich sie an.

Warum ich mich im Ton vergreife, weiß ich selbst nicht. Wahrscheinlich, weil es das eine Thema ist, welches mich verletzbar macht und Laura rücksichtslos zugestochen hat.

Nach einem tiefen Atemzug meinerseits und keiner Antwort auf der anderen Seite, bin ich im

Begriff zu gehen, die Küche und danach das Haus zu verlassen. Einfach abzuhauen, um dieser blödsinnigen Situation zu entfliehen. Aber Laura hält mich zurück. Ihre Hand schließt sich um mein Handgelenk, bittet mich, zu bleiben.

»So habe ich das nicht gemeint. Wollen wir reden? Hörst du mir zu?«, fragt sie. Ihre Augen sind offen, versprechen freundschaftliche Wahrheit.

Vielleicht ist es genau das, was ich brauche. Vielleicht hat sie recht. Vielleicht sieht sie etwas, was ich nicht sehe. Und das ist auch der Grund, warum ich nicke. Warum ich mich wieder beruhige, an den Holztisch setze und warte.

»Warum bist du Single, Nick?«

»Ha! Ich dachte, dass würdest du mir jetzt verraten.«

»Für mich gibt es ein paar ganz einfache Gründe, aber ich will zuerst wissen, wie du es selbst erklären würdest.«

»Das ist irgendwie gemein. *Einfache Gründe.* Als wäre ich zu blöd, die Bedienungsanleitung zu lesen.«

»Na sag schon.«

»Okay.« Ich lehne mich zurück, fahre mit der Hand über mein Gesicht, denke nach. Warum bin ich Single? »Weil ich zu viel Rumhure.«

Laura lacht, dann trifft ihre Faust meinen Oberarm. »Das war die witzige Antwort, jetzt die ehrliche«, fordert sie.

Und das löst etwas in mir aus. Es ist so viel einfacher, witzig zu sein, charmant, zu spaßen und flirten. Aber ehrlich, so wirklich richtig ehrlich? Puh, das ist schwer.

»Vielleicht, weil ich nicht probiere, es nicht zu sein. Weißt du, wie ich das meine?«

Laura nickt mir zu. »Was noch?«

»Noch mehr? Das ist doch schon eine enorme Erkenntnis!«

Laura zieht einen Stuhl vom Tisch zurück, setzt sich mir gegenüber und streicht einmal mit der Hand über die Tischplatte. Vielleicht, weil sie Krümel vom Tisch wischen will, oder weil sie ihre Hände gerne beschäftigt weiß. Das würde ich verstehen. Ich mache es genauso. Nur fahren meine Hände an meiner Jeans auf und ab, verkrampfen sich in meinem Schoß, wühlen durch meine Haare, kratzen an meinem Haaransatz im Nacken. Egal was, Hauptsache beschäftigt.

»Nick, du weißt genau, wie du eine Frau bekommst, aber du hast keine Ahnung, wie du sie behältst. Du hast ein riesengroßes Herz und zeigst es keinem. Du versteckst dich hinter deiner Mauer und regst dich darüber auf, dass keiner sie einreißen will. Komm endlich raus aus deiner Komfortzone.«

Ihre Stimme ist leise. Dennoch dröhnt jedes einzelne Wort in meinem Kopf, verewigt sich Buchstabe für Buchstabe in die Lektüre meiner geheimen Gedanken.

»Hmm.«

»Was?«

»Hmmmm.«

»Ich habe recht, oder?«, wispert Laura.

Ihre Augen funkeln mich an, beschwören mich, einmal, nur ein einziges Mal zu sagen, was mir auf dem Herzen liegt und nicht dem schnellen Satz meiner Zunge zu folgen.

Aber Laura ist Laura und ich bin ich. Zwischen uns gibt es jede Menge Sympathie, Witz und die warmen Gefühle einer guten Freundschaft. Mehr nicht. Weswegen ich lediglich ein Nicken andeute. Wir wissen beide, dass sie recht hat, dass mir ihre Worte helfen werden und dass ich ihr dankbar bin. Mein Lächeln tut sein Übriges und dann ist es Zeit, das Thema fallenzulassen.

»Und was hat das damit zu tun, dass dein Mann schnarcht?«

»Ach, Nick …« Sie schüttelt den Kopf, lächelt und guckt dann an mir vorbei ins Wohnzimmer. »Vielleicht sollte ich Raphael diese Nasenpflaster andrehen. Ohrenstöpsel helfen nämlich nicht sonderlich. Außerdem kann ich damit nicht schlafen.«

»Vielleicht sollte ich anfangen zu schnarchen, das scheint ein ganz heißes Thema zu sein.«

»Ist es.«

»Das hättest du mir ruhig eher verraten können. Wie lange kennen wir uns jetzt? Tzz!«

Ein Lachen durchzieht den Raum, Stille folgt und danach dieser Moment, an dem man weiß, dass es Zeit wird, zu gehen. Ich nutze ihn, stehe vom Stuhl auf und schiebe ihn wieder an seinen Platz unter dem Tisch.

Ein kurzer Blick ins Wohnzimmer genügt, um festzustellen, dass sich hier in den letzten 15

Minuten nichts verändert hat. Raphael schläft und er schnarcht dabei. Oder schnarcht er und schläft dabei? Ich weiß nicht, was mehr Gewicht hat, und finde diese Überlegung gerade unheimlich interessant. So lange, bis mir wieder einfällt, dass ich gehen wollte.

»Drei Bier und er macht schlapp, das habe ich mir anders vorgestellt«, scherze ich.

»Ich mir auch. Jetzt kann ich ihn entweder zudecken und mir morgen das Gejammer wegen Rückenschmerzen anhören, oder ihn aufwecken und …«

»Und dir vorwerfen lassen, dass du ihn geweckt hast.«

»So siehts aus.«

»Schwere Entscheidung«, stimme ich ihr zu.

»Nick?«

»Laura?«

»Melde dich, wenn du reden willst, wenn du Hilfe brauchst, egal was. Wir sind da. Immer.«

Ich muss schlucken, bevor ich antworten kann. »Ich weiß. Danke.«

Damit drehe ich mich um und gehe.

Ich lasse das Haus hinter mir, die Einfahrt, die Straße. Meine Schritte werden immer gleichmäßiger. Sie folgen der Gewohnheit.

Wenn nur alles im Leben so einfach zu finden wäre, wie der Weg nach Hause …

Kapitel 7

ROMI

Mein wirkliches Zuhause, meine kleine Welt, mein ganzes Glück. Für mich bedeutet die zweite Jahreshälfte Freiheit. Und es ist das erste Mal, dass ich bereit bin, diese zu teilen. Nick, ich hoffe, du enttäuscht mich nicht!

Kapitel 8

NICK

Eigenartig, wie schnell man sich an etwas gewöhnen kann. Auch, wenn es noch so klein ist. Ich habe mich an Romi gewöhnt. An ihre Nachrichten, ihre Stimme, ihr Lachen. Daran, sie weiter kennenlernen zu wollen. An das prickelnde Gefühl in meinem Bauch. Auch wenn mir einiges gefehlt hat … Das, was wir miteinander geteilt haben, das hat mir gefallen. Und jetzt ist es weg. Sie ist weg.

The person you have called is temporary not available. Ich weiß nicht, ob ihr etwas passiert ist oder sie keinen Bock mehr auf mich hatte. Und herausfinden kann ich es auch nicht. Ich kenne ja noch nicht einmal ihren Nachnamen. Fuck! Ich weiß überhaupt nicht, wie sie verdammt noch mal aussieht, wer sie ist, wo sie ist. Was soll das?

»Wer zum Teufel bist du, Romi?«

Meine Hände graben sich durch meine Haare, verschränken sich im Nacken. Ich wippe vor und zurück, gebe meinen Gefühlen eine Bewegung. Sie wird schneller und schneller und auch mein Inneres rast.

War das alles irgendein krankes Spiel, ein Test, ein Scherz? Ist okay, ich teile oft genug aus und kann gerne einstecken. Aber dann ist jetzt die Zeit, es aufzulösen. Langsam ist es genug, oder?

Als Nora heute zu ihrem ersten Arbeitstag erschienen ist, hatte ich kurz das Gefühl, sie ist es. Sie ist Romi und alles ist ein Streich von meinem Team. Ich wollte schon loslachen, mir lag der Spruch bereits auf den Lippen. Aber dann hat sie mich begrüßt, von ihrem Hund erzählt, sich mit den Kollegen vertraut gemacht. Und alles, was ich gedacht habe, ist: Das ist nicht Romis Stimme, nicht ihre leidenschaftliche Art zu reden, nicht ihr Lachen. Sie ist es nicht. Was ich in dieser Situation gelernt habe? Ich habe keinen blassen Schimmer, wer Romi ist.

Das Skurrile aber ist, dass ich jetzt, da ich alleine zuhause sitze und mir Gedanken mache, eben genau jetzt, in diesem Moment … weiß …, dass es echt ist. Dass Romi echt ist, unsere Gespräche, die gemeinsamen Interessen, das gewisse Etwas, welches ich von Anfang an gespürt habe. Ja, gespürt. Verdammte scheiße! Da ist etwas zwischen uns. Ich bilde mir das alles doch nicht ein. Also muss es einen Grund geben. So einfach ist das. Einen Grund, warum sie mich nicht sehen will, warum sie den Kontakt abgebrochen hat, warum sie einfach abgehauen ist.

Nichts ist einfach!

Indem sich meine Gedanken überschlagen und ich langsam, aber sicher nicht mehr blau von Gelb zu unterscheiden weiß,… klingelt es an der Tür.

»Nick Bömke?«

»Der bin ich«

»Bitte einmal hier unterschreiben.«

Ich greife den Stift und kritzele kaum erkennbare Striche in das digitale Unterschriftfeld. Nicht zum ersten Mal frage ich mich, ob das irgendeinem Vergleich standhält. Im Ernst, man erkennt da nichts. Zwei kurze Striche und ein langgezogener Bogen sind es dieses Mal. Eindeutig: N. Bömke.

Egal! Ich bekomme mein Paket und mit ebendiesem neues Futter für meine wirre Gedankenwelt. Ich habe nämlich nichts bestellt.

Nachdem ich die Tür geschlossen habe, gehe ich in die Küche, ziehe die Besteckschublade auf, hole ein Messer raus und ritze einen Spalt durch den Rand des braunen Karton. Ich öffne den Deckel.

Es ist ein kleiner Karton. Rechteckig. Ich würde schätzen, dass er 35 cm lang ist, 25 cm breit und 10 cm hoch. Ein klassisches kleines Päckchen. Nicht besonders groß, aber es liegt auch nicht viel drin. Um genau zu sein, beherbergt dieses Päckchen eine Dose Cola, eine Bifi und eine Tafel Schokolade. *Der perfekte Snack für einen Roadtrip*. Die Erinnerung schleicht sich in meinen Kopf.

Die Erinnerung an ein Gespräch mit Romi. Über Reisen und Reiseverpflegung. Es muss etwas Herzhaftes sein, etwas Süßes und Cola. Bei dem Getränk waren wir uns beide einig. Sofort. Aber nicht bei der Wahl von süß und herzhaft. Während ich Schokolade liebe - Zartbitter versteht sich - mag Romi gerne diesen Weingummikram. Ich kann nicht nachvollziehen, wie irgendetwas besser sein kann als Schokolade, aber gut. Für die Wahl des herzhaften Snacks habe ich für Frikadellen und Schnitzel gestimmt. Romi mag Salami …

Aber ich drifte ab. Es liegt nämlich noch mehr im Karton: Ein Brief und ein Foto. Genauer gesagt, ein Foto von zwei Frauenfüßen. Darunter steht in ordentlicher Schrift:

Meilenstein!
Das erste Mal Füße waschen in 27 Jahren. Die glücklichen Füße und ich wollten den Moment mit dir teilen.

Auf meine Lippen schleicht sich ein Lächeln. Das Päckchen ist von Romi. Sie hat mir einen Mix unserer liebsten Reiseverpflegung geschickt und dazu ein Bild von sich.

Wenn ich mir etwas hätte wünschen können, wären auf dem Foto nicht ihre Füße zu sehen. Lieber ihr Gesicht, ihr Körper, alles. Aber es ist ein Anfang. Außerdem sind ihre Füße hübsch. Sie hat schlanke Fesseln und das freut mich irgendwie. Sagt man nicht, dass schlanke Handgelenke und Fesseln auf eine allgemein schlanke Person deuten lassen? Ich weiß nicht, ob das in die Kategorie Wissen oder Witz gehört und versuche nicht weiter darüber nachzudenken. Wobei ihre Füße eindeutig zu einer schlanken Frau passen würden. Einer mit knackigem Hintern, vollen Brüsten, langen Haaren und süßem Lächeln …

Was ich alles in einem Bild von zwei nackten Füßen entdecke, unglaublich.

Kopfschüttelnd lege ich das Bild beiseite. Ich glaube, sie wollte mir damit ein Lachen entlocken, unseren Scherz vom ersten Date teilen und mein Kopfkino in Wallung bringen. Das ist ihr geglückt. Alles.

Habe ich erwähnt, dass ein Brief in dem Päckchen ist? Er liegt in meiner Hand. Ich drehe ihn einmal um und entdecke meinen Namen in Großbuchstaben auf der Vorderseite. Puh. Dafür brauche ich ein Bier. Außerdem möchte ich sitzen. Also genehmige ich mir eine Flasche aus dem Kühlschrank, öffne sie und nehme beides, Flasche und Päckchen, mit ins Wohnzimmer.

Auf der Couch strecke ich meine Beine aus, trinke einen Schluck und gönne mir einen kurzen Moment vollkommener Ruhe. Okay. Ein klitzekleiner Moment und wirklich ruhig ist es nicht. Nicht in mir. Der Wille war da, der Anstand ist gewahrt, ich kann besten Gewissens den Brief öffnen. Jetzt.

Mit dem Zeigefinger steche ich ein Loch in den Umschlag und reiße ihn der Länge nach auf. Zum Vorschein kommen ein gefaltetes Papier und eine Karte. Eine Landkarte. Ein blaues Kreuz ist mittig im Westen Deutschlands aufgemalt und führt in gestrichelter Linie bis zum nächsten Kreuz im Süden Kroatiens. Kroatien. Kroatien? Kroatieeeeeen?

Was? Meine Gedanken nehmen Anlauf und schubsen mich ins kalte Nass einer gelungenen Überraschung. Ich habe keine Ahnung, was das bedeuten soll, obwohl ich es gleichermaßen ganz genau weiß. Verrückt. Und obwohl ich nicht zu 100 Prozent sagen kann, ob ich den richtigen Riecher habe, fühlt es sich gut an. Jetzt schon. Weil in dieser Karte eine Hoffnung liegt, die in meinem Bauch feurige Tänze tanzt. Vielleicht ja kroatische Tänze, wer weiß das schon?

Jedenfalls öffne ich das Briefpapier mit einem guten Gefühl und werde zum allerersten Mal, seit ich Romi kenne, dafür belohnt:

Lieber Nick,

ich kann nur hoffen, dass du mir verzeihst, dass du nicht das Interesse an mir verloren hast und dass du mich noch immer sehen willst. Ich weiß, das sind ganz schön große Hoffnungen für eine kleine Frau wie mich. Trotzdem hoffe ich es. Aus vollem Herzen.
Und ich hoffe noch etwas:
Ich hoffe, du findest den Weg zu mir.
Von Deutschland nach Kroatien,
von Münster nach Tisno,
von deiner in meine Wohnung,
aus deinem Herzen in meins.

Romi

Ich lese ihren Brief noch mal und dann nur die letzten Zeilen erneut. Von Deutschland nach Kroatien. Den Weg finde ich. Von meinem Herzen in ihres? Das sind große Worte und mein eigenes Herz klopft wie zum Beweis besonders kräftig. Zum Beweis für was? Dass ich den Weg auch finden soll? Dass ich langsam, aber sicher ein gefühlsduseliger

Dusel werde? Ein Oberdusel. Mit Sicherheit schlägt es auch dafür. Fuck!

Jedenfalls habe ich die Entscheidung getroffen, ohne großartig darüber nachzudenken. Ich fahre hin. Nach Kroatien. Was soll ich auch sonst machen?

Die genaue Adresse steht auf der Karte und Google Maps schlägt mir eine Route von 1.476 km vor. 15 Stunden Fahrt, mindestens 17 Baustellen, Mautgebühr. Wenn ich jetzt losfahre, bin ich morgen Mittag bei ihr. Vollkommen übermüdet, ungeduscht und mit großer Wahrscheinlichkeit, ohne vernünftig gepackt zu haben.

Ich sollte lieber überlegt an die Sache herangehen. Kurzerhand lege ich eine Liste in meinem Handy an und notiere mir, woran ich unbedingt denken muss. Dann gehe ich duschen und lege mich ins Bett. Morgen werde ich in Ruhe frühstücken, ins *Stars* fahren und meine Abwesenheit ankündigen, Aufgaben verteilen, Schlüssel abgeben, Organisatorisches erledigen, beziehungsweise an Nora delegieren. Gut, dass Nora da ist! Danach kann ich packen und losfahren. So wird es gemacht. Klingt großartig.

So großartig, dass ich beruhigt einschlafe … und vier Stunden später wieder aufwache. Und damit meine ich nicht etwa, dass ich mich im Schlaf von links nach rechts drehe. Ich bin vielmehr wach. Hellwach.

Kennst du das? Du hast dir einen Plan zurechtgelegt, bist jeden Schritt in deinem Kopf durchgegangen, weißt genau, was zu tun ist. Du bist vorbereitet. Und dann scheißt du drauf. Ja? Herrlich, genauso mache ich es.

Die Sporttasche füllt sich von allein mit allerhand Klamotten und dem Zeug aus den Schubladen im Badezimmer. Ich verriegle die Fenster und schließe die Wohnungstür ab. Den kleinen Schlüsselbund nehme ich mit und den großen werde ich bei Raph in den Briefkasten schmeißen.

Was ich persönlich klären wollte, muss jetzt unterwegs funktionieren. Ich kann nicht länger warten.

Es ist acht Uhr morgens, als ich die erste Tankstelle anfahre, mir einen Kaffee kaufe und mein Handy heraushole.

»Guten Morgen, Nora.«

»Guten Morgen. Ist alles gut? Warum rufst du an?«

»Weil ich spontan in den Urlaub gefahren bin.«

»Okaaaay«, scheint sie nachzudenken und ich gebe ihr den Moment. »Ist das ein Test?«

»Nein, kein Test. So etwas mache ich nicht.« Kopfschüttelnd denke ich über ihre Frage nach und beschließe dann, ehrlich zu sein. Das Ganze funktioniert nur, wenn ich mich auf sie verlassen kann und das kann ich nur, wenn wir ehrlich zueinander sind. »Nora, ich bin auf dem Weg nach Kroatien. Ich weiß noch nicht, wie lange ich bleibe. Ich weiß eigentlich überhaupt nichts. Nur, dass ich nach Kroatien muss, ich muss zu Romi.«

»Es geht also um eine Frau.«

»Es geht doch immer um eine Frau, oder?«

Sie lacht. Es ist ein zustimmendes Lachen und eins, was mir Zuversicht schenkt.

»Was, wenn ich Fragen habe?«

»Du kannst immer anrufen. Außerdem hat Raph einen Schlüssel. Seine Handynummer steht am Brett. Er und Laura kennen den Laden fast so gut wie ich. «

»Raph ist der Große, oder?«

»Ganz genau.«

»Und du weißt schon, dass heute mein zweiter Arbeitstag ist, oder?«

»Ich verrate dir ein Geheimnis: Mein zweiter Arbeitstag ist auch noch nicht lange her. Du schaffst das schon! Das Team funktioniert, die Bestellungen sind aufgegeben, der Monatsplan steht und die Bereitschaft ist eingeteilt. Falls etwas passiert, musst du selbst einspringen oder Raph anrufen. Ganz einfach.«

»Ganz einfach also.«

»Japp.«

»Du bist verrückt.«

»Ist das ein Ja?«

Nora schweigt, lässt mich zappeln. Dabei kenne ich ihre Antwort längst.

»Natürlich ist es das. Aber ich werde dich jeden Abend nerven und dir mitteilen, wie der Tag gelaufen ist.«

»Ich bitte darum.«

»Und ich werde Extratrinkgeld verteilen, wenn die Bude voll ist und ich überfordert bin.«

»Solange du alles aufschreibst, habe ich damit kein Problem.«

»Gut!«

»Vergiss nicht, deine eigenen Stunden aufzuschreiben und jede einzelne Überstunde.«

»Bestimmt nicht.«

»Gut!«, imitiere ich ihre Antwort von eben, inklusive dem leicht schnippischen Unterton.

»Verarschst du mich?«

»Niemals.«

Nur ein bisschen, aber damit weiß sie umzugehen.

»Nick, ich freue mich, dass du mir vertraust und ich wünsche dir viel Spaß in Kroatien.«

»Danke, Nora.«

»Dank mir nicht zu früh«, scherzt sie. Aber ich weiß genau, dass ich ihr jetzt schon dankbar sein kann. Ich beende das Gespräch mit einem guten Gefühl. Eine Hürde ist geschafft.

Für das nächste Telefonat brauche ich keine Ruhe. Ich trinke meinen Kaffee aus, beiße in das belegte Brötchen vom Tankstellenimbiss und setze mich wieder hinter das Lenkrad. Mein Handy verbindet sich via Bluetooth mit dem Auto und einen Befehl später klingelt es über den Lautsprecher.

Ich finde zurück auf die Autobahn, als Raphael das Gespräch annimmt.

»Was gibts?«

»Dir auch einen schönen guten Morgen.«

»Ja, ja. Also: Was gibts?«

»Rate mal, wo ich bin.«

»Bei der Unsichtbaren.«

»Sie heißt Romi und du bist ein Spielverderber.«

»Also habe ich recht? Nicht schlecht.«

Raph lässt ein Pfeifen aus seinem Mund hören und bringt mich damit zum Lachen.

»Nicht ganz, aber fast.«

»Wie jetzt?«

»Ich bin auf dem Weg zu ihr.«

»Oh, das ist spannend. Also werdet ihr euch heute endlich sehen?«

»So ist der Plan. Weißt du, was noch spannender ist?«

»Erzähl.«

»Ich bin unterwegs nach Kroatien.«

»Kroatien? Wie das Land?«

»Ganz genau das Kroatien meine ich. Gibt es ein anderes?«

»Keine Ahnung, Mann. Ich wollte nur sichergehen. Kroatien also … warum?«

Bevor ich antworte, lege ich den Tempomat auf 100 km/h fest und ordne mich in die rechte Spur ein. Trotz Berufsverkehr ist erstaunlich wenig los auf der Straße. Während ich telefoniere, ist mir eine gemäßigte Geschwindigkeit allerdings lieber. Ich kann später noch Gas geben.

»Ich habe eine Adresse von ihr bekommen, in Tisno, Kroatien.«

»Und dann fährst du einfach los?«

»Genau.«

»Wohnt sie da?«

»Keine Ahnung.«

»Ist es die Adresse von einem Haus oder einem Hotel?«

»Ich weiß nicht.«

»Wie lange bleibst du?«

»Wieder keine Ahnung.«

»Aber du weißt schon, dass sie auch tatsächlich da sein wird, oder?«

»Ehrliche Antwort?«

»Scheiße, Mann. Du bist verrückt!«

»Sieht ganz danach aus.«

Während sich Verrücktsein für mich gerade nach Freiheit anfühlt, klingt es aus Raphaels Mund nach jugendlichem Leichtsinn. Diesen Unterschied spüre ich in letzter Zeit immer öfter. Als ob uns Jahre trennen würden, wobei es in Wirklichkeit nur Tage sind. Ist Raphael älter geworden, bin ich jünger geblieben?

»Warte mal kurz, Laura ruft mich«, unterbricht er meine Gedanken. Im Hintergrund höre ich Laura nicht rufen, sondern kreischen. Auch ihr Sohn, Liam, ruft nach Raphael.

»Ich rufe gleich nochmal an«, höre ich Raphaels Stimme. Er legt auf, bevor ich ihm zustimmen kann.

Die nächsten Minuten treiben mich auf die linke Spur und den Drehzahlmesser auf Hochtouren. Meine Gedanken kreisen darum, wer ich bin, was ich will und welches Leben ich mir wünsche.

Eigentlich bin ich Anwalt, habe aber aufgehört, bevor ich richtig angefangen habe. Eigentlich bin ich Sohn, habe aber alles andere als familiäre Gefühle für meine Eltern, insbesondere für meinen Vater. Eigentlich möchte ich es selbst besser machen, wünsche mir eine Frau, Kinder. Aber ich habe nicht einmal eine Freundin. Eigentlich ist alles Mist.

Und uneigentlich? Uneigentlich versuche ich, alles in meinem Leben zu ändern, was mir nicht gefällt. Versuchen ist der falsche Ausdruck. Ich mache es! Ich ändere mein Leben.

Angefangen bei dem Job, der mich auf die falsche Seite führen wollte, neben einem Mann, der nie ein Vater für mich war. Geändert.

Bei dem Gedanken an Macht, Manipulation und daran, wie Geld Menschen verändern kann, spannt sich mein Unterkiefer an. Ohne, dass ich es merke, umklammern meine Hände das Lenkrad fester und mein Fuß tritt das Gaspedal weiter durch. Impulsiv war ich schon immer. Und zu gut für eine Welt, in der die falschen Werte zählen …

Ich muss mich davon lösen. Immer wieder aufs Neue. Ich habe damit abgeschlossen. Trotzdem bleibt die Anspannung in mir, begleitet mich wie der schäbige Geruch von abgestandenem Bier. Jeden Morgen, wenn ich das *Stars* öffne, denke ich daran. Alles Gute hat auch schlechte Seiten, jede Entscheidung seinen Preis.

Der Klingelton des eingehenden Aufrufes unterbricht meine Gedanken.

»Raph, was war los?«

»Nick, du glaubst es nicht, ich glaube es nicht. Verdammt.«

Raphael schluchzt. Ein Geräusch, dass ich bei meinem besten Freund selten, sehr selten höre. Automatisch drossle ich die Geschwindigkeit, entscheide mich für die rechte Spur und setze den Blinker für den Parkplatz vor mir.

»Was ist passiert?«

Ich kann nichts gegen das Beben in meiner Stimme unternehmen. Es spiegelt meine innere

Vorahnung. Was auch immer vorgefallen ist, es ist etwas Großes. Ich halte am ersten freien Platz an, nehme mein Handy in die Hand und löse die Freisprechanlage.

»Nick, ich bin … Laura ist …«

»Was?«

Es raschelt in der Leitung, dann höre ich nichts mehr. Nur meine eigenen Gedanken, die mich inzwischen anbrüllen, endlich zu erfahren, was passiert ist.

»Raph? Laura? Hallo?«

Ein Lachen dringt zu mir und dann ein Geräusch wie ein Kuss. Dann höre ich, wie sie zählen. Eins, zwei, drei. Und dann brüllen sie beide ins Telefon: »Laura ist schwaaaaaaanger!«

Ein Satz, der in mir Salto schlägt und mich dazu zwingt, zurückzubrüllen:

»Yeahhhhhhh! Glückwunsch!«

»Danke, Mann.« Es raschelt wieder, dann höre ich Lauras Stimme: »Danke, Nick. Wir wissen es gerade erst. Ich habe eben den Test gemacht, es ist noch ganz frisch und ich bin so aufgeregt. Unglaublich. Ich rufe jetzt Elli an, okay? Ich geb dir Raph wieder. Und Nick? Hol dir dein Mädchen!«

Bei ihren letzten Worten muss ich schmunzeln. Genau das habe ich vor über einem Jahr zu Raph gesagt. *Hol dir dein Mädchen.* Das hat er gemacht und ich werde es auch schaffen.

»Nick, bist du noch dran?«

»Natürlich.«

»Ich kann es noch gar nicht glauben. Sie ist schwanger. Weißt du, was das bedeutet?«

»Und ob ich das weiß. Du wirst Vater.«

»Das bin ich doch längst«, spielt er darauf an, dass er im letzten Jahr für Lauras Sohn ein Vater geworden ist, die drei eine Familie sind. Und er hat vollkommen recht.

»Der Beste, den ich mir vorstellen kann.«

»Danke«, wieder schluchzt er, was meinen eigenen Hals eng werden lässt. Dann räuspert er sich und spricht weiter: »Ich werde jetzt meine Freundin einfangen, bevor sie der ganzen Welt erzählt, dass sie schwanger ist.«

»Mach das und Raph?«

»Ja?«

»Frag sie endlich, ob sie deine Frau werden will.«

»Ha! Das werde ich. Nick, das werde ich auf jeden Fall machen.«

»Und sie wird ja sagen.«

»Ich liebe dich, Mann.«

»Heb dir das für Laura auf«, lache ich ins Handy, derweil starte ich den Motor, schalte wieder auf Freisprechanlage um und fädle mich in den Verkehr ein.

»Nick, was wirst du machen, wenn du Romi siehst?«

Das ist eine gute Frage und es gibt tausend verschiedene Antworten. Die Erste sprudelt direkt aus meinem Mund: »Ich küsse sie.«

»Du Draufgänger.«

»Ich sage ihr, dass ich mich freue, sie endlich zu sehen.«

»Charmeur.«

»Vielleicht sollte ich einfach abwarten, sie den ersten Schritt machen lassen?«

»Waschlappen.«

»Waaaaas?«, lache ich drauf los.

»Mimimimimiiii«, säuselt Raphael und scheint sich köstlich zu amüsieren.

»Na sag schon. Was soll ich deiner erlesenen Meinung nach machen, Herr Frauenversteher?«

Er überlegt und ich überlege auch. Was mache ich, wenn ich sie das erste Mal sehe? Jubeln, staunen, auf sie zurennen, oder vielleicht auch wieder wegrennen … Wer weiß das schon? Nein. Nein, ich glaube, ich werde begeistert von ihr sein und mich so richtig schön trottelig benehmen. Weil ich nervös sein werde. Ach scheiße! Wie verrückt ist es eigentlich, dass sich meine Lippen in ein Grinsen legen, nur weil ich an sie denke?

»Weißt du was«, unterbricht Raph meine Grübelei, »küss sie!«

»Sag ich doch.«

Obwohl Raph schon längst auflegen wollte, telefonieren wir noch eine Stunde. Weil ich ihm ein paar Abläufe für das *Stars* erkläre und er mich in meiner Abwesenheit unterstützen wird. Aber auch, weil ich ungeheuer aufgeregt bin und er es merkt. Vor allem deswegen. Raph ist der Beste.

Die nächsten Stunden fliegen mit lauter Musik, Cola und Snacks an mir vorbei. Woran ich denke? An überhaupt nichts. Herrlich. Irgendwie schaffe ich es, auf die Straße zu gucken, der Musik zuzuhören und meine Gedanken treiben zu lassen. Es ist, als ob die

Zeit schneller fließt, je länger ich fahre. Ohne Stopps, ohne Stau, ohne Sorgen. Nur der Weg und ich.

Ich lasse Österreich hinter mir, fahre durch Slowenien und dann … dann bin ich in Kroatien.

Warst du schon mal in Kroatien? Ich kenne das Land, bin seine Flüsse mit dem Kanu hinabgejagt, habe seine Berge zu Fuß und mit dem Mountainbike erkundet, seine Wellen auf meiner Haut gespürt und seinen Charme in meinem Herzen. Ich liebe Kroatien. Es ist unfassbar grün hier, die Natur voller Kraft. An anderen Stellen siegt die Sonne über das Wasser, trocknet die Landschaft aus und bringt diese typisch mediterrane Romantik aus Stein, Staub und roten Dächern zum Vorschein.

Mit einem Klick fährt das Fenster herunter und treibt einen Schwall erhitzte Luft ins Auto. Der Geruch trägt Erinnerungen in sich. Erinnerungen an Nächte im Zelt und unter freiem Himmel, an das Gefühl von heißem Asphalt unter nackten Füßen, während die Haare nass vom Wasser sind. Erinnerungen an das Gewicht des Rucksacks auf den Schultern und der Leichtigkeit des Herzens in meiner Brust. Es riecht nach Freiheit.

Ich sauge ihn ein, den Geruch vergangener Abenteuer und genieße, was er mir schenkt. So sehr, dass die anderen Fenster folgen und mir der Wind von allen Seiten um den Kopf weht. Kroatien heißt mich willkommen und genauso fühle ich mich.

Dass nur noch 200 km vor mir liegen, merke ich nicht. Die Strecke ist zu meinem Ziel geworden und sie führt mich weiter ins Landesinnere mit seinen reinen Farben. Der Kontrast von Himmel, Bäumen und Flüssen lässt meinen Verstand an HD-Qualität glauben, wobei meine Augen nichts als die Realität erfassen. Unglaublich.

Und so geht es weiter. Dann noch weiter und irgendwann, irgendwie bin ich plötzlich angekommen. So fühlt es sich zumindest an. Plötzlich. Und so richtig angekommen bin ich auch noch gar nicht. Nur fast, also kurz davor, bald, gleich. Fuck!

Wie kann ich bitteschön 17 Stunden lang an so gut wie gar nichts denken und zehn Kilometer vor meinem Ziel an alles. Und ich denke wirklich an alles. Fragen, die ich mir nie gestellt habe und solche, die mich, seit ich Romi kennengelernt habe, beschäftigen, explodieren in meinem Kopf. Dabei wissen meine Hände nicht, ob sie meine Frisur vollends zerstören wollen oder lieber das Lenkrad zerquetschen. Beides heiße Optionen.

Was habe ich mir dabei gedacht, nach Kroatien zu fahren? Zu einer Frau, die mir offensichtlich nicht zeigen will, wie sie aussieht. Weil sie ungepflegt ist, stinkig, abstoßend. Kann man einer Person ansehen, dass sie stinkt? Ich weiß es nicht. Vielleicht stinkt Romi ja gar nicht. Hoffentlich nicht.

Aber wenn sie bildhübsch ist, warum hat sie sich dann nicht mit mir getroffen? Shit! Die Frage ist zu gut, zu berechtigt. Und die Antwort darauf führt mich zu einer Wahrheit, die ich nicht wahrhaben will.

In meinem Kopf gibt es nur zwei Möglichkeiten: Sie ist abstoßend, oder sie hat ein abstoßendes Geheimnis. So oder so ist mein Kopf nicht glücklich.

Warum fahre ich dann weiter, warum will ich sie überhaupt kennenlernen?

Ganz einfach: weil mein Herz eine dritte Möglichkeit sieht.

Kapitel 9

ROMI

Mein Haus in Kroatien ist nicht groß, dafür ungeheuer gemütlich. Es ist aus Naturstein gebaut, mit rotem Dach und vielen Fenstern.

Im Inneren gibt es drei Räume: Rechts das Badezimmer, hinten links die Abstellkammer und dazwischen der Wohnraum. Hier spielt sich mein Leben ab. Die weiße Küchenzeile steht links vom Eingang, daneben der runde Esstisch mit seinen drei Korbstühlen, dann ein Bücherregal, der Kamin und vor dem Kamin liegt ein geknüpfter Teppich.

Übrig bleibt der Platz hinter dem Badezimmer. Und dieser ist ganz besonders, weil großzügige Fenster den Blick in den Garten, auf das Meer, in die Freiheit ermöglichen. Weil unter den Fenstern breite Fensterbänke aus Holz angebracht sind. Weil das der schönste Platz für mich ist, ich hier gerne mit meinen drei Kissen im Rücken, der Decke über den Beinen und dem Laptop auf meinem Schoß sitze und arbeite. Manchmal lese ich auch und dann gibt es Tage, an denen ich dasitze und nach draußen blicke. Außerdem schlafe ich hier. In dem großen weißen Bett, welches an der Wand steht.

Ich liebe mein kleines Haus und das Grundstück, welches es umgibt, noch viel mehr.

Mittlerweile ist meine Ankunft fünf Tage her und auch dieser Tag neigt sich dem Ende zu. Es ist bereits 21 Uhr und ich beginne mich zu fragen, wie lang ich warten soll. Wie lang ich hoffen kann …

Wie viele Tage braucht ein herkömmliches Päckchen, bis es zugestellt wird? Und warum habe ich Idiotin mir nicht diese Nummer geben lassen, mit der man die Sendung verfolgen kann? Das ist doch Mist.

Wobei es schlimmer ist, dass ich keine Ahnung habe, ob er überhaupt kommt, wenn dieses blöde Päckchen endlich in seinen Händen liegt …

Wird er? Das frage ich mich jeden einzelnen Tag, jede Stunde, jede Minute. Es ist zum Verrücktwerden und das meine ich vollkommen ernst. Weil ich nämlich wirklich verrückt werde. Jeden Tag ein kleines bisschen mehr. Weil er eventuell gar nicht kommen wird. Und da sind sie auch schon, die Tränen, die meine Augen fluten wollen, wann immer ich meinen Gedanken erlaube, pessimistisch zu sein.

So geht es nicht weiter. Entweder er kommt oder nicht. Grübeln bringt nichts, Weinen bringt nichts, nichts bringt überhaupt etwas. Ich muss abwarten.

Als Begleitung für den heutigen Abend wähle ich deshalb eine Flasche PLAVAC. Vielleicht beruhigen sich so meine Nerven. Ich weiß natürlich, dass Alkohol keine Lösung ist, aber dieser Rotwein ist

Genuss und für alles, was ich genießen kann, gilt diese Regel nicht, oder?

Mit dem Weinglas in meiner Hand laufe ich auf nackten Füßen über die kühlen Fliesen, den Teppich, hin zur Terrassentür neben meinem Bett. Ich drücke die Tür auf, laufe über die unebenen Steine, lege mich in die Hängematte zwischen zwei Kiefern und beginne zu schwingen. Ich schließe meine Augen. Ich komme zur Ruhe, beginne zu genießen, was dieser Ort mir schenkt.

Das liebe ich an meinem zweiten Zuhause. Die Ruhe, die Natur, das Rauschen von Wind und Meer. Die Freiheit. Meistens brauche ich eine Woche, bis ich sie vollends spüre, bis ich meine Gedanken abschalten und ankommen kann. Dieses Mal kommt der Moment früher. Heute ist der Abend, an dem ich in Kroatien ankomme. Gefühlsmäßig. Ich spüre es und ich freue mich darauf. Weil es mich beruhigt und erdet. Weil ich wieder ich sein kann.

Der Wein schmeckt köstlich, die Hängematte schaukelt mich in einer festen Umarmung, ich bin frei.

Und dann höre ich das Knistern von Kieselsteinen, das beständige Dröhnen eines Automotors, entfernte Geräusche. Der Motor wird abgeschaltet, eine Tür geht auf und wieder zu. Schritte.

Die feinen Härchen in meinem Nacken stellen sich auf, jagen meinen Rücken hinunter und kitzeln überall da, wo ich gerade wohltuende Wärme genossen habe. Ich atme schneller. Entweder die Schritte gehen weiter Richtung Meer, vorbei an meinem Haus und mein Herz ist vollkommen umsonst in meinen Bauch gesprungen. Oder …

»Hallo? Romi?«

Eine dunkle Stimme, rauchig, feurig, Nick. Das ist er! Er ist hier. Jetzt. In Wirklichkeit. Scheiße, ich weiß nicht, was ich machen soll. Mein Herz hüpf in meinem Bauch umher wie die Metallkugel im Flipperautomaten. Es ist so weit.

Mit zittrigen Beinen stehe ich aus der Hängematte auf. Ich laufe über das Gras auf die Einfahrt zu, wo mir die kleinen Kieselsteine verdeutlichen, wie lange ich nicht mehr Barfuß gelaufen bin.

Jeder Schritt trägt mich in seine Richtung und jede vergangene Sekunde verkürzt den Abstand zwischen uns.

Man sollte meinen, die Zeit rast. Aber so funktioniert die Zeit nicht. Zumindest nicht immer. Dann und wann hält sie an, lässt den Moment erstarren und alles Körperliche gefrieren. Es ist ein Geschenk. Eins für die Sinne.

Mein Geschenk lässt mich erkennen, dass ich trotz des langen Wartens, des beinahe schmerzlichen Herbeisehnens, trotz aller Sehnsüchte … nicht die geringste Vorstellung davon hatte, wie intensiv dieser Moment für mich sein würde.

Jetzt, wo er da ist, wird er von einem polternden Herzen eingeleitet und von weichen Knien getragen. Meine Tränen stehen Spalier. Bereit, ihn zu empfangen.

Kapitel 10

NICK

»Ich bin hier.«

Meine Ohren nehmen erst ihre Stimme wahr, dann das Knirschen der Kieselsteine unter ihren Füßen. Sie kommt mir entgegen und ich laufe auf sie zu. Schritt für Schritt. Dann erkenne ich einen Schatten, ihre Silhouette, sie.

Gott ist die Frau schön! Das ist mein erster Gedanke. Ich weiß nicht einzuordnen, ob meine Augen sie nur als schön wahrnehmen, weil mein Herz sie bereits so abgespeichert hat. Aber das ist mir egal. Weil ich sie von Anfang an genau so gesehen habe, wie sie jetzt vor mir steht: schön.

Und das ist der Moment, in welchem ich anhalten, den ersten Blick genießen und sie dann höflich begrüßen sollte. Ich könnte auch darauf warten, dass sie auf mich zugeht. Das werde ich aber nicht. Weil es kein *sollte, dürfte, könnte* gibt. Nicht, wenn es so viel verlockender ist, zu machen.

Meine Beine tragen mich vorwärts, mein Mund lächelt seine Vorlieben und meine Hände warten auf

Beschäftigung. Nicht mehr lange. Nicht mehr weit. Genau jetzt.

Indem wir voreinander stehen, ein letzter Meter zwischen uns liegt, entscheide ich, dass das nicht nah genug ist. Ein Schritt mehr ist nicht nah genug. Meine Schuhe, die ihre Zehen berühren, sind nicht nah genug. Meine Hände an ihrem Rücken, mein Oberschenkel an ihrem Bein, mein Gesicht direkt vor ihrem. Nicht. Nah. Genug. Ich senke meinen Kopf, öffne meine Lippen, blicke in ihre Augen. Und dann nehme ich mir, worauf ich so lange gewartet habe.

Ich bin nicht zaghaft, ich frage nicht. Die Situation erlaubt mir, stürmisch zu sein, und meine Hände geben ein solches Tempo vor, dass mein Kopf nicht mehr folgen kann. Dafür folgen meine Lippen, die sich auf Romis pressen, meine Zunge, die in ihren Mund dringt, mein Atem und mein Herz. Alles rast, alles pocht, alles nimmt. Und als ich Romis Hände an meinem Hintern spüre, sie mich noch ein Stückchen näher zu sich zieht, weiß ich, dass ich richtig gehandelt habe. Mehr als richtig.

»Nick«, haucht sie zwischen zwei Küssen nur, um mich danach vollends zu verschlingen. Ein berauschendes Gefühl.

Wobei ich in all der Nähe versuche, einen Teil meines Körpers auf Abstand zu halten. Warum auch immer empfinde ich es als zu viel, meinen Schwanz gegen ihren Schoß zu drücken.

Romi scheint das anders zu sehen. Je mehr ich zurückhalte, desto haltloser wird sie. Ihre Hände schnellen in meinen Nacken, wühlen sich durch meine Haare, gleiten meinen Rücken hinab und graben sich in meine hinteren Jeanstaschen. Ihr Kuss wird tiefer, ihr Atem flacher und ihre Hände greifen fester … Kein Zweifel, sie will mich spüren. Die Frau macht mich fertig. Und ich entscheide, auf löbliche Vorsätze zu scheißen.

Ich fahre mit flachen Händen ihre Schultern hinab, den unteren Rücken entlang, gleite über ihren Arsch und halte an der Stelle, wo ihre Pobacken enden und ihre Oberschenkel beginnen. Vorfreude tanzt in meiner Brust. Ich küsse sie fordernder, reibe mit meiner Zunge an ihrer, zwinge sie, hektisch zu werden. Als ich Romis Stöhnen höre, weiß ich, dass der Zeitpunkt richtig ist. Jetzt.

Meine Hände packen zu, heben Romi hoch, legen ihre Beine um meine Hüfte, pressen ihre Mitte gegen meine. Ich drehe mich zur Seite, gehe zwei Schritte bis zu einem der Bäume am Rande des Weges. Meine Hand findet den Stamm, die andere folgt und dann mein Körper, der Romis Rücken gegen die feste Rinde drückt. Ich unterbreche unseren Kuss, weiche mit dem Kopf zurück und blicke ihr direkt in die Augen.

Es gibt Situationen, in denen ich mir einbilde, zu sehen, was eine Frau denkt, was sie fühlt, was sie will. Diese ist eine davon. Romi ist verletzlich, für sie ist das hier nichts Alltägliches. Und doch will sie es. Sie will mich. Ich weiß es, ich sehe es in ihrem Blick. Weswegen ich mir erlaube, zu spielen, sie herauszufordern.

Ich fahre mit der Zunge über meine Unterlippe, halte den Blickkontakt und reibe dann mein Becken an ihrem. Ihr Mund öffnet sich zur selben Zeit, in der ihre Lider sich senken. Ein verhaltenes Keuchen purzelt über ihre Lippen. Gott … ist das scharf.

Ich will gerade weitermachen, noch mehr aus ihr herauskitzeln und meine eigene Lust intensiver spüren. Weil ich mich überlegen fühle. Bis … bis sie ihre Augen öffnet und mir pures Verlangen entgegenblickt. Fuck! Mein Schwanz zuckt in meiner Hose, meine Gedanken setzen aus, mein Mund ist mit einem Mal staubtrocken und mein Herz? Mein Herz rast.

Alles oder nichts, alles oder nichts, alles oder?

»Nick«, flüstert sie, räuspert sich und spricht dann mit lauterer Stimme weiter. »Nick, ich weiß nicht … ich will …. du bist … scheiße!«

»Ich bin scheiße?«

»Nein!«, lacht sie ihr wunderschönes Lachen und entschärft damit nicht nur die Situation, sondern legt die Bilder übereinander. Die Bilder in meinem Kopf. Die gehörte Romi mit der vorgestellten Romi, mit der Erträumten und schließlich der Realen. Alle fließen zu einer Person zusammen und ich kann nicht anders, als mit ihr zu lachen. So, wie es von Anfang an funktioniert hat.

»Du bist nicht scheiße.«

»Was bin ich dann?«

»Scharf?«

»Ist das eine Frage oder eine Feststellung?« Wie von selbst wandelt sich meine Lust in Neugierde, mein körperliches Interesse in geistiges.

»Wenn ich gewusst hätte, wie du aussiehst, wäre ich bestimmt nicht mit dir ausgegangen.«

»Weil du eher auf hässliche Männer stehst?«

»Nein!«

»Weil du lieber mit hässlichen Männern ausgehst?«

»Ha, ha! Ob du es glaubst oder nicht: Zwischen hässlich und dir liegen Welten. Wunderschöne Welten. Und dann kommst irgendwann du.«

»Du spinnst!«

»Ja sicher, Mister superhot.«

»Mister was?«, lache ich sie an, mich aus oder was auch immer. Inzwischen habe ich so viel Spaß an unserer Unterhaltung gefunden, dass meine Arme Romi freigeben und ihre Beine auf den Boden absetzen. Trotzdem bleibt ihr Rücken gegen den Baum gelehnt, stehe ich dicht vor ihr.

»Soll das ein Scherz sein?«, fragt sie und redet sich dann vollends in Rage: »Du bist heiß! Du siehst aus, wie der feuchte Traum aller Frauen. Vielleicht auch aller Männer? Also, wenn ich ein Mann wäre, fände ich dich auch heiß. Verboten heiß. Nick!« Ihre Faust trifft meine Schulter. »Das geht so nicht.«

Ich brauche einen Moment, um ihre Worte sacken zu lassen, um meine Antwort zurechtzulegen. »Erstens: Du übertreibst. Zweitens: Das ist kein Grund, um nicht mit mir auszugehen. Und drittens: Das ist das eigenartigste Kompliment, das ich je bekommen habe.«

»War aber kein Kompliment.«

»Was dann?«

»Kein Kommentar. Wie groß bist du eigentlich?«

»1,98 m.«

»Ein Meter und achtundneunzig Zentimeter. Das ist riesig! Dazu diese Schultern, deine Arme, die Tattoos.« Ihre Hände folgen den Worten über meinen Körper. »Ist an dir auch irgendetwas nicht schön?«

»Das Gleiche könnte ich dich fragen.«

Ihr Mund legt sich in ein Lächeln, ihre Augen ruhen auf meinen Armen, ihre Finger fahren die dunklen Konturen entlang. Ich nehme mir den Moment, um sie zu betrachten. Dann schleicht sich ein Gedanke aus meinem Mund, der eigentlich still bleiben sollte: »Warum geht eine Frau wie du zu einem Blind Date?«

Ihr Blick hebt sich meinem entgegen. Sie blinzelt. Ich bin kurz davor zu sehen, was sie fühlt, zu erkennen, welche Wahrheit sie zu verbergen versucht, als sich ihre Augen schließen.

»Was - «

»Nicht«, unterbricht sie mich. »Mach es nicht kaputt.«

Ich weiß nicht, was sie meint, und werde es auch nicht erfahren. Weil Romi mich küsst. Weil ihre Lippen alle Gedanken beiseiteschieben.

Das sind sie, die Waffen einer Frau und Romi scheint eine prall gefüllte Waffenkammer zu haben. Jedenfalls weiß ich gar nichts mehr, als sich ihre Lippen irgendwann von meinen lösen.

»Komm, es ist kalt geworden«, haucht sie und verschlingt unsere Hände ineinander, zieht mich in ihre Richtung.

»Meine Sachen sind noch im Auto.«

Wenigstens das fällt mir ein. Schulterzuckend blicke ich sie an, drehe mich um und renne zum Auto. Ein Knopfdruck, meine Hand am Türgriff, auf der Tasche und zurück zur Fahrertür. Wieder drücke ich den Knopf, verriegle dieses Mal mein Auto. Ich bin bereits im Begriff, zu ihr zurückzurennen, als ich kurz, ganz kurz innehalte.

Meine Lungen füllen sich mit frischer Luft, pumpen den Sauerstoff durch meinen Körper. Alles klärt sich. Meine Gedanken, meine Gefühle, mein Temperament.

Das hier ist vielleicht nicht unser erstes Date und auf eine höchst verwirrende Art und Weise bin ich mir sicher, nichts falsch machen zu können. Und trotzdem … sollte ich nichts überstürzen. Vor allem sollte ich meinen Schwanz in der Hose behalten. Wie war das mit dem *sollte, dürfte, könnte?* Ach, scheiße!

Kapitel 11

ROMI

Zum wiederholten Mal tippe ich auf mein Handy, checke die Uhrzeit, lege es wieder weg und schließe meine Augen. Es ist immer noch mitten in der Nacht. Und ich kann nicht schlafen.

Vorsichtig drehe ich mich um. Trotz aller Mühe rascheln meine Laken, was Nick nicht zu hören scheint. Er liegt auf der Isomatte vor dem Kamin und schläft. Die Decke ruht inzwischen nicht mehr auf, sondern neben ihm und er schläft in engen schwarzen Shorts.

Was auch sonst. Dieser Mann weiß ganz genau, wie heiß er aussieht. Er hat sich absichtlich halb nackt ins Bett gelegt. Und dann schläft er ein. Mist. Mist. Mist.

Mit ihm vor den Augen werde ich niemals zur Ruhe kommen. Also drehe ich mich wieder um. Dann setze ich mich auf, öffne die Wasserflasche neben meinem Bett und trinke einen Schluck. Ich lege mich wieder hin. Und … kann trotzdem nicht schlafen. Stöhnend schnappe ich mir mein Handy.

Wo ich schon mal wach bin, kann ich Nicks Nummer wieder freigeben. Ich hatte ihn blockiert. Natürlich, damit er mich nicht anrufen und auch keine Nachrichten schicken kann. Aber der eigentliche Grund war wohl eher, dass ich ihn genauso wenig erreichen konnte. In meinem Kopf hat es nur so funktioniert. Entweder unsere bisherige Zeit hätte gereicht oder eben nicht. Offensichtlich hat sie es. Er ist hier.

Das wird mir jetzt erst richtig bewusst. Nick hat sich für mich entschieden. Er ist nach Kroatien gefahren. Einfach so. Und anstatt mir vorzuwerfen, dass ich mich nicht gemeldet habe, hat er mich geküsst. Und wie er mich geküsst hat. O Gott!

Mit der Zunge fahre ich über meine Unterlippe, die entsetzlich lang nicht mehr *so* geküsst wurde. Es prickelt immer noch. Und nicht nur da … Meine Oberschenkel pressen sich aneinander, betäuben, was lieber entfacht werden will.

Wenn ich ehrlich zu mir selbst bin, hätte er in dem Moment alles mit mir machen können. Ich hätte ja gesagt. Wahrscheinlich hätte ich nicht einmal geschafft, das Wort auszusprechen, und lediglich genickt. Oder gestöhnt. Ich hätte auf jeden Fall gestöhnt.

Holy Guacamole! Ich habe mir ja vieles vorgestellt. Aber dass er so heiß aussieht und so küssen kann, mich so anfassen würde und es innerhalb kürzester Zeit schafft, dass ich mich so fühle. So begehrt, so voller Leidenschaft, so unfassbar erregt. Damit habe ich nicht gerechnet.

Und jetzt, wo ich es weiß … kann ich nicht schlafen. Weil ich mehr will.

Ein Kichern schlüpft aus meinem Mund, bevor meine Hand ihn hektisch zu verschließen versucht. Ich, Romi Rosendahl, will Sex. Ich habe Lust. Und der Mann, der all meine Fantasien verkörpert, ist greifbar. Er liegt direkt vor mir.

Meine Wangen heben meine Mundwinkel wie von selbst nach oben und dann noch ein bisschen höher. Genau wie mein Herz in diesem Moment kräftiger zu schlagen beginnt. Ich würde wetten, dass auch meine Augen intensiver leuchten. Wer weiß, vielleicht strahlt mir sogar die Sonne aus dem Arsch. Wenn man sich so fühlt, wie ich es gerade tue, ist einfach alles möglich. Ich bin glücklich.

Und ich weiß auch schon genau, was ich jetzt mache. Nein, ich werde ihn nicht wecken und heißen Sex mit ihm haben. Nein, ich werde mich auch nicht selbstbefriedigen. Ganz bestimmt nicht. Hallo, er liegt nur drei Meter von mir entfernt. Das geht nicht. Das hört er doch. Außerdem geht das nicht. Nein! Neeein!

Was ich sagen wollte, ist, dass ich unsere Chatverläufe in meinem Handy lesen werde. Ist doch klar. Sowas macht man eben, wenn man im Bett liegt und nicht schlafen kann.

> Romi: Bist du bereit für die Fragen des Tages?
> Nick: Ich habe schon darauf gewartet.
> Romi: Okay. Ich bestimme das Thema, du die Fragenzahl. Deal? :)

Nick: Deal.
Romi: Das Thema lautet: Was gefällt dir beim Sex.
Nick: Dein Ernst? 100 Fragen. 1000 Fragen. Gibt es auch unendlich viele Fragen? Dann nehme ich das.
Romi: Waaaas?
Du kannst nicht unendlich viele Fragen nehmen.
Nick: Dann eben 100. Das wird reichen.
Romi: Warum so viele?
Nick: Wenn man offen und ehrlich über Sex reden kann, gibt es kein zu viel. Das ist das Beste. Überleg doch mal.
Ich meine, was hast du zu verlieren?
Romi: 5 Fragen sind ok.
Nick: Ach komm schon.
Romi: 5 Fragen sind mehr als genug. Es wären ja 5 für jeden.
Außerdem muss ich irgendwann schlafen.
Mein Wecker klingelt morgen früh um 6 Uhr.
Nick: …
Romi: Was?
Nick: Du glaubst also, dass du nach 5 Fragen über Sex schlafen kannst? ;)
(5 Minuten später)
Romi: Vorschlag: Es gibt keine Fragenbegrenzung, aber eine Zeitbegrenzung. Bis Mitternacht.
Nick: Weil du dann noch genug Zeit für deinen Vibrator und deinen Schlaf hast?

Romi: Nick!
Nick: Das war meine erste Frage. Und du kennst die Regeln ;)
Romi: Ja.
Nick: Yes! Ich liebe diese Fragerunde jetzt schon.
Romi: Und ich frage mich, was ich mir dabei gedacht habe …
Nick: :D
Romi: Okay, abwechselnde Fragen. Ich bin dran.
(5 Minuten später)
Nick: Ich warte.
(Weitere 5 Minuten später)
Du wirst aber nicht bis Mitternacht nichts mehr fragen, um aus der Nummer rauszukommen, oder?
Romi: War einen Versuch wert.
Nick: Haha. Leg los.
Romi: Okay. Selbstbefriedigung?
Nick: Das ist keine Frage.
Romi: Doch. Das Thema ist: Was gefällt dir beim Sex und meine Frage ist: Selbstbefriedigung?
Nick: Ob es mir gefällt, mich beim Sex selbst zu befriedigen? Warte, darüber muss ich nachdenken.
Romi: Also du oder die Frau. So generell eher.
Beides.
Das war eine scheiß Frage.
Nick: Nein, nein. Die Frage ist gut.

Ich mag das. Sehr sogar.
Wenn ich ehrlich bin, mache ich das nicht oft. Weil ich beim Sex komme. Aber wenn meine Partnerin ihre oder meine Hand dazunimmt, macht mich das an. Weil ich darauf stehe, wenn eine Frau weiß, was sie will und es sich nimmt. Verstehst du, wie ich das meine?
Romi: Okay.
Nick: Na sag schon.
Romi: Was?
Nick: Du hast mit einer anderen Antwort gerechnet, oder?
Romi: Ich habe nicht damit gerechnet, dass du so über Sex reden kannst.
Nick: Das Handy macht mich mutig! ;)
Romi: Quatschkopf. Ich wette, du hättest es höchstpersönlich genauso gesagt.
Nick: Vermutlich schon. :)
Romi: Du bist dran.
Nick. Okay. Selbstbefriedigung?
Romi: Das zählt nicht.
Nick: Warum nicht?
Romi: Das war meine Frage. Du musst dir etwas Eigenes ausdenken.
Nick: Na gut. Kommst du beim Sex?
Romi: Du Schlauberger …
Nick: Also? :)
Romi: Nein, ich komme nicht oft beim Sex. Und deswegen habe ich auch darüber nachgedacht, dass ich mich ja einfach selbstbefriedigen könnte. Problem gelöst.
Jetzt weißt du es.

Nick: Können wir telefonieren?
Romi: Nein.
(Ein Anruf in Abwesenheit: Nick)
Ich habe nein gesagt.
Nick: Warum nicht?
Romi: Das hier fällt mir so schon schwer genug.
Nick: Entweder so oder gar nicht?
Romi: Du sagst es.
Nick: Na gut. Du schreibst „könnte". Also hast du es noch nicht ausprobiert. Bisher war dein Sexleben nicht sonderlich … befriedigend?
Romi: Du bist gar nicht mehr dran mit fragen.
Nick: Komm schon.
Romi: Was willst du hören?
Nick: Ich will gar nichts hören, ich will derjenige sein, der es besser macht.
(10 Minuten später)
Romi?
(Ein Anruf in Abwesenheit: Nick)
Romi: Kann ich einfach die nächste Frage stellen? Ich habe deine doch beantwortet.
Nick: Okay.
Romi: Welche ist deine Lieblingsstellung?
Nick: Doggystyle.
Nein warte. Ich mag es auch, wenn sie oben ist. Ich mag auch selbst gerne oben sein. Und die 69.
Im Stehen.
Weißt du was? Ich mag alle Stellungen.

Romi: Du magst alle Stellungen, oder?
Nick: Genau :D
Romi: Das lasse ich gelten.
Aber nur, wenn du mich jetzt nicht das Gleiche fragst.
Nick: Sehr gnädig.
Romi: So bin ich.
Nick: Stehst du auf Oralverkehr?
Romi: Ich bei ihm oder er bei mir?
Nick: Er bei dir.
Romi: Ja.
Nick: Notiz an mich selbst: Offene Fragen stellen.
Romi: :D Tja, Frage verspielt. Ich bin dran.
Nick: Damit kann ich leben.
Romi: Was würdest du nicht ausprobieren wollen?
Nick: Puh. Gute Frage.
Romi: Ich weiß. :)
Nick: :) Okay … Ich glaube, es gibt nicht viel, was ich nicht probieren würde. Einfach, weil ich gerne Sex habe, weil ich weiß, wie intensiv Lust sein kann und weil ich es genieße, jemandem Lust zu schenken.
Romi: Nicht viel ist aber nicht alles.
Nick: Ich überlege noch.
Romi: Wie sieht es mit einem anderen Mann aus?
Nick: Das habe ich schon ausprobiert.
Romi: Echt jetzt??? Du bei ihm oder er bei dir?

Nick: Nein. NEIN! So nicht. Nur zwei Männer und eine Frau. Mehr nicht.
Romi: Also wäre das ein No Go für dich?
Nick: Ehrliche Antwort? Keine Ahnung. Ich glaube, das käme auf die Situation an. Ausprobieren ist ein verlockender Gedanke in jeglicher Hinsicht.
Romi: Du bist ganz schön versaut.
Nick: Experimentierfreudig.
Romi: Versaut.
Nick: Offen für alles.
Romi: Sag ich ja: Versaut!
Nick: :D Okay, was ich nicht ausprobieren wollen würde, ist so ein Verkleidungsding mit Latexanzügen, Hundeleine und Ball im Mund.
Romi: Ach Mist, das ist genau mein Ding.
Nick: Wuff
Romi: :DDD
Nick: Frage beantwortet?
Romi: Ja. Du bist dran.
Nick: Was ist dein Lieblingsort?
Romi: Weißt du, woran ich jetzt sofort denken musste? An die Cab-Werbung. I hate sex … in the bedroom. Kennst du die?
Nick: Natürlich. Bierwerbung ist die beste Werbung.
Eine Flasche von die Bier, die so schön hat geprickelt … in mein Bauchnabel. Kennst du die?
Romi: Ich vergaß, du bist Barkeeper.
Nick: So sieht es aus.

Also … Dein Lieblingsort? :)
Romi: Bin ich langweilig, wenn ich Bett sage?
Nick: Natürlich nicht! Im Bett kann man jede Menge unlangweilige Dinge machen.
Romi: Das Wort gibt es nicht.
Nick: Welches?
Romi: Unlangweilig.
Nick: Dann eben spannend, aufregend, interessant, erregend … Such dir etwas aus.
Romi: Erregend also.
Nick: Mir fällt allerhand Erregendes im Bett ein.
Romi: Was denn so?
Nick: Habe ich dir schon erzählt, dass ich gerne lecke?
Romi: Noch nicht.
Nick: Ich mag es, wenn die Frau am Bettende liegt und ich davor hocke. Ihre Beine über meinen Schultern.
Romi: Was noch?
Nick: Wenn ich im Bett liege und sie sich über mich hockt.
Romi: Über dich?
Nick: Über mein Gesicht.
Romi: Oh.
Nick: Was?
Romi: Das habe ich noch nicht ausprobiert.
Nick: Das solltest du.
Unbedingt.
Romi: Nick?
Nick: Ja?

Romi: Was, wenn ich mir etwas wünsche, wenn es in meinem Kopf funktioniert … Und in der Realität nicht?
Nick: Dann hattest du den falschen Mann.
Romi: Meinst du?
Nick: Ich bin mir ganz sicher.
Alles, was dir Lust schenkt, ist richtig. Alles, was deine Lust erstickt, ist falsch. So einfach ist das.
Romi: So einfach ist das …
Nick: Manchmal ist die Lösung kompliziert und manchmal ist sie ganz leicht.
Romi: Es ist schon Mitternacht.
Nick: Es ist sogar schon halb 1. ;)
Romi: Habe ich auch gerade gesehen …
Nick: Also war es das für heute?
Romi: Sieht ganz so aus.
Nick: Ich wünsche dir eine wundervolle Nacht in deinem Bett.
Romi: Haha!
Nick: Was denn? Die wünsche ich dir wirklich. Vielleicht stellst du dir ja vor, wie es ist, dich über mein Gesicht zu hocken.
Romi: Interessanter Gedanke …
Nick: Meine Zunge ist heiß und rau.
Romi: Okay. Ich werde nicht mehr schlafen können. Dankeschön dafür.
Nick: Glaub mir, du wirst ganz wundervoll schlafen können. Lass dich einfach darauf ein.
Romi: Ganz einfach also?
Nick: Ganz einfach.

Romi: Okay.
Nick: Schlaf gut, Romi.
Romi: Du auch.

Scheiße! Ich habe mir genau die falsche Unterhaltung rausgesucht. Oder aber genau die Richtige. Wer weiß das schon? Ich jedenfalls weiß gar nichts mehr. Nichts, außer, dass ich es nicht abwarten kann, meine Fantasien in die Wirklichkeit umzusetzen. Mit Nick.

Und vielleicht hat er ja recht. Vielleicht ist es wirklich ganz einfach. Mit dem richtigen Mann.

Kapitel 12

NICK

Ein Knarzen weckt mich. Ich drehe mich dem Geräusch entgegen, öffne meine Augen und sehe Romi in der kleinen Küche stehen. Sie bereitet das Frühstück vor. Und dabei trägt sie ein weißes T-Shirt und einen Slip. Einen schwarzen Slip. Einen, der ihren hübschen Po nur halb bedeckt. Und ich weiß nicht, ob mir das gefällt.

Moment, das stimmt so nicht. Natürlich gefällt es mir. Die Frau hat einen Knackarsch der Sonderklasse. Aber – ja, es gibt ein aber – ich werde mich zurückhalten müssen. Also gefällt es mir irgendwie nicht, dass sie so wenig Kleidung am Körper trägt. Ganz und gar nicht. Ach, scheiße! Wie lange sollte ich warten? Gibt es da irgendwelche Regeln? Ich will einfach nichts falsch machen.

Gestern Abend habe ich sie geradezu überfallen. Ich wäre auch weiter, noch viel weiter gegangen und sie ebenso. Das ist es, was mich aufgehalten hat, was mich die Notbremse hat ziehen lassen. Sie wollte mich ganz genauso. Und ich will mehr von

Romi. Mehr als Sex. Wobei ich den Sex natürlich auch will. Und wie ich ihn will!

Dieser eigenartige Gedankengang reicht aus, damit mein Kopf die Vorhänge zurückfährt und die Vorstellung beginnen lässt. Aber ich gebe mich den Bildern auf der Leinwand nicht hin, ich schließe meine Augen nicht, bin nicht Teil dieses Filmes. Nein, ich schlage die Decke zurück und stehe auf. Es wird Zeit für andere Gedanken.

»Guten Morgen. Ich hoffe, ich habe dich nicht geweckt?«

Romis Stimme klingt erschrocken, leicht verschlafen und ungeheuer sexy. Dazu lacht ihr Mund, als wollte er mir den Morgen versüßen. Und genau das wird er. Weil ich mich bei dem Anblick ihrer Lippen nicht länger zurückhalten kann.

»Hmm«, knurre ich, gehe auf sie zu, lege meine Hände in ihren Nacken und meinen Mund auf ihre Lippen. Die Anspannung ihrer Muskeln löst sich mit jedem meiner Zungenschläge. Nur um kurz darauf wieder zuzunehmen. Unter meinen Fingern fühlt es sich so an, als wüsste ihr Körper nicht, wie er reagieren soll. Und das gefällt mir.

Zurückhaltung hin oder her, Vorspeisen sind erlaubt, um den gröbsten Hunger zu stillen. Also genieße ich diesen Kuss. Ich genieße ihn mit meinen Händen, mit meinem Mund, meiner Zunge … mit allem, was ich habe. So lange, bis ich meinen Herzschlag deutlicher in der Shorts, als in meiner Brust fühle und langsam, aber sicher mehr als die Vorspeise will.

»Guten Morgen, Romi«, hauche ich, lege meine Stirn an ihre und freue mich über die unregelmäßigen Atemzüge, die mir aus ihrem Mund entgegenströmen. Romi ist erregt und sie hat nicht die leiseste Ahnung, wie sie damit umgehen soll. Dass es mir ähnlich geht, ist egal. Weil ich es bin, der die Situation unter Kontrolle hat.

»Nick.«

»Ja?« Mein Mund formt sich zu einem Lächeln. Ich lege meine Hände an Romis Wangen und hebe ihren Kopf, blicke ihr direkt ins Gesicht. Unsere Augen tanzen für einen Moment hin und her. Dann beginnt auch sie zu grinsen.

»Was machst du mit mir?«

»Ich küsse dich.«

Ein Lächeln begleitet meinen Satz und der Versuch, sie erneut zu küssen. Romi dreht ihren Kopf zur Seite, was mich davon abhält, ihre Lippen zu küssen, nicht aber ihren Hals. Langsam fahre ich mit der Zunge über ihren Puls, puste auf die nassen Linien und küsse mich Richtung Ohr. Meine Hände wandern tiefer, schließen sich um Romis Taille. Ich halte sie, weil ich weiß, dass sie Halt braucht.

»Nick!«

Ich sauge an der weichen Haut ihrer Halsbeuge. »Ja?«

»Ich …«

Meine linke Hand schleicht sich unter ihr Shirt, hält ihren Rücken, während ich mit der anderen Hand über die Rundungen ihres Hinterns streichle. »Du?«

»Gott, Nick. Ehrlich…« Romi presst ihre Hände auf meine Brust, zwingt mich zurück und meinen Blick in ihre Augen. »Entweder alles oder nichts.«

Ihr Oberkörper hebt und senkt sich in schweren Atemzügen. Ihre Augen sind glasig, die Lippen rot. Sie will mich. Jetzt. Alles oder nichts. Und was will ich?

»Du weißt, dass ich dich will, Romi.«

»Dann nimm mich endlich.«

»Fuck!«, schleudere ich meinen Gedanken, meine Unsicherheit, mein Verlangen mit einem Wort aus dem Mund. Romi grinst frech. Sie legt ihren Kopf schief, studiert mein Gesicht.

»Du bist ein Mann, der nicht lange redet, sondern macht. Stimmt doch, oder?«, fragt sie und fährt dabei mit dem Zeigefinger über meine Unterlippe.

»Das stimmt.«

»Und du machst nichts.«

»Wie bitte?«

»Nick, ich habe gesagt *entweder alles oder nichts,* und du machst nichts.«

Obwohl ihre Frage das vermuten ließe, klingt ihre Stimme nicht enttäuscht, sondern vielmehr neugierig.

»Auch das stimmt.«

»Warum?«

»Weil ich nichts falsch machen möchte.«

»Und Sex zu haben mit mir … Das wäre falsch?«

»Romi ich-«

Ihr Zeigefinger auf meinem Mund unterbricht mich.

»Sex zu haben ist falsch, aber küssen geht? Verstehe ich das richtig?«

»Irgendwie schon«, murmle ich gegen ihren Finger und bin mir nicht sicher, ob sie die richtigen Schlüsse aus meiner Entscheidung zieht.

»Warum?«

Da ist er, der verletzte Blick, der zittrige Unterton. Die Situation kippt und nur ich kann sie daran hindern, vollends abzustürzen.

»Romi«, meine Hände greifen ihre Handgelenke, umschließen sie und führen sie vor meiner Brust zusammen. »Ich will nichts überstürzen. Ich will jeden Moment mit dir genießen. Ich will dich kennenlernen. Und dann will ich natürlich auch Sex. Scheiße, den will ich jetzt schon.« Ein Lachen schleicht sich in meine Worte. »Ich wollte dich gestern schon«, gestehe ich und hoffe, damit alles gesagt zu haben. Alles richtig gerückt und Romi die Bestätigung geschenkt zu haben, die sie offensichtlich aus meinem Mund hören wollte.

»Du willst also warten?«

»Sieht ganz so aus.«

»Und was, wenn ich nicht warten will?«

»Dann würde ich mich - nobel wie ich bin - deinen Wünschen unterwerfen.«

»Unterwerfen?«

»Im wahrsten Sinne des Wortes.«

Ihre Wangen schnellen nach oben, ein Kichern purzelt aus ihrem Mund. Keine Frage, Romi denkt an die Nacht, in der wir über unsere Sexvorlieben gechattet haben. Und ich auch.

»Sag mal, Nick?«

»Ja?«

»Wo würdest du mich denn überall küssen wollen? Jetzt. Bevor wir irgendwann wirklich miteinander schlafen.«

Romis Wangen glühen. Vor Lust und garantiert auch, weil sie sich noch nie getraut hat, so etwas zu fragen. Laut.

Für mich ist es nichts Neues, über Sex zu reden. Zu sagen, was ich will, wie ich es will, wo und wann. Ich gebe gerne den Ton an. Aber das hier? Einer so starken Frau gegenüberzustehen, die ausschließlich in sexueller Hinsicht unsicher zu sein scheint … Das ist neu für mich. Neu und unglaublich reizvoll.

»Ich küsse dich, wo du es willst.«

»Egal wo?«

Mein Kopf hebt und senkt sich, meine Zunge fährt über meine Unterlippe. Romis Blick klebt an meinem Mund.

»Okay«, flüstert sie. »Dankeschön. Dann weiß ich jetzt Bescheid.«

Mit einer 180 Gradwende dreht sie sich um, stürmt zur Toilette und knallt die Tür hinter sich zu. Und ich kann nicht anders, als aus vollem Herzen zu lachen. Laut und lange. Die Frau ist zweifelsfrei etwas ganz Besonderes.

Während Romi wahrscheinlich überlegt, wann genug Zeit vergangen ist, damit sie ihr Versteck erhobenen Hauptes wieder verlassen kann, genehmige ich mir einen Kaffee. Romi schenke ich auch einen ein und trage unsere Tassen zum Tisch. Ich nutze die Zeit, um mich bei Nora zu melden. Zu fragen, ob alles gut läuft. Dann schicke ich Raph eine

Textnachricht. Und dann setze ich mich hin, trinke meinen Kaffee und sehe mich um.

Mit gefällt das kleine Haus. Es ist urgemütlich, hell und einfach. Einfach nicht im Sinne von günstig, sondern vielmehr, weil kein unnötiger Schnickschnack vorhanden ist. Es sind ausgewählte Stücke, die eine besondere Stimmung transportieren. Die Schwarz-Weiß-Bilder an den Wänden zeigen Momente aus der Vergangenheit. Dieses Haus, eine alte Frau, das Meer. Andere Fotos gibt es nicht. Auch nichts, was darauf schließen ließe, ob Romi das Haus gemietet hat, wie lange sie hierbleiben möchte, ob es vielleicht sogar ihr Haus ist.

Jetzt, wo ich darüber nachdenke, fällt mir auf, wie gut das Haus zu ihr passt: Ein kleines gemütliches Versteck, umgeben von wunderschönster Natur. Nur wer eingeladen ist, weiß, dass die lange Küstenstraße zu einem Haus führt. Nur wer die Adresse kennt, findet den Weg. Und nur wer nach Kroatien kommt, sieht Romi? Der Gedanke hinterlässt einen faden Beigeschmack. Außerdem wirft er die Frage aller Fragen auf: Warum? Warum wollte Romi mich nicht bereits nach unserem ersten Date sehen? Warum das Versteckspiel? Warum Kroatien? Warum ich und der Wievielte bin ich eigentlich?

Okay, die letzte Frage ist gemein. Aber sie ist da. Einmal ausgedacht lässt sich so ein Gedanke schlecht wieder wegdenken.

»Wollen wir frühstücken?«, zerstreut Romis Stimme meine Grübelei. Zumindest für den

Moment. Ich werde meine Fragen stellen. Aber erst, wenn ich mir selbst ein Bild gemacht habe. Erst wenn ich uns und ihr die Zeit gegeben habe, alles zu erklären.

»Sehr gerne.«

Nach einem wundervollen Tag sitzen wir abends auf der Terrasse, essen frischen Fisch vom Grill und dazu Kartoffeln mit Mangold in Olivenöl und Knoblauch.

Wir sind uns nähergekommen, haben den ganzen Tag geredet. Über Filme, Musik, gutes Essen und über Kroatien. Wir haben gelacht. Und vor allem haben wir uns geküsst. Immer und immer wieder.

Es ist einfach, Romi zu mögen. Und irgendwie macht Kroatien es uns besonders leicht. Die Sonne, das Meer, die vollkommene Ruhe. Nur Romi und ich. Es fühlt sich nach dem perfekten Date an.

Aber ein Date wäre irgendwann zu Ende. Man verabschiedet sich und fährt nach Hause. Das machen wir nicht. Ich bleibe hier. Über Nacht. Und wir haben noch nicht darüber geredet, wo ich schlafen werde, wie lange ich hierbleibe, was wir überhaupt voneinander wollen.

Soll ich das Thema ansprechen oder mich treiben lassen?

Kapitel 13

ROMI

Ein traumhafter Tag geht langsam dem Ende zu. Von meiner Terrasse aus kann man den Blick aufs Meer genießen, die kleinen Wellen beobachten, die gegen die Felswand brechen und einen unverwechselbaren Klang hinterlassen. Es ist nicht das mächtige Rauschen großer Wellen, nicht das stille Gurgeln auslaufenden Meeres an einem Sandstrand. Die Felsküste Kroatiens zwingt das Wasser vielmehr in ein stetiges Plätschern. Ich liebe das Geräusch. Es ist nicht aufdringlich, übertönt kein Gespräch. Es begleitet. Und es liegt etwas Vollkommenes darin.

Ich könnte dem Wasser stundenlang zuhören und meine Gedanken dabei treiben lassen. Und genau das mache ich regelmäßig. Am liebsten in meiner Hängematte unter den Kiefern. Abends, wenn die Sonne das Meer küsst und eine kühle Brise zu mir hinüberweht. Das sind die Momente, in denen ich mein eigenes Leben so intensiv spüre, als wären der Sonnenuntergang, das Meer und der Wind eine Schulaufführung von Tochter Natur, und ich säße stolz in der ersten Reihe. Tränen sind die stillen Begleiter dieser Abende, an denen ich mehr ich selbst bin als zu irgendeinem anderen Zeitpunkt meines Lebens.

Es ist bald so weit. Die Sonne kommt näher, bereit für den Tanz und Frau Himmel zieht zu diesem Anlass ihr schönstes Kleid an. Der Zauber kribbelt in meinen Fingerspitzen, lässt mein Herz schneller schlagen.

Dann drehe ich meinen Kopf und blicke den Mann an, der diesen Moment mit mir teilen wird. Nicks Augen studieren das Himmelsschauspiel, seine Hände liegen verschränkt in seinem Schoß, das stetige Heben und Senken seines Brustkorbes spiegelt seine innere Ruhe. Und dann streicht er mit den Handflächen über seine Oberschenkel, seine Arme, hält sich selbst fest. Er spürt es auch.

»Komm«, flüstere ich ihm zu, stehe auf und halte ihm meine Hand hin.

Ich weiß nicht, ob es Nicks Lächeln ist, welches meine Knie weich werden lässt oder der Moment an sich. Der erste Sonnenuntergang, den ich bereit bin zu teilen …

Meine Füße stolpern über den steinigen Weg Richtung Meer. Nicks Hand liegt in meiner. Ich bin es, die ihn zieht, die ihm den Weg zeigt. Und doch ist er es, der mich stützt. Allein mit der Wärme seiner Hand. Mit der Stärke jedes einzelnen Fingers, die sich so kraftvoll um meine Hand legen.

Am Ende des Weges ist ein kleiner Bootsanleger, ein Plateau aus Sandstein. Hier war einmal ein Motorboot angetaut, jetzt ist der Anleger verlassen.

Ich kämpfe den Gedanken an eine vergangene Zeit nieder und setze mich an den Rand des Plateaus. Mein Blick gilt Nick, der über mir steht, mich beobachtet. Dann lasse ich meine Beine ins Meer gleiten. Es ist kalt, es ist nass und es ist wunderschön. Ein verhaltenes Stöhnen schlüpft aus meinem Mund. Meine Lider senken sich. Ich genieße.

Neben mir wird es warm. Nick setzt sich so dicht neben mich, dass ich ihn spüren kann. Als Nächstes höre ich ihn. Die Luft, die er kraftvoll einzieht und dann vollkommen schamlos entlässt. Nicks Stöhnen ist laut und männlich. Als ich ihn angucke, liegt ein Lächeln auf seinen Lippen.

»Danke«, sagt er und blickt danach wieder in die unendliche Weite vor uns.

»Wofür?«

»Für das hier.« Seine Hand schiebt sich zwischen meine Finger. »Außerdem habe ich gemerkt, dass du mich beobachtet hast.«

Er hat was? Meine Wangen glühen, wie immer, wenn ich nervös bin, mich schäme oder bei etwas ertappt fühle. So wie jetzt.

»Erzähl mir nicht, du hättest mich nicht beobachtet.«

Sein Kopf dreht sich zu mir, seine Augen nehmen meine gefangen. Ich kann nicht anders, als zu nicken. Er grinst, beugt sich zu mir und schenkt mir einen flüchtigen Kuss.

Als ich meine Augen wieder öffne, ist er mir noch immer nah. So unglaublich nah.

»Warum?«, fragt er.

»Was?«

»Warum hast du mich beobachtet? Über was hast du nachgedacht? Was geht durch deinen hübschen Kopf und warum schließt du mich aus?«

»Das sind viele Fragen.«

»Such dir eine aus.« Als ich nicht antworte, legt er seine Hand an meine Wange, hält meinen Kopf davon ab, sich zu senken. »Nur eine Einzige.«

»Ich ... Das ist etwas Besonderes für mich.«

»Was?«

»Alles.«

Sein Blick gibt nicht nach, zwingt mich still und leise einen Schritt weiter.

»Du. Ich. Hier, in Kroatien. Der Sonnenuntergang. Alles. Es ist ... viel«, versuche ich zu erklären, was im Grunde genommen nicht erklärt werden kann. Denn wie soll er wissen, was dieser Ort für mich bedeutet? Was es für mich bedeutet, ihn zu teilen. Mit einem Mann ... Das kann er nicht wissen und außerdem ist es zu früh. Zu früh für die Geschichte meines Lebens.

»Ist viel gut?«

»Ja.«

»Okay.«

Nick legt seinen Arm um meine Taille, zieht mich zu sich, meinen Kopf an seine Halsbeuge. Dann küsst er meinen Scheitel. Ich lege meine Hand auf seine, genieße die Wärme seines Körpers. Meine Füße bewegen sich im Wasser hin und her, bis ich sein Bein neben meinem spüre.

Alles wird auf einmal still. Fast so, als ob mein Körper es genießen möchte, so nah an einem anderen zu sein. Für einen Moment halte ich die Luft an. Mein Herz pocht. Mein Mund wird trocken. Und dann ist er da. Der Augenblick, in dem die Sonne in das Meer taucht.

Ich kann nichts gegen die Tränen unternehmen, die meine Augen fluten. Ich kann sie nicht zurückhalten. Und erklären könnte ich sie auch nicht. Sie sind einfach da. Genau wie Nick, der mich fester umschlungen hält.

Ich weiß nicht, wie lange wir so dasitzen. Irgendwann siegt das Meer über die Sonne. Irgendwann wird der warme Wind kühl. Irgendwann verliert der Himmel seinen roten Glanz. Es liegt etwas Melancholisches in der Luft. Und Nick scheint den Wind in seinen Segeln zu tragen.

»Ich bestimme das Thema, du die Fragenanzahl. Deal?«

Er nutzt den Moment für etwas Vertrautes. Und doch weiß ich genau, dass er mich wieder einen Schritt weitertragen möchte. Jetzt und hier … lasse ich es zu.

»Deal.«

»Ex-Freunde.«

»Oh. Damit habe ich nicht gerechnet. Eine Frage«, beschließe ich und ziehe mich zurück. Emotional, obwohl ich mich eben noch dazu bereit gefühlt habe, mich zu öffnen. Und körperlich ziehe ich mich ebenfalls zurück, da ich meine Hand von seiner lösen will. Aber Nick lässt es nicht zu.

»Romi, eine Frage zählt nicht.« Behutsam dreht er meinen Kopf zu sich, küsst meinen Mund. »Eine

Frage ist ein Schlag ins Gesicht. Das habe ich nicht verdient.«

»Das stimmt«, gebe ich ihm recht.

»Magst du vielleicht einfach erzählen und dann erzähle ich? Ohne Fragenzahl?«

»Du meinst vollkommen offen?«

»Ja Romi. Ich meine vollkommen offen.«

Er gibt mir Zeit, er lässt mir die Wahl. Und Spielraum gibt er mir ebenso. Zwischen einer Frage und vollkommen offen liegen eine Menge Möglichkeiten. Ich weiß, dass *eins* eine Beleidigung ist und *alles* ein Geschenk.

Schließlich ist es sein Blick, der meine Entscheidung formt.

»Okay. Vollkommen offen.«

»Magst du beginnen?«, schubst er mich ein Stückchen weiter auf den Weg der Wahrheit.

Ich schließe die Augen, sauge kraftvoll die kühle Luft ein, halte sie einen Augenblick gefangen und gebe nur das wieder frei, was ich nicht bei mir behalten will. Mit meinen Worten halte ich es anders. Weil der Zeitpunkt gekommen ist, ein Stückchen von dem zu entlassen, dass sich so tief in mein Innerstes vergraben hat.

»Ex-Freunde also. Ich würde sagen, ich hatte einen, als ich 16 war.« Nicks ungläubiges Schnauben halte ich mit meinem Blick im Zaum. Für den nächsten Satz brauche ich Kraft. Vor allem, da ich ihn aus meinem Mund lassen will, während ich in seine Augen blicke. »Danach bin ich mit meinem Mann zusammengekommen. Meinem Ex-Mann.«

Nick braucht einen Moment. Ich sehe es an dem Blinzeln in seinem rechten Auge. Ansonsten zeigt er keine Regung. Dafür galoppiert mein Herzschlag durch meinen Körper und treibt so ziemlich jeden Muskel in ein ungleiches Zucken.

Ich weiß nicht, wie lange ich nicht mehr laut ausgesprochen habe, dass ich verheiratet war. Und ich weiß, dass das erst der Anfang ist.

»Dann seid ihr jetzt geschieden? Warum, seit wann?«, fragt Nick weiter. Ruhig. Neutral. Und das ist es, was ich brauche, um weiterzusprechen: Ruhe.

»Ich habe mich vor vier Jahren von Steffen getrennt und geschieden sind wir jetzt seit zweieinhalb Jahren.«

»Okay. Erzählst du mir, was passiert ist?«

»Die ganze Geschichte?«

»Ja.« Ein Lachen schlüpft aus seinem Mund, nimmt der Situation die Anspannung. »Ob du es glaubst oder nicht, ich möchte alles über dich wissen.«

Ich beuge mich vor, um ihn zu küssen, und er lässt mich. Nicks Lippen sind genauso weich wie gestern Abend, heute Morgen, wie ich sie den ganzen Tag schon gespürt habe. Das beruhigt mich. Weil ein Ex-Mann keine Kleinigkeit ist, die ich für mich behalten habe und weil es noch viel mehr zu erzählen gibt. Irgendwann. Wenn der Zeitpunkt dafür gekommen ist.

»Mir würde es leichter fallen, wenn du fragst«, gestehe ich.

»Fang einfach vorne an. Wie habt ihr euch kennengelernt, wann habt ihr geheiratet?«

»Wir haben uns in der Schule kennengelernt. Beziehungsweise war ich in der Schule und er war bereits mit seiner Ausbildung fertig, hat gearbeitet und in einer eigenen Wohnung gelebt. Ich war 17. Geheiratet haben wir, als ich 19 war.«

»Das ist früh. Was hat deine Mama dazu gesagt?«

Ein Stich durchzieht meinen Körper. Ich schlucke. Dann wende ich meinen Blick von ihm ab. »Ich erinnere mich nicht an meine Mama, nicht an meinen Papa. Dafür an Pflegeeltern. Viele Pflegeeltern. Und an das Heim erinnere ich mich auch«, meine Stimme bricht.

Es wäre einfach, jetzt aufzuhören. Ich könnte aufstehen, ins Haus gehen und mich einschließen. Ich könnte die Tränen weinen, die mein Leben seit meiner Kindheit begleiten. Alles wäre wie immer. Aber ich habe mich dazu entschieden, dass *wie immer* kein Zustand mehr ist, den ich akzeptiere. Ich habe mich dazu entschieden, den schönen Seiten meines Lebens mehr Platz zu schenken und die schlechten in der Vergangenheit zu lassen.

Ich habe mich entschieden zu kämpfen. Und kämpfen kann man nicht, wenn der Kopf abgewendet ist. Nicht, wenn der Blick am Boden klebt. Ich atme Mut ein und Schwäche aus. Ich hebe meinen Kopf. Ich entblöße die ganze Unsicherheit, die in mir liegt. Und Nick nimmt sie an. Anders kann ich es nicht beschreiben. Er zieht mich an seine Brust und hält mich fest. Obwohl er erst einen Teil des Ganzen weiß, schenkt er mir die Kraft für das nächste bisschen.

»Wir haben uns mit 17 kennengelernt, kurz darauf bin ich bei ihm eingezogen und dann haben wir geheiratet. Ich habe gedacht, dass mir nichts Besseres passieren könnte. Bis ich gemerkt habe, dass es schlimmer ist, von jemandem enttäuscht zu werden, den man liebt, als von jemandem, den man hasst.«

»Was ist passiert?«

»Er hat mich betrogen. Nicht in sexueller Hinsicht. Wobei ich das ehrlich gesagt gar nicht weiß. Er hat mich ausgenutzt und dann …« Ich breche ab. Weiß nicht, was und wie viel ich erzählen soll. Jetzt. Weil mich die Wahrheit immer noch angreifbar macht. Weil es Dinge gibt, die ich zu Recht zurückbehalte. »Wir sind geschieden und darauf kommt es doch an, oder? Können wir das Thema wechseln? Bitte?«

Nicks Hand streicht über meinen Rücken, seine Lippen hauchen zarte Küsse in mein Haar. Ich habe gar nicht gemerkt, dass er mich die ganze Zeit hält, streichelt und so nah bei mir ist, dass ich mich unmöglich alleine fühlen kann.

»Okay«, haucht er. Dann rückt er von mir ab, hebt mein Kinn mit seinem Zeigefinger an. »Dieses Mal ist es okay. Auch nächstes Mal noch. Aber irgendwann wirst du es mir erzählen müssen. Und ich werde nicht dreimal nachfragen. Okay?«

»Okay.«

»Was willst du, Romi?«

»Hmm?«

»Ich möchte von dir wissen, was du willst, worauf ich mich hier einlasse, was du dir vorstellst. Es ist okay für mich, dass du Zeit brauchst, dass es Dinge gibt, über die man nicht gleich zu Beginn reden kann. Aber das funktioniert für mich nur, wenn ich weiß, was du überhaupt willst.«

»Dich.«

Ein Grinsen huscht über sein Gesicht und rauscht danach durch meinen Körper.

»Das freut mich, aber so einfach lasse ich dich nicht davonkommen.«

»Was willst du hören?«

»Fürs Erste? Bist du auf der Suche nach Ablenkung oder nach etwas Festem?«

»Etwas Festem.«

Sein Grinsen wird breiter, mein Herzschlag schneller.

»Gibt es etwas, dass dich davon abhalten könnte, irgendwann mit irgendjemandem eine Familie zu gründen?«

»Irgendwann?«

»Ganz genau.«

»Mit irgendjemandem?«

»Quasi ein vollkommen Fremder.«

»Nein. Davon könnte mich nichts und niemand abhalten. Ich möchte einen Mann, eine Tochter und einen Sohn, ein kleines Haus und Sex. Ich will heißen Sex. Wenn ich darf, hätte ich gerne das volle Paket. Irgendwann. Mit Irgendjemandem.«

Bevor das letzte Wort meinen Mund verlassen kann, pressen sich seine Lippen darauf. War mein Puls gerade auf Hochtouren, weil ich laut ausgesprochen habe, was ich mir von Herzen wünsche, explodiert er jetzt vollends.

Nick drängt meinen Oberkörper auf die kalten Steine, schiebt seine Hand unter meinen Kopf und seine Zunge in meinen Mund. Er küsst mich so leidenschaftlich, dass ich all meine Gedanken vergesse und nur noch fühle.

Seine weichen Lippen. Den Biss seiner Zähne an meinem Kiefer, meinem Hals. Seine Zunge überall. Und seine Hände. Sie packen meine Beine, ziehen sie aus dem Wasser, stellen sie auf, drücken einen Oberschenkel hoch. Dann spüre ich das Gewicht seines Körpers auf mir, die Hitze an mir. Ganz dicht an mir. Ich bäume mich unter ihm auf, presse mich, so fest ich kann, an ihn. Und dann schaffe ich es endlich, seine Erregung nicht nur zu nehmen, sondern auch meine zu geben.

Meine Hände gehen auf Wanderschaft, schleichen sich unter sein Shirt und streichen die erhitzen Muskelstränge entlang. Nick hat einen stahlharten Rücken, breite Schultern und garantiert einen Knackarsch. Weil ich nichts lieber möchte, als diese Vermutung zu bestätigen, gleiten meine Hände in seine Hose. Ganz. Ich grabe meine Finger in den vom Steinboden kalten Hintern, drücke zu und spüre gleichzeitig, dass er seine Muskeln anspannt. Oh. Ja. Eindeutig Knackarsch! Einen, den ich zu gerne weiter knete. Außerdem ziehe ich ihn zu mir und seinen Schwanz damit gegen mich.

»Ahhh«, keucht Nick in meinen Mund.

Aber für mich war das viel zu wenig Kontakt. Ich habe gerade erst begonnen, seine Härte zu spüren. Weswegen ich meinen Griff weiter verstärke und mein Becken gegen seins zu reiben beginne. Scheiße fühlt sich das gut an. Wie im Rausch werden meine Bewegungen heftiger, meine Zunge in seinem Mund stürmischer und mein Herzschlag turnt irgendwo zwischen Salto und doppelter Schraube rückwärts. Vollkommen außer Kontrolle. Genau das bin ich.

Und das merke ich erst, als Nick seine Arme durchdrückt und sich auflehnt.

»Mach weiter«, flehe ich. Okay, ich habe demnach noch nicht gemerkt, dass die Situation außer Kontrolle geraten ist. Aber jetzt. Jetzt, indem Nick mir eine Haarsträhne aus dem Gesicht streicht und dann mit dem Daumen meine Wange entlangfährt. Indem er vollends das Tempo rausnimmt und es mir damit erlaubt, nachzudenken.

»Romi, du bist spektakulär.«

»Ich bin was?«

»Spektakulär.«

»Du aber auch«, gebe ich zurück und schnelle mit meinem Becken hoch, um ihm eine Reaktion zu entlocken. Die schenkt er mir. Geschlossene Augen und ein angespannter Kiefer, der den Laut aus seinem Mund nicht zurückhalten kann.

Ich hätte mir keine schönere Reaktion wünschen können, auch keine, die erregender, sexyer, geiler ist. Weil dieser Mann purer Sex ist. Alles an ihm. Und weil ich mich noch nie so zu jemandem hingezogen gefühlt habe, wie ich es in diesem Moment zu Nick tue.

»Wir sind vollkommen vom Thema abgekommen, oder?«

»Ich würde sagen, wir haben endlich das richtige Thema gefunden«, wage ich mich vor.

»Sex?«

»Unbedingt.« Meine Wangen glühen, mein Puls springt ohne Fallschirm aus einem Flugzeug, aber meine Stimme ist klar. Weil meine Lust es auch ist. Glasklar.

»Das Thema hatten wir schon. Ohne Fragenbegrenzung bis Mitternacht. Weißt du noch?«

»Es ist noch nicht Mitternacht.«

»Ha!«, lacht er sein wunderschönes Lachen, welches seinen Brustkorb und mein Herz vibrieren lässt. »Du willst den Abend also nutzen?«

»Und du willst reden?«

»Auch wenn sich das jetzt wenig männlich anhört, aber: Ja. Ich will reden.«

»Du Mädchen«, fordere ich ihn heraus und er beißt an. Und wie.

Mit einem Ruck dreht er uns um, so dass ich auf ihm sitze. Seine Hände graben sich in meinen Nacken, seine Zunge drängt sich in meinen Mund. Dann spüre ich seine Hand an meinem Bauch, unter meinem Shirt. Die Hand fährt hoch und schiebt das BH-Körbchen runter, legt sich auf meine Brust und drückt zu. Nicks Zunge wird fordernder und seine Finger ebenso. Sie spielen mit meinem Nippel, drehen in, drücken und auf einmal kneifen sie hinein. Ein Schrei kommt über meine Lippen, dicht gefolgt von einer Welle purer Lust.

Danach spüre ich nichts mehr, weil Nick sich zurückgelehnt hat. Mit hinter dem Kopf verschränkten Armen liegt er auf dem Boden und genießt meinen Anblick.

»Duuuu!«

»Was?«

»Deine Unschuldsmine kannst du dir sparen«, kommentiere ich sein Grinsen, richte mein Shirt, meine Würde. »Du hast mich aufgeheizt und dann stehengelassen!«

»Ich habe dir nur bewiesen, dass ich kein Mädchen bin.«

»Ist angekommen. Und jetzt?«

»Sag du es mir.«

»Ich ...«

»Du?«

Er lehnt sich auf seine Unterarme. Etwas näher, mir entgegen, aber nicht nah genug. Und ich weiß nicht, ob ich mich einfach auf ihn stürzen sollte oder - was ein Graus - reden.

Er hat ja recht. Es gibt viel, verdammt viel, über das wir reden sollten. Aber ich will weitaus lieber spüren. Vor allem will ich wissen, ob er recht behält. Mit seiner Vermutung, dass ich bisher nur den falschen Mann für guten Sex hatte.

Kapitel 14

NICK

Romi. Du wundervolle Frau. Was ist bloß in deiner Vergangenheit passiert?

Ich liege auf den kalten Sandsteinen eines kleinen Plateaus, welches auf der einen Seite hoch zum Weg und auf der anderen runter ins Meer führt. Auf mir sitzt Romi. Und über uns blitzen die ersten Sterne ihre Strahlen in den dunklen Nachthimmel. Es ist angenehm warm, auch wenn immer wieder eine Brise über uns fegt. Es ist still um uns herum. Wobei es in meinem Inneren schrecklich laut ist.

Ich könnte weiterreden. Eine von den unzähligen Fragen stellen, die so dermaßen danach schreien, gefragt zu werden. Nur eine. Weil alle unmöglich in nur einer einzigen Nacht beantwortet werden könnten.

Oder aber, ich frage nichts weiter. Je länger ich Romi betrachte, desto sicherer werde ich in meiner Entscheidung. Weil ihre Augen den Schleier der letzten Tränen noch in sich tragen. Weil ihr Körper keine Kraft mehr zu haben scheint. Weil ihr Mund um Sex bittet. Und das nur, weil sie nicht weiß, dass

Sex nicht gleichbedeutend mit Liebe ist. Dass man Gefühle auch auf andere Weise ausdrücken kann.

Fuck! Sie weiß es wirklich nicht.

Romis Augen ruhen auf mir, ihre kühlen Hände liegen auf meiner Brust. Ihre Verletzlichkeit ist greifbar. Und ich will diesen Moment nicht ausnutzen. Ich will mich nicht in die Riege der Arschlöcher einreihen, die ihr Leben bestimmt haben. Ich will … Ich will derjenige sein, der ihr zeigt, wie viel Kraft in ihr steckt. Und wenn sie glücklich ist, laut und frei, dann will ich Sex. Und wie ich ihn will.

Jetzt aber, in diesem Moment, ist es Zeit für andere Gedanken. Und damit meine ich wirklich andere. Mein Blick schnellt zur Seite. Gräser, Steine, der Weg hoch zum Haus. Dann drehe ich den Kopf einmal herum. Zum Wasser. Und das ist es.

»Kommst du mit?«, frage ich Romi, beginne mich aufzurichten und schiebe sie von meinem Schoß.

»Wohin?«

»Ins Meer.«

»Jetzt?«, ihre Stimme klingt amüsiert, lebendig. Und genauso wollte ich sie hören.

»Natürlich jetzt.«

Ich stehe auf, halte ihr die Hand hin und ziehe sie ebenfalls auf die Beine. Unsere Augen tanzen für einen Moment hin und her. Ihr Mund lacht. Und meiner noch mehr.

Ich lasse ihre Hand los, streife mir das Shirt über den Kopf, öffne den Knopf meiner Hose, den Reißverschluss. Dann lasse ich sie auf meine Knöchel fallen und trete sie zur Seite. Mit dem

Daumen greife ich unter den Bund meiner Short, deute die Bewegung nur an.

»Nick!«, kreischt Romi.

Unsere Blicke treffen sich wieder. Meiner zeigt Freude und ihrer Verlangen. Fuck! Damit hatte ich nicht gerechnet. Einen Moment strauchle ich, stolpere in meine eigene Falle. Dann gewinne ich die Fassung zurück, schenke ihr ein Lachen und springe los.

Das Meer ist viel wärmer, als ich es erwartet hatte. Nachdem ich aufgetaucht bin, fahre ich mit den Händen über mein Gesicht, durch meine Haare und tauche gleich noch mal ab. Herrlich.

Wasser ist mein liebstes Element, mein Sport, meine Begeisterung. So war es schon immer. Egal ob im Kanu, auf Wasserski, im Boot, auf dem Surfbrett oder ganz allein. Nur ich und das Wasser. Mein Körper und seine Kraft. Ich liebe es. Die Freiheit und das allumfassende Gefühl von Leben.

Heute Nacht schenkt das Meer mir einen kühlen Kopf, ein paar Meter, um mich freizustrampeln. Ich brauche die Strecke Abstand und nehme sie mir, lasse meine Gedanken kreisen. Um Romi.

Eine Kindheit im Heim, bei verschiedenen Pflegeeltern. Bereits verheiratet, als sie fast noch ein Kind war. Betrogen. Und wer weiß, was noch alles. Das ist zu viel für ein einzelnes Leben. Viel zu viel. Und trotzdem trägt diese kleine Frau den Ballast ihres Lebens mit lächelnden Lippen. Wie schafft sie das?

Kopfschüttelnd sinke ich unter Wasser, tauche ein paar Meter. Meine Arme gleiten durch die klare

Fläche, verdrängen sie und schieben meinen Körper unablässig vorwärts. Noch weiter, noch schneller, noch tiefer. Alles um mich herum wird still. Nur meinen Herzschlag höre ich. Deutlich. Er trommelt einen wilden Beat. Zu den mir wohlvertrauten Klängen von Abenteuer mischt sich ein neuer, tiefer Klang. Er lässt mich innehalten. Und dann bringt er mich dazu, wieder umzudrehen.

Ich bin weit genug rausgeschwommen. Auch wenn das hier nicht das offene Meer ist, eine Landzunge und viele kleine Inseln dazwischen liegen, will ich mich nicht zu weit vom Ufer, von dem kleinen Plateau aus Sandstein, von Romi entfernen.

Sie steht am Anleger, die Arme um ihren Körper geschlungen. Dann winkt sie mir zu, lächelt.

»Hey, schwimm nicht zu weit raus. Es ist zu dunkel«, ruft sie.

»Zu dunkel für was?«

»Für alles!«

»Na komm schon, trau dich. Spring einfach rein.«

»Es ist zu kalt.«

»Ist es nicht.« Ich schwimme näher an sie heran, bin jetzt direkt vor ihr. »Komm ins Wasser, Romi.«

»Ich weiß nicht«, ziert sie sich. Nicht wie jemand, der wirklich nicht will. Sondern eher wie jemand, der ein bisschen Überredung braucht. Es ist niedlich mit anzusehen, wie sie um eine Entscheidung ringt. Ihre Hand zwirbelt eine Haarsträhne, ihr Blick schnellt zu mir, über das Wasser, zurück zum Haus und wieder zu mir.

Ich nutze ihre Unentschlossenheit, stemme mich mit beiden Händen am Stein ab und ziehe mich aus dem Wasser. Mit einem lauten Platschen sitze ich neben ihr, dann richte ich mich auf.

Ich sage nichts, stehe einfach vor ihr und betrachte sie. Und Romi betrachtet mich.

Mir ist bisher nicht aufgefallen, wie zierlich Romi ist. Aus meinem Blickwinkel sind die meisten Frauen klein, schon klar. Immerhin bin ich fast zwei Meter groß. Aber das meine ich nicht. Heute Abend ist Romi kleiner, viel kleiner als sonst. Bisher habe ich sie stark, entschlossen und witzig wahrgenommen. Mit ein paar Unsicherheiten zwar, aber ihre Stärke hat sie groß gemacht. Jetzt steht sie vor mir, mit so viel Traurigkeit im Blick und Verzweiflung im Körper, dass ich sie an mich ziehen und beschützen will.

»Warte«, hält Romi mich von meinem Vorhaben ab. »Ich hole uns zwei Handtücher und komme mit ins Wasser.«

Sie lächelt mich an. Es ist ein Abklatsch des strahlenden Lächelns, welches ihr Gesicht so unfassbar attraktiv macht. Aber es ist ein Lächeln. Und ich verstehe die Bedeutung dahinter.

»Okay, ich warte im Wasser auf dich.«

Meine Hand findet ihren Nacken, meine Lippen ihren Mund. »Beeil dich.«

Als unsere Münder sich trennen, ist ein Teil ihrer Anspannung verflogen. Immerhin das ist mir geglückt. Den Rest schaffe ich auch noch. Wie zum Beweis drehe ich mich um und springe mit einer Arschbombe ins Meer.

Das Wasser fließt um meinen Körper, mein Gewicht zieht mich runter und dann …

»Ahhhhh!«

Fuck! Was war das? Ich strample, bin orientierungslos. Dann finden meine Füße den Grund, stoßen sich ab. Nach oben. Ich muss nach oben. Mein Herz schlägt mir den Schock um die Ohren, pocht lauter und lauter. Ich versuche, ruhig zu bleiben. Es ist nicht tief hier, gleich bin ich da. Meine Arme schneiden einen letzten Zug durchs Wasser, katapultieren mich raus.

Luft! Ich fange sie gierig ein. Einmal, zweimal, dreimal. Dann wird mein Kopf klar und der Schmerz explodiert. An meinem Arsch.

»Verdammte Scheiße!«, schreie ich und kraule zurück zum Anleger. Romi kniet sich hin, hält mir ihre Hand entgegen. Ihr Blick ist besorgt. Meiner schmerzverzerrt.

»Was ist passiert? Schaffst du es aus dem Wasser? Wie kann ich dir helfen?« Ihre Stimme überschlägt sich. Und ich habe nicht eine Antwort für sie.

»Nick?«

»Ich weiß es selbst nicht.«

»Was ist denn passiert?«

Meine Hände legen sich auf den Stein, drücken meinen Oberkörper aus dem Wasser. Und dann weiß ich keine andere Lösung, als mich bäuchlings fallenzulassen. Hinsetzen, so wie eben, ist keine Option. Irgendetwas brennt dermaßen an meinem Hintern, dass ich mich unmöglich daraufsetzen kann.

»O Gott, Nick!«

»Was? So schlimm?«, frage ich und versuche einen Blick auf mein eigenes Hinterteil zu erlangen. Keine Chance.

»Ja!«

»Was denn?«

»Das ist …«, beginnt sie eine Erklärung und bricht dann wieder ab. Dafür beugt sie sich über mich. Ich spüre ihre Hände auf meinem Rücken, ihren Atem an meiner Haut.

»Was?«

»Jetzt warte doch.«

»Sag schon, was es ist.«

Langsam wird es mir zu bunt. Ich stütze mich ab, will aufstehen, aber Romi drückt mich wieder runter.

»Ganz vorsichtig.« Sie lässt mich los, kniet sich vor mich. »Nick, versuch bitte ganz vorsichtig aufzustehen, okay?«

»Sag mir endlich, was Sache ist.«

»Du hast Seeigelstacheln im Po.«

»Ich habe was?«

»Na Stacheln. Von einem Seeigel.«

»Und die stecken in meinem Arsch?«

Romi prustet los, verschließt ihren Mund mit der Hand und kichert dahinter weiter. »Entschuldigung.«

»Jaja, lach du nur. Was mache ich denn jetzt?«

»Auf jeden Fall keine Arschbombe mehr ins Wasser.«

»Haha! Schon klar.«

Romi beugt sich runter, küsst meinen Mund. »Komm. Ich verarzte deinen Hintern.«

Ich drücke meine Arme durch, ziehe meine Knie hoch und stehe auf. Und das zwirbelt dermaßen, dass ich am liebsten nochmal schreien möchte. Mache ich aber nicht. Immerhin bin ich ein Mann. Zumindest will ich das sein, für Romi. Also werde ich meine Zähne zusammenbeißen.

Das kann was werden … Jeder Schritt schmerzt. Und damit meine ich wirklich JEDER Schritt. Es sind einige. Und ich lege sie schweigend zurück. Romi läuft vor, wirft immer wieder einen besorgten Blick über ihre Schulter. Aber sie sagt nichts und dafür bin ich ihr dankbar.

Im Haus angekommen, schaltet Romi das Licht an, läuft zum Bett und zieht die Decke zur Seite. Sie öffnet eine Schublade, holt ein Handtuch heraus und legt es hin.

»Darf ich bitten?«, säuselt sie.

»Das gefällt dir, oder?«

»Jeden einzelnen Stachel aus deiner Pobacke zu ziehen? Und wie!«

»Ich freue mich irgendwie so gar nicht.«

»Wir können die Stacheln auch stecken lassen, du kannst nie wieder sitzen, dein ganzer Hintern entzündet sich, dicke Eiterblasen platzen auf, die Entzündung kriecht hoch in deinen Rücken, infiziert dein ganzes Gewebe, wandert weiter bis ins Herz. Und dann: Tod.«

Romis Hand legt sich um ihren eigenen Hals, drückt zu. Die pantomimische Darstellung unterstreicht ihre Worte auf eine grotesk witzige Art. Und das bringt mich zum Grinsen.

»Tod?«

»Genau so wird es passieren.«

»Und warum hast du so eine Freude daran?« Mein Kopf legt sich in die Schräge, mein Blick studiert ihr Gesicht.

»Weil du nackt unter mir liegen wirst und ich mir deinen hübschen Po ansehen kann. Mindestens eine Stunde lang. Eher zwei.«

»Ahhhh. Sag das doch gleich, anstatt mir mit Eiter und Tod zu drohen. Mein Arsch gehört dir.«

Romi lacht entzückt, klatscht in die Hände und flitzt an mir vorbei ins Badezimmer. O Mann, das kann was werden … Egal, in welche Richtung ich denke, mir fällt keine andere Lösung ein. Also beuge ich mich meinem Schicksal und lege mich aufs Bett. Kommt es nur mir so vor, als läge ich auf der Folterbank?

»Okay, ich habe alles«, erklingt Romis Stimme hinter mir und kurze Zeit später legt sie ein weißes Tuch neben meinen Kopf.

Ich blicke zur Seite, verfolge jeden einzelnen Gegenstand, der seinen Platz auf dem Tuch findet: Pinzette, Nadel, Tupfer, Schere, eine Glasflasche mit durchsichtiger Flüssigkeit, ein Lappen, Öl. Wie ich bereits sagte: Folterbank.

»Gehts dir gut, soll ich dir erst etwas bringen?«

»Woran denkst du?«

»Ich weiß ja nicht. Vielleicht einen Schnaps, oder soll ich die Musik anmachen?«

Musik? Der Gedanke schickt ein Lachen durch meinen Körper.

»Mach, was du willst. Hauptsache die Dinger verlassen meinen Körper.«

»Okay. Wenn du doch einen Schnaps willst, sag Bescheid.«

Ich schließe meine Augen, bereite mich auf einen Anfang vor. Schmerz, Blut, Stechen, ich weiß es nicht. Aber nichts passiert. Viel mehr höre ich ein klatschendes Geräusch und dann noch eins. So, als ob … sich jemand Einweghandschuhe anzieht. Und genau das macht Romi gerade.

»Sag mal, bist du Krankenschwester?«

»Nein.«

»Ärztin?«

»Wieder falsch und jetzt sei still, ich fang an.«

Und das macht sie. Bevor ich weiter nachdenken kann, schneidet Romi meine Shorts durch.

»Was machst du da?«

»Sei still habe ich gesagt!«

»Aber du machst meine Shorts kaputt.«

»Nick, bitte! Ich muss doch sehen, ob der Stachel wirklich aus deiner Haut raus ist.«

»Arrrrrg!«, keuche ich durch zusammengebissene Zähne, als Romi mit einem Ruck den Stofffetzen von meinem Arsch abzieht. Scheiße tut das weh!

»Gehts?«

»Mhh«, schnaube ich. Schweiß explodiert auf meiner Stirn und mein Hintern brennt teuflisch. »Wie siehts aus? Stecken noch viele drin?«

»Ehrliche Antwort?«

»Ich bitte darum.«

»Verdammt viele.«

»Fuck!«

Und dann beginnt die Tortur. Ein Stachel nach dem anderen landet auf dem weißen Tuch neben mir. Was höllisch wehtut. Höllisch! Aber ich bleibe ruhig. So lange, bis Romi zur Pinzette greift und sagt: »Okay, jetzt wird es fies.«

»Was? Warum? Was hast du vor?«

»Da sind ein paar Stacheln abgebrochen. Ich versuche sie zu rauszuziehen. Ich bin ganz vorsichtig.«

»Okay«, sagt mein Mund, während meine innere Stimme *NEIN!* brüllt.

Was jetzt kommt, ist wirklich fies. So richtig. Ich kann nichts gegen das Keuchen aus meinem Mund unternehmen, nichts gegen die Lawine kalten Schweißes, die über meinen Körper rollt.

Ich bin ein Mann und ich bin weiß Gott nicht schmerzempfindlich. Aber diese kleinen Drecksdinger in meinem Arsch. Diese winzigen schwarzen Stacheln … Lassen mich schreien wie ein Baby.

Kapitel 15

ROMI

Nick liegt auf meinem Bett. Nackt. Jeder Muskel an seinem Körper ist angespannt, die Haut schweißbedeckt. Er hat den Kopf in meinen Kissen vergraben und ich weiß, dass er in sie hineinbeißt. Dass er versucht, die Geräusche zu unterdrücken, die aus ihm herauswollen. Das alles … Es könnte so unsagbar scharf sein. Wären da nicht die Seeigelstacheln in seinem Hintern und wäre das nicht der einzige Grund für seinen Zustand.

Ist es verwerflich, dass ich es trotzdem anziehend finde? Gott, ich bin schrecklich! Was für ein Gedanke. Nick leidet Höllenqualen und ich geile mich daran auf.

Der nächste Stachel sitzt tief. Ich werde drücken müssen, meine Hände auf seine nackte Haut legen. Und diese blöden Handschuhe lassen mich nicht genug fühlen.

»Ist es okay, wenn ich die Handschuhe ausziehe? Ich muss quetschen und die Handschuhe sind zu groß, ich … Es würde besser ohne klappen.«

»Mach einfach. Mir ist alles egal.«

»Ach Nick!« Ich streiche über seinen Nacken, bis er den Kopf zur Seite dreht, sich auf einem Arm abstützt und mich ansieht. »Was ein Mist, hmm?«

»Und wie.« Immerhin hat er sein Lachen nicht verloren. »Das habe ich mir anders vorgestellt«, gesteht er.

»Was?«

»Du und ich. Nackt im Bett.«

»Nur du bist nackt.«

»Sag ich ja: Ich habe es mir anders vorgestellt.«

»Wie denn?« Mein Herz setzt einen Schlag aus, sammelt Kraft und sprintet los.

»Zunächst einmal dachte ich, dass wir beide nackt sein würden. Und dass du diejenige bist, die schreit.«

»Ich schreie nicht.«

»Das wirst du. Glaub mir.«

Sein Mund lächelt dieses verboten attraktive Lächeln, seine Augen funkeln mich an. Und in mir zweifelt nichts, aber auch gar nichts daran, dass seine Worte wahr sind.

»Wir werden sehen«, gebe ich zurück und bin mächtig stolz auf die Klarheit meiner Stimme. Ich werde immer mutiger, was das Sexuelle angeht. Und weil mir das Sicherheit gibt, traue ich mich weiter vor, um Nick zu küssen.

Seine Lippen schmecken salzig. Sie fühlen sich warm an und seine Zunge heiß. Sie dringt in meinen Mund, lässt mich spüren, was Lust bedeutet. Er spielt mit mir. Jedes Mal, wenn er mich küsst, mich berührt, streichelt. Er spielt mit meiner Erregung. Und dieses Spiel lässt mich langsam, aber sicher daran glauben, dass es zwei Gewinner geben kann. Mich und ihn.

»Hrrrrrg«, knurrt Nick in meinen Mund, erstarrt augenblicklich. Ich weiche zurück, reiße die Augen auf und erkenne sofort, was passiert ist. Er hat sich zu weit umgedreht, zu sehr bewegt und dabei seinen hübschen Hintern mit all den Wunden ins Bettlaken gepresst.

Aber das ist es nicht, was auch mich erstarren lässt. Er hat sich umgedreht! Nick, der nackt auf meinem Bett liegt, hat sich umgedreht. Und mein Blick klebt an seinem Schwanz. Ich kann nicht anders, als ihn anzustarren. In all seiner Pracht.

Ich wusste nicht, dass so ein Ding auch schön sein kann. Ist es aber. Irgendwie. Und groß. Warum ist er nicht mit seinem Penis auf den Seeigel gefallen? Dann könnte ich ihn mir in Ruhe genauer ansehen. Okay, das ist ein eigenartiger Gedanke. Total verrückt. Trotzdem kann ich nicht wegsehen. Auch nicht, als Nick sich räuspert. Auch nicht, als er lacht. Erst, als er meinen Namen flüstert. Dann endlich bemerke ich etwas. Und dann alles auf einmal.

Meine Gefühle klatschen übereinander, türmen sich auf und gipfeln in einem riesig großen Berg Scham. Ich muss hier weg. Wie auf Kommando stürme ich ins Badezimmer, knalle die Tür hinter mir zu und verriegle das Schloss.

Alles ist gut. Ich bin in Sicherheit. Hier sieht mich keiner. Atmen. Ich muss atmen. Tief hole ich Luft, zähle innerlich bis fünf und lasse sie durch die Nase wieder entweichen. Der erste Atemzug zittert in meiner Brust, lässt nicht nur Luft, sondern auch

Tränen heraus. Aber es wird besser. Es wird ruhiger. Ich bin okay.

Und dann wird es ganz still. Das ist der Moment, an welchem ich mich frage, ob ich dem hier gewachsen bin. Ob ich bereit bin. Mein Herz hämmert die Antwort in jede einzelne Mauer, die meine Gedanken aufzustellen versuchen. Ja! Ich bin bereit. Ich will das.

Gott, warum ist es dann so schwer? Verzweiflung legt sich um meine Schultern, lässt mich frösteln. Aber auch die kämpfe ich nieder. Vielleicht … Vielleicht ist es ja nur so schwer, weil ich das zulasse. Ich gehe jetzt wieder raus und stelle mich meinem Leben. Ich bin stark, verdammt. Ich bin Romi Rosendahl und ich werde jawohl mit einem nackten Mann in meinem Bett fertig!

Die Tür fliegt auf, ich trete hinaus, bin vollkommen entschlossen. Bis ich Nick in meinem Bett liegen sehe. Noch immer nackt, noch immer heiß und noch immer liegt ein Schmunzeln auf seinen Lippen. Mistkerl.

»Was ist passiert?«, fragt er. Das Lächeln verschwindet, macht Platz für einen Ausdruck, der ehrliches Interesse widerspiegelt.

»Nichts. Lass uns weitermachen.«

»Romi, so funktioniert das nicht. Sag mir, was passiert ist.«

Mir war klar, dass er nicht lockerlassen wird. Trotzdem weiß ich keine Erklärung für ihn. Keine, mit der er zufrieden wäre. Ich versuche es mit der Wahrheit. Oder zumindest einem Teil davon.

»Also«, ich lege mich neben ihn, drehe meinen Kopf in seine Richtung, blicke im fest in die Augen. »Es gibt drei Bereiche in meinem Leben, über die ich nicht gerne spreche. Mein Ex-Mann, meine Familie und meinen Beruf. Wenn ich dazu bereit bin, erzähle ich es dir. Nach und nach. Aber nicht alles auf einmal und auch nicht jetzt. Ist das okay für dich?«

Nicks Stirn legt sich in Falten, er presst seinen Kiefer aufeinander, schließt die Augen. Dann öffnet er sie wieder. Für einen Moment ist es so, als könnte er in mich hineingucken. Und ich lasse es zu. Dann nickt er.

»Ich weiß zwar nicht, was mein Schwanz mit deinem Exmann, deiner Familie oder deinem Beruf zu tun hat. Aber okay … Ich möchte nur wissen, ob ich etwas falsch gemacht habe. Und-«, er beugt sich vor, küsst meine Nasenspitze, nimmt meinen Kopf in beide Hände »ob du Angst hast. Vor mir. Vor Sex. Romi, wenn ich mich zurückhalten soll, dann sag es mir.«

Irgendwie hat er es geschafft, tatsächlich in mich hineinzusehen. Wie auch immer das möglich ist. Ich habe aber keine Angst. Nicht mehr. Und ich hoffe, dass er es mir glaubt.

»Du hast gar nichts falsch gemacht. Und ich habe auch keine Angst vor dir. Nicht im Geringsten. Ich habe viel mehr Lust auf dich.«

»Und das macht dir Angst?«

Seine Stimme ist tief und warm. Sie verspricht mir, dass alles gut ist.

»Ein bisschen.«

»Weißt du, Romi. Es ist nicht schlimm, Angst vor etwas Gutem zu haben. Weil man belohnt wird, wenn man sich traut. Wie bei einem Fallschirmsprung. Außerdem bist du nicht allein.«

»Hmm.«

Nick küsst mich. Immer wieder. Er tupft lauter kleine Küsse auf meine Stirn, meine Nase, meine Wangen, meine Augen, meinen Mund. Es fühlt sich leicht an. Und schön. Kein bisschen bedrohlich. Vielleicht, weil mich wirklich nichts Schlimmes erwartet. Oder aber, weil Nick ein verdammt toller Mann ist.

Mit einem Mal fange ich an zu lachen. Ich lasse mich zurück aufs Bett fallen, werfe die Hände vors Gesicht und lache. Laut, unkontrolliert und frei.

»Du verrückte Nudel. Was ist jetzt schon wieder los?«

»Weißt du«, ein Grunzen schlüpft aus meinem Mund, »wir haben uns bei einem Blinddate kennengelernt.«

»Ich weiß.«

»Und ich hatte überhaupt keine Ahnung, wer du bist.«

»Und?«

»Ich wusste auch nicht, wie du aussiehst, was du machst, wie alt du bist, was dir passiert ist. Nichts. Ich wusste gar nichts über dich.«

»Und?«

»Scheiße, Nick! Du bist echt toll. Weißt du das eigentlich?«

Jetzt lacht er auch. Ein volles, breites, wunderschönes Lachen.

»Dankeschön. Du bist auch toll.«

»Bin ich nicht. Ich bin eine Katastrophe.«

»Aber eine tolle Katastrophe.«

»Ich bin total verrückt.«

»Ein bisschen vielleicht. Aber da stehe ich drauf.« Nick beugt sich vor, küsst mich zärtlich auf den Mund. »Und jetzt, du Verrückte: Zieh mir endlich die Stacheln aus dem Arsch. Ich muss pinkeln und das wird so nichts.«

»Jawohl!«

Irgendwann habe ich alle Stacheln entfernt, die Wunden desinfiziert und Salbe aufgetragen. Dann zieht Nick sich eine neue Shorts an und wir putzen die Zähne. Nebeneinander. Vor dem kleinen runden Spiegel in meinem Badezimmer. Ich tausche meine Klamotten gegen ein Nachthemd, schließe die Haustür ab, ziehe die Vorhänge zu, lösche das Licht. Barfuß schleiche ich durch den Flur zum Bett.

Und da liegt er. Eigentlich sollte ich mich inzwischen an den Anblick seines nackten Oberkörpers gewöhnt haben. Habe ich aber nicht. Auch an seinen durchdringenden Blick nicht. Er muss gar nichts sagen, braucht nur so dazuliegen und schon wird mir heiß.

»Kann ich heute Nacht hier schlafen?«

»Ja.«

Was folgt, ist eine dieser Nächte, die einem noch lange in Erinnerung bleiben werden. Weil das leise Kribbeln im Bauch gar nicht mehr aufzuhören scheint. Weil wir einander so viel näherkommen. Emotional. Und das ist es, was ich brauche. Genau das.

Kapitel 16

NICK

Kennst du das? Du wachst auf, dein Mund ist staubtrocken, dein Arm tut weh und dein Arsch brennt wie sau? Nein? Ich auch nicht! Tja, irgendwann ist immer das erstes Mal.

Zudem brauche ich einen Moment, um zu realisieren, wo ich überhaupt bin. Ich liege im Bett. So weit, so gut. Ich liege im Bett und neben mir liegt keiner. Nicht gut. Dafür genügt ein Blick nach rechts, um sie zu finden. Romi. Sie sitzt auf der Fensterbank. Und hinter ihr geht die Sonne auf.

Ich weiß nicht, ob ich das schon erwähnt habe, aber dieser Ort hier, das kleine Haus, die Natur ringsherum … es ist malerisch schön.

Außerdem ist Romi schön. Wunderschön. Ihre Haare sind zu einem riesigen Knödel auf dem Kopf zusammengebunden. Es ist diese Art von Frisur, für die manche Frauen Tonnen an Haarspray brauchen, Haarnadeln, womöglich zusätzliche künstliche Haare und all so ein Zeug. Und andere benötigen gar nichts. Nur ein Haargummi. Romi gehört zu dieser Art von Frau. Zu denen, die von Natur aus hübsch sind. Mit langen Haaren, Sommersprossen, großen Augen und unendlich vielen Wünschen dahinter. Sie ist genau die Art Frau, die ich attraktiv finde. Und das meine ich nicht nur äußerlich.

Seit ich sie beobachte, hat sie sich nicht bewegt. Sie sitzt da, starrt auf den Laptop, der auf ihren angewinkelten Oberschenkeln liegt und denkt nach. Sie fährt sich mit dem Zeigefinger über die Unterlippe. Hin und her. Dann werden ihre Augen groß und sie stürzt ihre Finger auf die Tastatur. Die Tasten klacken laut, aber Romi donnert unerbittlich auf sie ein. Irgendwie sieht sie angestrengt aus, aufgewühlt. Ihr Gesicht ist verspannt, die Stirn in Falten gelegt. Und sie tippt und tippt und tippt.

Nachdem die anfängliche Faszination verflogen ist, frage ich mich, was sie da schreibt. Ob ich einfach gucken kann? Ich könnte sie natürlich auch fragen. Aber sie ist so unglaublich konzentriert, dass ich sie zu Tode erschrecke würde, wenn ich sie jetzt anspräche. Weswegen ich mich dazu entschließe, mich zu strecken. Und dabei gebe ich einen dieser Gähn - Gurgel - Stöhn – Laute von mir.

»Nick! Guten Morgen.«

Ihr Kopf schnellt zu mir, ein Lachen strahlt in ihrem Gesicht.

»Guten Morgen.«

»Wie hast du geschlafen, wie gehts deinem Hintern?«

»So wollte ich schon immer einmal begrüßt werden«, scherze ich. »Geschlafen habe ich gut und meinem Arsch geht es … brennend.«

»Lass mal sehen.«

Romi steht auf, kniet sich zu mir aufs Bett. Und bevor ich realisiere, was ich da überhaupt mache, drehe ich mich um, lege mich auf den Bauch. Kalte Finger schieben sich unter den Bund meiner Shorts, ziehen sie ein Stück runter.

»Das sieht gut aus. Nur leicht gerötet. Tut es weh, wenn ich drücke?«, fragt sie und legt ihre Finger auf meine Pobacke, drückt leicht zu.

»Nein, eigentlich nicht. Es brennt nur.«

»Ich desinfiziere die Stelle lieber nochmal. Und dann creme ich dich ein.«

Och nein. Schon wieder dieser Unterton. Der *du armer armer Nick* Ton, den ich gestern Abend so oft gehört habe. Es ist schön, umsorgt zu werden. Keine Frage. Aber ich bin keine Memme und irgendwann ist es gut. Das waren nur ein paar Stacheln, meine Arschbacke ist nicht zerfetzt oder dergleichen. Wäre das unter Männern passiert, hätte ich mir jeden einzelnen Stachel selbst rausgezogen, dabei Whiskey getrunken und gut ist. Wahrscheinlich wäre mein halber Hintern jetzt entzündet, aber gut. Man kann ja nicht alles haben. Ich jedenfalls habe eine Frau an meiner Seite, die sich etwas zu sehr um mich sorgt.

»Nichts lieber als das, Schwester Romi.«

»Ich habe dir schon gesagt, dass ich keine Krankenschwester bin.«

»Dann behandle mich nicht wie deinen Patienten.«

Meine Augen lodern, fordern sie heraus. Und sie ist bereit für den Kampf.

»Wie soll ich dich dann behandeln?«

»Wenn ich dir das sage, rennst du wieder zur Toilette und schließt dich ein.«

Sie zögert. Dann grinst sie, lacht, prustet.

»Das war ziemlich schräg, oder?«

»Ein bisschen.«

»Ich versuche, nicht mehr davonzulaufen.«

»Okay.«

»Lässt du mich trotzdem deinen Hintern versorgen? Danach können wir einfach frühstücken, als wäre nichts gewesen. Kein Krankenschwestergehabe. Versprochen.«

»Leg schon los.«

Ich bette meinen Kopf in die Kissen, höre, wie Romi geht und wiederkommt. Dann spüre ich ihre Finger auf meiner Haut. Sanft. Meine Shorts wird wieder hochgezogen, Romis Wärme verlässt meinen Körper.

»Kaffee?«, fragt sie, läuft zur Fensterbank, klappt den Laptop zu und wendet sich wieder mir und dem Bett zu. Die Bewegung war beiläufig. Nur ein kleiner Schubs mit der Hand. Aber sie war zu beiläufig. Mich hat eben schon interessiert, was sie da schreibt, also frage ich jetzt auch: »Was hast du gemacht? Eben, am Laptop?«

»Gearbeitet.«

»Und was genau?«

»Nick …«

Ihr Beruf. Eins der drei Dinge, über welche sie nicht reden mag. Bei ihrer Familie und ihrem Ex-Mann verstehe ich es. Aber ihr Beruf? Was kann daran so schlimm sein, dass sie es mir nicht erzählen kann?

»Magst du mir wenigstens ein bisschen verraten?«

»Wie viel ist ein bisschen?«

»Wie wäre es mit deiner Berufsbezeichnung. Nur das Wort. Was machst du?«

»Autorin. Ich bin Autorin.«

»Das ist ja klasse. Ich habe mit etwas ganz anderem gerechnet.« Und das habe ich wirklich. Mit irgendetwas, was sich lohnt, verschwiegen zu werden. Geheimagentin, Drogenlieferantin, vielleicht auch etwas in Richtung Tabledance. Oder natürlich reich und berühmt. Keine Ahnung. Jedenfalls nicht Autorin. Was ziemlich normal klingt und gar nicht so, als könnte man nicht darüber reden.

»Und, was schreibst du?«

»Bücher.«

»Wow. Bücher. Ich hatte zuerst an Zeitungsartikel oder Werbetexte gedacht. Bücher sind toll.«

Und da sind wir nun. Zwischen: Ich würde gerne mehr wissen und: Ich weiß nicht, was ich fragen darf. Blöde Situation. Aber ich frage weiter. Sie wird mir schon sagen, wann es genug ist. »Welches Genre? Kenne ich vielleicht ein Buch von dir?«

»Thriller.«

»Yes! Ich liebe Thriller.«

»Schön, ich auch.«

»Und?«

»Und was?« Romis Blick wird kälter, verschließt sich.

Wir sind angekommen. Sie macht zu. Und ich weiß wieder einmal nicht, warum. Es ist zum

Verrücktwerden. Ich will nicht um sie herumschleichen müssen, ohne jemals wirklich zu wissen, wer sie ist. Das ist es, was ich die ganze Zeit schon bekomme: Abgezählte Fragen, begrenzte Zeit, kurze Einblicke. Mehr nicht. Ich will aber alles.

»Bitte.« Ich lege mein ganzes Herz in das eine Wort. Meine ganze Hoffnung. Und ich werde enttäuscht.

Romi steht auf und geht. Durch den Flur, auf die Tür zu, aus dem Haus. Sie haut ab und sie lässt mich zurück. Ohne Antworten. Mit noch mehr Fragen. Und das, obwohl sie gerade erst versprochen hat, nicht mehr abzuhauen.

Ich könnte jetzt sauer sein, meine Sachen packen, mich ins Auto setzen und fahren. Das könnte ich wirklich. Immerhin ist irgendwann der Punkt erreicht, an dem man keinen Bock mehr hat, an dem es zu viel wird. Aber da bin ich nicht. Noch nicht. Und das nur, weil Romi es bisher versucht. Weil ich weiß, dass sie viel Ballast mit sich herumträgt.

Vielleicht verstehe ich nicht, warum sie vor diesem Gespräch davonläuft, was ihr Beruf Schlimmes mit sich bringt. Das heißt aber nicht, dass es nicht einen plausiblen Grund geben kann. Und den will ich hören. Die Chance will ich ihr einfach geben. Weil sie Romi ist. Und weil sie mich verdammt nochmal so sehr interessiert, wie keine Frau seit langem. Seit einer Ewigkeit.

Warum ist das so? Ich zermartere mir das Hirn und finde keine Erklärung. Natürlich ist Romi hübsch. Aber das sind andere Frauen auch. Sie hat etwas an sich. Das ist es. Es ist dieser Mix aus Stärke und Schwäche, der mich anzieht. Und ihr Lachen. Ich liebe es, sie lachen zu hören. Den Klang ihrer Stimme, den Geruch ihres Körpers … Sie hat mich von Anfang an begeistert. Auch ohne sie je gesehen zu haben.

Ich werde also auf sie warten. Und in der Zwischenzeit trinke ich einen Kaffee und rufe Raph an.

»Und, steht mein Laden noch?«, begrüße ich ihn.

»Gestern abgebrannt.«

»Mist. Wie siehts mit meiner Wohnung aus?«

»Wasserschaden. Einbruch. Und dann haben mehrere Obdachlose entschieden, die Bruchbude als Urinal zu benutzen.«

»Obdachlose also?«

»Vielleicht waren es auch Junkies. Ich habe gehört, deine Wohnung sei jetzt ein Drogenumschlagplatz.«

»Alles wie immer also?«

»Japp, alles wie immer.«

»Was macht die Frau?«

»Erzählt Gott und der Welt, dass sie schwanger ist. Und deine?«

»Ahhhhh.« Ich schnaufe, meine Hand fährt durch meine Haare, über meinen Bart, legt sich auf mein Kinn. »Keine Ahnung, Mann.«

»Erzähl.«

»Sie … Sie hat Probleme.«

»Okay. Was für welche?«

»Das weiß ich selbst noch nicht so genau.«

Stille. Raph ist mein bester Freund. Er kennt mich wie kein anderer, kennt mich, seit wir Kinder sind.

Wenn mir eine andere Meinung wichtig ist, dann seine.

»Nick?«

»Raph?«

»Ich brauch dir nicht zu sagen, dass du dich nicht ausnutzen lassen sollst, oder?«

»Nein.«

»Was kann ich dann für dich tun?«

Ich lache. Dann werde ich still. Von irgendwoher kommen Wörter in meinen Kopf, sprudeln aus meinem Mund: »Erklär mir, wie sich Liebe anfühlt.«

Kapitel 17

ROMI

Ich renne. Aus dem Haus, den langen Weg hoch bis zum Tor, über den Hügel und dann auf die Küstenstraße. Ohne Ziel. Ich will einfach nur weg. Meine Füße tragen mich immer weiter und weiter, bis ich die ersten Häuser der Stadt erreiche, den Campingplatz an der Küste, das Meer. Und hier erlaube ich mir endlich eine Pause. Mein Herz hämmert wie wild gegen meine Brust. Und auch alles andere ist wild, durcheinander, vollkommen chaotisch.

Was mache ich denn bloß? Mir war doch klar, dass das alles aufgewirbelt werden würde. Entweder ich bleibe allein, oder ich finde jemanden, der mich so will, wie ich bin. Und dafür werde ich ihm wohl oder übel zeigen müssen, wer ich bin. Ich wusste das. Und ich wollte es. Ich wollte es so sehr. Vermutlich, weil es sich in meiner Vorstellung so verdammt viel einfacher angefühlt hat. So ist es aber in Wirklichkeit nicht. Es ist weit weg von einfach … Scheiße!

Und jetzt?

Ich setze mich auf den Felsvorsprung, winkle meine Knie an und bette meinen Kopf darauf. Meine Gedanken kreisen, mein Körper bleibt still.

Als ich mich für das Blind Date angemeldet habe, hatte ich einen Plan. Ganz simpel: Wenn er mir gefällt, will ich ihn näher kennenlernen. Im Verborgenen. Wenn nicht, kann ich nach der Vorspeise gehen und es im nächsten Monat mit einem anderen Mann probieren. So weit, so gut.

Er hat mir gefallen. Gleich der erste Mann. Und dass so gut, dass ich es selbst nicht glauben konnte. Und ab diesem Zeitpunkt habe ich einen Fuß vor den anderen gesetzt. Es hat funktioniert. Weil ich die Regeln gemacht habe, die Kontrolle hatte. Seit Nick hier ist, kontrolliere ich gar nichts mehr. Vor allem mich und meine Gefühle nicht.

Was hat meine Therapeutin immer gesagt? *Sie können ein erfülltes Leben haben. Wenn Sie selbst es zulassen. Halten Sie ihre Vergangenheit davon ab, ihre Zukunft zu zerstören.*

Ich möchte das. Ich verdiene es, glücklich zu sein. Und Nick verdient es, dass ich ehrlich zu ihm bin. Der Gedanke schnürt mir die Kehle zu, treibt ein eisiges Kribbeln durch meinen Körper. Ich schüttle es ab, schlage meine Augen auf und starre auf die weite Landschaft vor mir. Und dann passiert zehn Minuten lang gar nichts. Ich sitze einfach nur da. Ohne Gedanken, ohne Kummer, ohne alles. Nur ich und die Welt um mich herum.

Irgendwann ist die Zeit gekommen, aufzustehen und zurückzugehen. Es ist nicht so, als hätte ich einen Plan. Ich weiß nicht einmal, was ich zu ihm sagen werde. Keine Ahnung. Aber ich weiß, dass ich zurückgehen muss. Weil Nick eben nicht irgendein Mann ist und ich keine Lust darauf habe, nächsten Monat einen anderen kennenzulernen. Ich will keinen anderen. Ich will ihn.

Wie zum Beweis, dass dieser Gedanke goldrichtig ist, klopft mein Herz ein wenig fester gegen meine Rippen. Ich will ihn wirklich.

Tja und dann kommt ein Moment, der irgendwie scheiße ist. Haben meine Füße den Weg hierhin quasi von allein zurückgelegt, schmerzen sie jetzt höllisch bei jedem einzelnen Schritt. Ich bin Barfuß unterwegs. Außerdem trage ich ein Nachthemd. Eventuell könnte es als Sommerkleid durchgehen. Wäre da nicht die Tatsache, dass ich keinen BH anhabe. Und ich habe auch weder Handy noch Portemonnaie dabei. Nichts. Ich sagte ja: Irgendwie scheiße!

Mir bleibt nichts anderes übrig, als zu laufen. Meter für Meter. Es kommt mir vor, wie die gerechte Strafe. Kieselsteine bohren sich in meine Fußsohlen, die Sonne brennt auf meine Schultern, Durst röchelt in meinem Hals. Ich bin fix und fertig, als ich endlich den Weg zu meinem Haus erreiche, das Tor hinter mir lasse und nur noch wenige Meter vor mir liegen.

Ich erkenne ihn sofort. Nick. Er liegt in der Hängematte und telefoniert. Als er mich entdeckt, ziehen sich seine Augenbrauen zusammen. Sein Blick wandert meinen Körper entlang. Dann glätten sich die Falten auf seiner Stirn, machen Platz für ein Lächeln. Mir fällt zeitgleich ein ganzer Berg vom

Herzen. Nicht nur, dass er noch hier ist, er schenkt mir sogar ein Lächeln, eine Chance.

»Okay, Nora, ich muss schlussmachen. Ich melde mich morgen früh nochmal. Und die Idee gefällt mir.« Nick steht aus der Hängematte auf, dreht seinen Kopf zur Seite. Das Handy hält er nach wie vor an sein Ohr. »Ganz genau. Und Nora: Dankeschön. Ich bin froh, dass du da bist.«

Dann legt er auf, lässt sein Handy in der Jeanstasche verschwinden, dreht sich zu mir. Ich verkneife mir die Frage, wer Nora ist. Dafür ist jetzt nicht der richtige Zeitpunkt. Es ist mein Zeitpunkt und den muss ich für ein anderes Gespräch nutzen.

»Hi«, wage ich einen Anfang.

»Hi.«

»Wir sollten reden, hmm?«

»Das sollten wir.«

»Ist es okay, wenn ich zuerst dusche, mir etwas anziehe und vielleicht«, mein Magen knurrt wie auf Kommando »etwas esse?«

Nick fährt sich mit der Hand durch die Haare, starrt auf einen Punkt weit über meinem Kopf. Sein Kiefer ist angespannt, genau wie der Rest seines Körpers. Er kämpft mit sich, mit seiner Beherrschung. Vermutlich, weil ich eine Bedingung nach der Nächsten aufstelle. Und er jeder Einzelnen zugestimmt hat. Ich weiß es. Weiß, dass ich jetzt an der Reihe bin.

Also stelle ich mich direkt vor ihn, lege meine Hände in seinen Nacken und ziehe seinen Kopf zu mir.

»Danke, dass du noch hier bist.« Die Worte verlassen flüsternd meinen Mund, bilden einen nassen Glanz in meinen Augen. Schnell drücke ich meinen Kopf an seine Brust. Ich schaffe es, die Tränen zurückzuhalten. Für den Moment. Und als Nick seine Arme um mich legt, mich fest an sich zieht, kann ich endlich wieder atmen. Tief und gleichmäßig.

Erstaunlich, wie viel Kraft in einer einzigen Umarmung liegen kann. Diese schenkt mir einen ganzen Jahresvorrat. Zumindest fühlt es sich so an. Ich tanke die Energie regelrecht und weiß jetzt schon, dass ich sie brauchen werde. Gleich.

Aber zuerst trinke ich Wasser. Jede Menge Wasser. Dann gehe ich duschen, ziehe mir ein dunkelgrünes Kleid an, von dem ich weiß, dass es meine Brüste betont. Ich tusche meine Wimpern und ziehe meine Lippen mit einem weinroten Stift nach. Ich verschlinge eine Banane und einen halben Apfel und dann gehe ich raus zu Nick.

Er sitzt am Anleger. Seine Beine baumeln im Wasser, sein Blick zeigt aufs Meer.

»Ich bin fertig.«

Nick dreht sich zu mir um, grinst, lächelt, strahlt.

»Du siehst umwerfend aus, Romi.«

»Dankeschön.« Ich setze mich neben ihn, lasse meine Füße in das kühle Wasser sinken, schließe die Augen.

»Was ich dir erzählen werde, fällt mir nicht leicht. Ich möchte, dass du das weißt.«

Seine Augen finden meine.

»Das tue ich.«

»Und ich brauche mein eigenes Tempo dafür.«

»Romi …«

»Nein, sag nichts. Hör einfach zu.«

Nick lässt einen Atemzug aus seinem Mund strömen. Laut und unbeherrscht. Dann nimmt er meine Hand, zieht sie auf seinen Schoß und schiebt seine Finger zwischen meine. Es kann losgehen.

»Ich bin Autorin. Ich verdiene mein Geld damit, Geschichten zu erzählen. Ich sammle Ängste, suche nach Verbotenem und vermische es mit der Abartigkeit einer kranken Psyche. Ich tanze in Sphären, in denen andere sich längst hinter dem Sofakissen verstecken. Für mich ist das ein Spiel. Es macht mir Spaß. Und weil das so ist, weil ich es schaffe, leidenschaftlich böse zu sein, verkaufe ich massenhaft Bücher. Wirklich richtig viele.«

Mein Blick wandert zu Nick, sucht etwas, was ich bei ihm nicht finden werde. Kein Neid, keine Habgier, kein falscher Hintergedanke. Nichts. Es sind die gleichen Augen, derselbe Blick. Es ist immer noch Nick, der neben mir sitzt und mit dem Daumen über meinen Handrücken streicht. Und das gibt mir Kraft für das nächste bisschen.

»Weißt du, ich hatte nie viele Freunde. Vielleicht ist das normal, wenn man ständig umzieht, von einem Haus ins andere wechselt, sich nie jemandem anvertrauen kann, nie wirklich sicher ist, nicht zuhause … So war es für mich. Bis Steffen kam.«

Ich merke gar nicht, dass ich aufgehört habe zu sprechen. Auch nicht, dass ich angefangen habe, zu weinen.

»Komm her«, flüstert Nick und zieht mich auf seinen Schoß. Seine Arme schenken mir die Geborgenheit, die ich mir schon immer gewünscht habe. »Willst du noch mehr erzählen?«

Das will ich. Ich will es wirklich. Und deswegen werde ich auch noch mehr erzählen. Nur nicht alles, weil alles einfach nicht geht. Weil ich nicht einmal mir selbst alles erzähle.

Ich lasse den Gedanken meine Wange hinabgleiten und bin froh, als er von meinem Kinn tropft, mein Gesicht verlässt und meinem Kleid einen kleinen dunklen Fleck beschert. Genau so, wie er es in meinem Herzen macht. Jetzt und für immer.

»Nach dem Abitur habe ich Journalismus studiert. Ich war ein Außenseiter in der Schule, ein Sonderling in der Uni. Aber das war okay, ich hatte ja jetzt Steffen. Außerdem erlaubt einem die Uni, unsichtbar zu sein. Weißt du, was ich meine?«

»Natürlich. Ich habe Jura studiert und mich zu jeder Klausur gefragt, woher die ganzen Studenten kommen, die ich vorher noch nie gesehen habe.«

»Du hast Jura studiert?«

»Ja, habe ich. Aber das ist meine Geschichte. Heute bist du dran.«

Nick drückt ein Kuss auf meinem Scheitel und als ich zurückweiche, um ihn anzusehen, auch einen auf meine Lippen.

»Einverstanden.«

»Braves Mädchen.«

»Wo war ich?«

»Du hast Journalismus studiert. Inkognito.«

»Genau! Ich habe Artikel für verschiedene Zeitungen geschrieben, schon während des Studiums. Danach habe ich mich selbstständig gemacht. Steffen und ich hatten ein gemeinsames Konto. Er hat mich zu Beginn unterstützt. Ich habe nicht bemerkt, dass es irgendwann andersherum war. Und gestört hat es mich auch nicht. Und dann habe ich mein erstes Buch veröffentlicht.«

Ich stocke, bin gefährlich nah an der einen Wahrheit, den dunklen Flecken, meiner größten Angst. Ich räuspere mich. Das Gefühl in mir ist kalt und meine Stimme ist es auch. Ich zwinge sie, weiterzusprechen. Der Weg durch das Dunkle ist kurz. Ich muss nicht hinsehen, kann einfach daran vorbeigehen.

»Die nächsten zwei Bücher folgten relativ schnell. Weil ich schon immer geschrieben habe und bereits mehrere Geschichten in meiner Schreibtischschublade warteten. Weißt du, was das für ein Gefühl war?«, frage ich und erinnere mich gleichzeitig an diese Momente zurück. An die Freude, an die Euphorie, an das unfassbare Glück. Mein Kopf hebt sich von Nicks Brust, meine Augen treffen seine.

»Erzähl es mir.«

»Ich bin über Nacht von einem Niemand zu einem Jemand geworden. Meine Geschichten wurden gelesen, geliebt. Sie standen in jeder Buchhandlung, wurden vertont, übersetzt, gewannen Auszeichnungen. Es war unglaublich. Und das viele Geld. Es ist auf unser Konto geströmt. Einfach so. Und dann …« Ich wende meinen Blick wieder ab, bis ich Nicks Hand an meiner Wange spüre.

»Was war dann?« Mit leichtem Druck führt er meinen Kopf wieder zurück. Seine Augen ruhen auf mir.

»Dann hat Steffen mich daran erinnert, wer ich wirklich bin, was für ein Leben ich schon immer geführt habe. Er hat mir mein Zuhause genommen, meine Sicherheit und vor allem hat er mir mich selbst genommen.«

Ich flüstere kaum mehr, sondern hauche die letzten Wörter nur noch. Dennoch sind sie da. Sie schweben zwischen uns. Greifbar. Sie machen mich schwach und ich fühle mich nicht im Stande, sie wegzuschieben.

»Warum musstest du ausgerechnet so ein Arschloch heiraten?«

»Bitte was?«, staune ich und bin froh, unendlich froh, dass Nick die Stimmung nicht weiter drückt. Dass er nicht noch tiefer gräbt.

»Weißt du, was ich sehe, wenn ich dich angucke?«

»Was?«

»Eine wunderschöne Frau, die sich vor der Welt versteckt. Eine, die glaubt, dass sie sicher ist, wenn sie alleine bleibt.«

Ich schlucke, weil seine Worte mich berühren. Weil er etwas erkennt, dass ich zu verbergen versuche.

»Aber vor allem sehe ich eine Frau, die endlich leben will. Du bist so viel stärker, als du glaubst. Da ist noch jede Menge von dir selbst in dir.«

Mein Herz pocht bei jedem seiner Wörter. Meine Seele wächst ein kleines Stück. Mein Verstand jubelt ihm zu. Und meine Lippen stürzen sich auf seinen Mund.

Es ist ein verzweifelter Kuss, ein hungriger. Einer, der weiß, dass er etwas nachzuholen hat. Und Nick ist gut darin, zu geben. Verdammt gut.

Kapitel 18

NICK

Mein Vater hat immer gesagt, ich müsste mein Gegenüber kennen, seine Schwächen ausloten, seine Stärken. Wenn ich wüsste, wer mir gegenübersteht, hätte ich bereits gewonnen.

Ich habe lange Zeit meines Lebens geglaubt, dass das einer der wertvollsten Tipps wäre, die ich je bekommen habe. Und ich habe nicht nur alles darangesetzt, herauszufinden, wer der andere ist, sondern gleichzeitig versteckt, wer ich bin. Zunächst als Anwalt, später auch im Privaten. Keine Angriffsfläche bieten, das war die Grundidee. Glatt werden, hart, stählern. Und was soll ich sagen? Es hat funktioniert.

Bis der erste Fall kam, den ich nicht gewinnen wollte. Wenn es um recht und unrecht geht, um richtig und falsch … Dann muss die Wahrheit gewinnen. Nicht der Anwalt, der das System besser versteht.

Ich habe gewonnen. Und seitdem weiß ich, dass mein Vater von Anfang an falschlag. Du musst nicht wissen, wer der andere ist. Du musst wissen, wer du selbst bist.

»Pssst schlaf weiter«, höre ich Romis Stimme dicht neben meinem Ohr. Ein Kuss legt sich auf meine Stirn, die Decke wird hochgezogen und kurz darauf bin ich wieder eingeschlafen. Der Traum ist verblasst. Ein kleines bisschen Nichts. Bis ein Geräusch mich hochschrecken lässt. Es ist unglaublich früh, die Sonne ist noch nicht ganz aufgegangen. Und Romi werkelt bereits in der Küche herum.

»Habe ich dich geweckt? Entschuldige bitte. Schlaf einfach weiter, ich gehe raus auf die Terrasse.«

»Was ist denn los?« Ich strecke meine Arme weit über den Kopf, drücke die Beine durch und gähne die Müdigkeit aus meinem Körper. »Konntest du nicht schlafen?«

»Irgendwie nicht.«

»Warum nicht?«

»Ehrlich gesagt liegt es daran, dass ich eine neue Idee für mein Buch hatte. Ich habe so lange über die Geschichte nachgedacht, dass ich nicht mehr schlafen konnte. Und jetzt muss sie raus aus meinem Kopf und aufs Papier.« Romi lacht, zeigt nach draußen auf den Gartentisch. »Beziehungsweise in den Laptop. Ich habe bereits drei Kapitel geschrieben.«

»Wow. Dann los, schreib weiter.«

»Ja … mir fällt kein Anfang ein.«

»Du hast einfach mittendrin angefangen?« Ich stemme meinen Unterarm ins Bett, lehne mich auf, um Romi besser ansehen zu können.

»Sicher! Ich beginne auch oft mit dem Ende. Mit dem Nachtisch sozusagen. Nachtisch ist das Beste.«

»Nachtisch also. Machst du das nur beim Schreiben, oder auch …?«

»Nick, du bist unmöglich!«, unterbricht Romi mich kichernd.

»Was denn? Du hast von Nachtisch angefangen, nicht ich.«

»Aber aus deinem Mund klingt es sexy. Ich habe einfach nur von Nachtisch geredet, nichts weiter.«

»Wovon habe ich denn geredet?«

»Von *Nachtisch*«, ihre Stimme modelliert das Wort, haucht es, stöhnt.

»Oh. Ja. Genau davon habe ich gesprochen«, erwidere ich und schlage die Decke zurück.

Erwartet habe ich, dass sie näherkommt, sich zu mir legt, vielleicht einen Kuss. Nachtisch. Was ich aber bekomme, ist ein Kissen an den Kopf. Und dann noch eins.

»Ey!«

»Bleib ja im Bett und mach die Decke wieder zu. Es ist Mitten in der Nacht. Nachts gibt es keinen Nachtisch.«

»Einen Mitternachtssnack?«

»Nein.«

»Eier mit Speck?«

»Bitte was?«

»Na Eier mit Speck. Kennst du das nicht? Wenn man nachts vom Feiern nach Hause kommt und auf einmal bemerkt, dass man tierisch Hunger hat. Entweder schiebt man sich eine Tiefkühlpizza in den Ofen - aber ganz ehrlich, die Gefahr dabei einzuschlafen, ist groß - oder man stellt eine Pfanne auf den Herd und brät ein paar Eier. Am besten mit Speck und noch besser sind Eier mit Speck und Zwiebeln.«

»Das kenne ich nicht. Und ich verstehe auch nicht, welches Äquivalent Eier mit Speck für unsere Unterhaltung darstellen sollen.«

Ich kommentiere ihre Gedanken mit einer hochgezogenen Augenbraue.

»Was?«

»Ich verstehe deine Frage nicht.«

»Mah, Nick! Nachtisch ist Sex, Mitternachtssnack ist Sex. Was sind Eier mit Speck?«

»Sex?!«

»Oh. Und was sind Eier mit Speck und Zwiebeln?«

»Verdammt guter Sex.«

Ich lasse es auf einen Versuch ankommen und schlage die Decke wieder zurück.

»Ey! Du hast mich am Kopf getroffen«, beschwere ich mich über das nächste geworfene Kissen. Immerhin hat sie jetzt keins mehr. Es gibt nur drei Stühle und damit auch drei Sitzkissen.

»Sei froh und jetzt schlaf weiter. Es ist erst fünf Uhr.«

»Quatsch. Ich bin wach.« Zum Beweis schwinge ich meine Beine aus dem Bett und stehe auf.

Romis Blick wandert meinen Körper hinab. Sie schluckt. Und ich grinse. »Du wolltest schreiben.

Die Gedanken aus deinem Kopf in den Laptop tippen«, erinnere ich sie an ihren Plan.

»Du bist unmöglich!«

»Das hast du schon gesagt.«

»Weil es stimmt.«

Romi schüttelt den Kopf, dann kommt sie zu mir, drückt mir einen Kuss auf die Lippen und schmiegt sich an meine Brust. Meine Arme legen sich wie von selbst um ihren Körper, mein Mund auf ihr Haar. Wir stehen eine Weile einfach nur so da. Dann hebt sie ihren Kopf. Ihre Augen funkeln mich an. »Dir ist doch klar, dass ich Thriller schreibe, oder?«

»Ja.«

»Scheiße, es wird ein sexy Thriller werden. Geht das?« Ihre Stimme wird leiser, ihr Blick driftet ab. Sie spricht mit sich selbst und ich höre zu. »Er könnte die Frau natürlich zuerst verführen. Vielleicht so ein krankes Geiselding. Aber wie empfindet sie das? Ist Panik erotisch? … Zunächst schon und dann bekommt sie Angst. Aber sie kann nicht mehr weg.«

Romi schließt ihre Augen, wiegt ihren hübschen Kopf hin und her. Sie zieht die Unterlippe in den Mund. Sie ist vollkommen in sich gekehrt. Ich glaube, das ist es, was sie mir gestern erklären wollte. Sie fühlt sich in die Geschichte ein. Sie lebt darin. Und ihr Körper spiegelt die Emotionen. Gerade ist sie irgendwo zwischen Lust und Schreck gefangen. Dann öffnet sich ihr Mund zu einem Grinsen, zu einem überlegenen, beinahe teuflischem Lachen. Ihre Lider fliegen auf. »Es geht!«

»Na dann los.«

Ein schneller Kuss, ein strahlendes Lächeln. Dann noch ein Kuss. Und dann stürmt sie aus der Terrassentür, setzt sich in den Korbsessel und lässt ihre Finger auf die Tastatur niedersausen.

Und ich? Ich gehe pinkeln. Dann setze ich einen Kaffee auf und hole zwei Tassen aus der Vitrine. Zwei unterschiedliche Tassen. In den Vitrinen-Fächern stehen vier große Teller, vier kleine, fünf Suppenschalen und jede Menge Tassen. Und nichts passt zusammen. Ein kunterbunter Haufen Porzellan.

Mir gefällt das. Vor allem die weiße Tasse in meiner Hand, auf der blaue, grüne und gelbe Fingerabdrücke zu sehen sind. Ich schütte den Kaffee ein und denke nach. Über die Tasse, über das Haus, über Romi. Ist es ihr Haus? Ich frage mich schon die ganze Zeit, ob Romi hier Urlaub macht oder ob sie hier lebt … Dann wäre die Tasse in meiner Hand womöglich ein Stück aus ihrer Vergangenheit. Ein einzelner Teil, der gut war. Zumindest für den Moment, in welchem kleine Kinderhände mit Farbe spielen durften …

Der Gedanke beschäftigt mich. Ich würde gerne mehr erfahren. Über Romis Vergangenheit, über das Haus, über ihre Familie. Der Wunsch sitzt tief in mir. Nicht aber, weil ich alles über sie wissen möchte und Wissen Macht ist. Eher, weil ich für sie da sein will. Weil Wissen Vertrauen ist.

Und Vertrauen … Vertrauen bedeutet, dass auch ich erzählen muss, wie der Weg meines Lebens ausgesehen hat. Ich nehme es mir vor. Fest. Das mit

Romi und mir fühlt sich so richtig an, dass ich diesen Schritt gehen möchte.

In meinem Kopf werfe ich bereits Wörter hin und her, Satzanfänge, Unterhaltungen. Ich gehe verschiedene Szenarien durch. Meine Gedanken überschlagen sich. Alles andere aber bleibt vollkommen ruhig. Und das ist es, was mir Sicherheit gibt.

Ein Lächeln schleicht sich auf meine Lippen. Ich bin mir sicher. Das Gefühl hatte ich in Bezug auf eine Frau selten, höchst selten. Bei Romi war es von Anfang an da und ist mit der Zeit nur stärker geworden.

Ich werfe einen Blick auf die Terrasse, auf Romi, die gerade ihre Haare zu einem Knoten bindet. Sie sitzt im Schneidersitz vor dem Bildschirm und tippt so unfassbar körperlich, dass ich sehen kann, was sie beim Schreiben empfindet. Sie leidet. Ihr ganzer Körper ist angespannt, die Stirn liegt in tiefen Falten und ihre Wangen … Ihre Wangen tragen die Spuren tiefer Bestürzung. Es ist kaum mit anzusehen.

Ein Stich in meinem Herzen lässt mich fühlen, wie sehr es mich mitnimmt, sie so zu sehen. Obwohl ich doch genau weiß, dass es nur eine Geschichte ist, nur Fiktion. Trotzdem. Sie fühlt es und damit fühle ich es auch.

Und aus diesem Grund stelle ich das Frühstück auf ein Tablett und trage alles nach draußen. Die Terrassentür drücke ich mit dem Fuß auf und stelle das Tablett auf den Tisch. Jetzt ist Zeit für Ablenkung.

»Einen Moment noch«, sagt Romi, während sie unablässig weiter tippt. Dann hört sie plötzlich auf.

Ich stelle in der Zwischenzeit unsere Teller und Tassen, das Besteck, Wurst, Käse, Butter, Nutella, Kaffee und Brötchen auf den Tisch. Romi starrt noch immer wie versteinert auf den Bildschirm.

»Alles okay?«

»Mir fällt nichts ein.«

»Was denn?«

»Was würdest du machen, um mir wehzutun? Wenn ich gefesselt wäre?«

»Mag ich dich denn oder bist du mein Gegner?«, sinniere ich.

»Egal.« Romi klappt den Laptop zu, schließt die Augen und als sie mich wieder anguckt, lächelt sie. »Komm, wir frühstücken.«

»Einfach so? Mir fällt bestimmt etwas Gutes ein, ich brauche nur mehr Infos.«

»Ja, einfach so.« Sie haucht einen Kuss auf meinen Mund. »Dankeschön. Wirklich. Aber ich glaube, meine Geschichte ist zu krank für deine niedlichen Gedanken.«

»Niedlich? Ich bin nicht niedlich!«

»Ach komm schon. Sag mir nicht, du hättest düstere Gedanken.«

»Schon klar, Frau Super - Thriller - Ichmachdichkalt - Expertin.«

»Frau was?«, prustet Romi und ich stimme mit ein. In ihr Lachen, in ihre gute Laune und in diese herrliche Normalität zwischen uns.

»Danke, dass du uns Frühstück gemacht hast«, flüstert Romi, kurz bevor ihre Lippen erneut meine treffen. Dann sieht sie sich um und steht auf. »Ich hole noch schnell Milch und Zucker für den Kaffee.«

Sie kommt zurück, füllt ihre Tasse bis zur Hälfte mit Milch, zwei Löffeln Zucker und viel zu wenig Kaffee.

»Das ist doch kein Kaffee.«

»Und ob. So schmeckt er mir am besten.«

»Aber so schmeckt er doch gar nicht mehr nach Kaffee. Du trinkst Zuckermilch, sonst nichts. Lauwarm.«

»Und du trinkst heißen Teer.«

»Schwarz, genau wie meine Gedanken«, raune ich ihr zu.

»Das hättest du wohl gerne.«

»Sagt die Frau, die ihren Kaffee mit Literweise Milch strecken muss.«

»Weil es lecker ist. Probier!«, fordert Romi und hält mir ihre Tasse unter die Nase.

Ich schüttle angewidert meinen Kopf.

»Jetzt probier schon. Ich will dich nicht vergiften. Das schmeckt wirklich lecker.«

»Und wie du mich vergiften willst. Ich vertrag keine Milch.« Flüsternd füge ich hinzu: »Ich habe eine Laktoseintoleranz.«

»Du hast was?«

»Laktoseintoleranz.«

»Du niedliches, niedliches Mädchen«, provoziert sie mich.

»Du weißt genau, was passiert, wenn du mich Mädchen nennst, oder?« Meine Stimme ist tief, männlich. Nichts an mir wirkt in irgendeiner Weise mädchenhaft und ihrem Blick zu Folge hat sie genau darauf gewartet.

»Ich glaube, das habe ich schon wieder vergessen.«

Romi klimpert mit den Wimpern, spitzt die Lippen. Und ich kann vor lauter Lachen nicht mehr an mich halten.

»Du bist hier diejenige, die unmöglich ist!«

»Einer muss unmöglich sein und der andere ein Mädchen. So ist das eben.«

»An einer Laktoseintoleranz ist nichts, wirklich gar nichts mädchenhaft. Die Milch ist schuld.«

»Die Milch ist der Feind?«

»So sieht es aus.«

»Oder du hast einfach einen Mimimi Magen und dazu einen Mimimimimi Darm.«

»Ich geb dir gleich Mimimi.«

Meine Finger finden ihre Taille, kitzeln, necken. Und Romi lacht. Ich hatte gehofft, dass sie kitzelig ist, aber dass sie so unglaublich kitzelig ist … damit habe ich nicht gerechnet. Irgendwann höre ich auf, Romi fängt sich wieder, wir frühstücken. Bis -

»Eine Frage habe ich noch.«

»Was?«, knurre ich und Romi kichert erneut drauf los.

»Im Restaurant, bei unserem Blinddate.«

»Ja?«

»Du hast meinen Finger abgelutscht. Und es war ein cremiger Nachtisch, ganz bestimmt mit Sahne und jeder Menge Laktose.«

»Ja, das habe ich.«

»Was, wenn du irre Magenkrämpfe bekommen hättest? Durchfall. Dann wäre das Date vorbei gewesen.«

»So eine kleine Menge macht nichts. Außerdem wäre es das Wert gewesen. Ich hatte immerhin deinen Finger in meinem Mund.«

»Das lasse ich gelten«, schmunzelt Romi. »Mich würde ja interessieren, was andere so alles in den Mund nehmen.«

»Was?«

»Na in diesem Restaurant. Es sieht ja keiner etwas. Das ist schon reizvoll.«

Obwohl wir auf der Terrasse sitzen und ihr Haus weit und breit das Einzige ist, senkt Romi ihre Stimme, flüstert. »Ich wette, es gibt Frauen, die unter den Tisch kriechen und … du weißt schon was machen.«

Belustigung kitzelt in meinem Hals. Romi ist zu süß. »Keine Ahnung, wovon du sprichst.«

»Na unter dem Tisch. Man könnte doch einfach zwischen die Beine krabbeln, die Hose öffnen, alles.«

»Alles?«

»Ja. Meinst du nicht, das kommt öfter vor?«

»Beim ersten Date?«

»Neeeeein.« Romi lacht. »Generell. Man kann doch auch als Paar in so ein Restaurant gehen. Einfach so.«

»Das stellst du dir also vor. Interessant.«

»Nein. So war das nicht gemeint.«

Romis Wangen glühen, aber ihre Augen verraten sie. Wenn mich nicht alles täuscht, hat sie Fantasien,

Gelüste. Und sie hat nicht die leiseste Ahnung, wie sehr mich das anmacht.

»Wir können gerne nochmal hingehen.«

»Nick, so war das nicht gemeint!«

»Ich kann auch hier alle Rollläden runterlassen und mich an den Küchentisch setzen. Oder sind es die anderen Leute, der Kellner, der Reiz eben doch erwischt werden zu können?«

»Nick!«

»Romi!«

»Anderes Thema.«

»Das war so klar! Romi, was ist denn schon dabei? Meinst du nicht, ich würde das auch scharf finden? Du hast damit angefangen und jetzt habe ich die Bilder in meinem Kopf. Du kannst nicht einfach das Thema ändern.«

»Und wie ich das kann.«

»Dann los, sorg für andere Bilder«, fordere ich, lehne mich mit meiner Kaffeetasse in der Hand zurück und betrachte sie. »Ich warte.«

»Okay.«

Romi spiegelt meine Position, lehnt sich zurück. Wir blicken einander in die Augen. Und dann malt sie mit ihren Worten neue Bilder. Vollkommen neue.

»Du bist in dem Restaurant. Alles um dich herum ist schwarz. Da ist niemand außer dir. Dein Atem wird lauter, aber das ist okay, es hört ja keiner. Du streckst deine Hände aus, fühlst, was vor dir ist. Ein Tisch, darauf liegt ein Tuch. Deine Finger treffen auf etwas Kaltes, etwas Metallisches. Du nimmst den Gegenstand in die Hand. Es ist eine Waffe. Ein Messer. Der Griff ist schwer, die Klinge lang. Du weißt nicht, ob du das Messer wieder zurücklegen sollst oder es lieber bei dir behältst. Du willst es verstecken. Aber die Dunkelheit kennt keinen sicheren Ort. Die Dunkelheit ist überall. Und du? Du bist nicht sicher!«

Die feinen Härchen in meinem Nacken stellen sich auf und stürmen in Wellen über meinen Rücken.

»Fuck! Romi, ich habe Gänsehaut.«

»Das ist er. Der Anfang!« Romi springt auf, klatscht in die Hände und blickt in mein Gesicht. Sie sagt nichts weiter, wartet offensichtlich eine Entscheidung von mir ab.

»Na los, schreib ihn auf!«

Das macht sie. Romi schreibt und schreibt und schreibt. Sie ist vollkommen vertieft.

Zunächst gucke ich ihr zu. Dann räume ich den Tisch ab, gehe ins Haus und packe ein paar Sachen zusammen. Ich gehe schwimmen, verausgabe mich vollkommen. Irgendwann habe ich genug, ziehe mich aus dem Wasser und gehe duschen. Meinem Hintern geht es besser, trotzdem desinfiziere ich die Stelle und creme sie ein, bevor ich meine Shorts hochziehe. Dann telefoniere ich mit Nora. Und danach beschließe ich, dass es Zeit für einen Ausflug zum Nationalpark ist. Morgen. Immerhin sind wir in Kroatien und ich habe noch nicht viel mehr als dieses Haus gesehen.

Heute würde ich gerne den Ort erkunden, spazieren gehen und danach in einem kleinen Restaurant essen gehen.

Den Plan vor Augen trete ich auf die Terrasse, betrachte Romi und denke an nichts anderes als an Nachtisch. Vielleicht hat sie recht. Vielleicht ist es an der Zeit, mit dem Besten zu beginnen.

Kapitel 19

ROMI

Wenn ich schreibe, nehme ich nichts um mich herum wahr. Ich bin in einer anderen Welt gefangen. Manchmal finde ich stundenlang nicht aus ihr heraus. Meine Beine schlafen ein, ich habe Durst, Hunger, muss pinkeln. Aber davon merke ich nichts. Es existiert nicht. Ich existiere nicht. Nur die Geschichte in meinem Kopf.

Wonach riecht Angst? Für mich riecht sie nach Eukalyptusbonbons, nach Rasierwasser und Leder. Angst riecht wie ein gepflegter Mann. Einer mit manikürten Fingernägeln und gebleachten Zähnen. Und sie schmeckt nach Blut. Immer. Aber ist das allgemeingültig? Riecht Angst nicht eher schäbig? Nach Schweiß, Zigaretten, Pisse und Alkohol? Ist Angst ein Versager, eine bemitleidenswerte Gestalt, die dich in seiner Gewalt hat? Oder ist Angst das Lächeln eines Mannes, der dein Vater sein könnte?

Das sind meine Gedanken, das bin ich, bis ein Geräusch durch meinen Kopf zieht und die Welt darin zum Einstürzen bringt.

»Hey, es ist schon kurz vor sechs. Hast du gar keinen Hunger?«

»Doch.« Ich schließe meine Augen, kehre das letzte Bisschen der Geschichte aus meinem Hirn. Ich bin wieder im Hier und Jetzt, wo kein Platz für meine Angst ist. Ich erlaube ihr, nur während der Schreibzeit herauszukommen. Das ist ihr Moment, das ist ihre Spielwiese. So kontrolliere ich sie. Und es funktioniert erstaunlich gut.

»Entschuldige bitte. Ich habe die Zeit komplett vergessen.« Und offensichtlich auch meine Manieren. Nick kommt extra nach Kroatien und ich verbringe den Tag damit, zu arbeiten.

»Das macht nichts. Ich war schwimmen. Ganz ohne Arschbombe.« Ein Zwinkern folgt seiner Erklärung. »Dafür mit Schwimmschuhen.«

»Woher hast du Schwimmschuhe?«

»Die hatte ich eingepackt. Genau wie meine Badeshorts. Wir sind in Kroatien, hier gibt es viel Wasser und darin leben jede Menge Seeigel. Das weiß doch jeder.«

Das Lachen vibriert durch seinen Brustkorb. Es steckt mich an. Vor allem, da es mir den Augenblick in Erinnerung ruft, an welchem ich den ersten Stachel aus Nicks hübschem Po gezogen habe.

»Was meinst du, wollen wir in die Stadt laufen, vielleicht in deinem Lieblingsrestaurant essen?«

»Wir können gerne in die Stadt laufen und dann ein Restaurant suchen. Ich war hier allerdings noch nie aus, also kann ich keins empfehlen.«

»Okay. Willst du zuerst duschen?«

»Gerne. Kommst du mit?«

Die Frage ist aus meinem Mund gerutscht. Und jetzt ist sie da. Schwebt irgendwie zwischen uns. Und sie kribbelt. In meiner Brust, in meinem Bauch und in meinem Schoß. Vor allem da.

Je länger er mich anstarrt, desto intensiver spüre ich es. Sag was, Nick. Entscheide.

»Ja.«

Ein einfaches Wort, nur zwei Buchstaben. Fast zu wenige, um überhaupt ein ganzes Wort zu bilden. Und doch ausreichend. Mehr als ausreichend. Vor allem, da er nicht nur *ja* sagt, sondern auch *ja* meint. Ich sehe es in seinem Blick und an dem wunderschönen Lächeln, welches sein Gesicht schmückt.

Für einen Moment blende ich alles andere aus und betrachte nur noch seinen Mund. Wie sexy können eigentlich Lippen sein? Jetzt mal ganz im Ernst. Seine sind dunkel, voll. Die Unterlippe ist eindeutig dicker und die Obere liegt geschwungen darauf. Indem er gar nichts macht, ist Nicks Mund bereits verführerisch. Als wurde er unaufhörlich fordern: *Küss mich, probiere mich.*

Noch heißer finde ich es, wenn er sein schiefes Lächeln lacht. Oder mit der Zunge sanft über die Unterlippe leckt, sie in seinen Mund zieht. Gott, wie sexy sind denn eigentlich Zungen? Weich. Heiß. Nass.

»Romi?«

Zungen sind verboten sexy. Und was man damit alles anstellen kann …

»Roooomi?«

In Gedanken antworte ich der Stimme, seufze ein *ja?* In Wirklichkeit starre ich weiter sprachlos auf diesen perfekten Mund vor mir. Oh, wie schön! Jetzt lächelt er. Immer breiter. Und er kommt näher. Gleich wird er mich küssen. Gleich. Gleich. Jetzt.

Warme Kissen hüllen meine Lippen in eine unendlich zarte Umarmung. So fühlt es sich an. Wie eine Landung im Himmelbett, ein Sprung ins Wolkenmeer. Wie schwimmen in Wattebäuschen.

Es ist zauberschön. Bis sich seine Lippen von meinen lösen, die Wärme verschwindet, der Moment vorbei ist.

Tja ... so ist das mit den Tagträumen. Irgendwann schreckt man hoch. In meinem Fall ist Nicks Handy der Auslöser. Beziehungsweise der Klingelton eines eingehenden Anrufes. Und während mein Mund noch immer der Illusion nachhängt, ist seiner längst mit anderen Dingen beschäftigt. Nick schenkt mir ein Zwinkern und dreht sich dann zur Seite, um ungestört zu telefonieren.

Mir bleibt nichts anderes übrig, als mich zu sammeln, meine Gedanken wieder dahin zurückzudrängen, wo sie hingehören, und schließlich - was wirklich jammerschade ist - allein duschen zu gehen.

Im Badezimmer angekommen ziehe ich mich aus, kämme meine Haare, lege Handtuch und Bademantel in Griffnähe und steige in die Duschkabine. Die Glastür fällt hinter mir zu. Das Wasser geht an. Und dann beginnt sich das Gedankenkarrussel zu drehen. Langsam erst und schließlich immer schneller.

Für mich sind die Zeit unter der Dusche und die vor dem Schlafengehen Gedankenfeste. Die ganzen Ideen, Eindrücke und Gefühle strömen aus meinem Kopf wie das Wasser aus der Duschbrause. Sie prasseln auf mich ein. Sie umgeben mich. Sie sind überall.

Was mache ich mit Nick? Wie nah lasse ich ihn an mich heran? Kann ich ihm wirklich vertrauen? Was will ich überhaupt? Was ist das zwischen uns? Genau das ist sie, die entscheidende Frage. Was empfinde ich? Für ihn. Nick. Für uns. Was ist es jetzt schon und was kann es werden?

Der heiße Wasserstrahl trifft meinen Nacken, meine Schultern, meinen Rücken. Ich schließe meine Augen. Sanft beginne ich hin und herzuschaukeln. Von links nach rechts. Ich halte meinen Kopf unter den Strahl, fahre mit beiden Händen durch meine Haare. Ich denke nach.

Der Ort tief in mir, der, welcher die Antworten auf all meine Fragen beherbergt … Er ist nicht leicht zu finden. Meistens fühlt es sich so an, als könnte ich ihn gar nicht erreichen. Als wäre die Suche nach ihm ein Spiel und ich die Marionette des allmächtigen Spielführers. Heute ist es anders. Meine Augen sind geschlossen, meine Gedanken frei. Die Suche beginnt. Ich stelle die Frage in mein Innerstes und marschiere los. Bereit, im Dickicht meiner Gedanken unterzugehen, mich zu verlaufen, zu versagen. Aber der Weg ist frei. Er ist klar und er liegt vor mir. Ich kann das Ende bereits vor mir sehen. Darf ich? Danach greifen? Es mir einfach nehmen?

In meiner Brust pocht der Wunsch nach Glück immer stärker. Meine Lippen beginnen bereits zu lächeln. Und die Antwort? Die alles entscheidende Antwort? Sie lautet *ja*. Einfach nur *ja*. Ich darf, ich kann, ich muss.

Ein befreiendes Gefühl. Sogar ein Euphorisches. Eins, das durch meine Brust tanzt. Ich öffne meine Augen, bin bereit für den wirklichen Weg. Den in der realen Welt. Und für das Ende. Verdammte scheiße, bin ich bereit! Vielleicht ist es albern, jetzt zu lachen, vielleicht ein wenig irre. Trotzdem mache ich genau das. Ich stehe unter der Dusche und lache. Laut und aus vollem Herzen.

Bis die Badezimmertür auffliegt und Nick in den Türrahmen tritt. Wobei ich auch dann noch Weiterlache. Jetzt aber eher wegen seines herrlich amüsierten Gesichtsausdruckes. Er grinst, betrachtet ungeniert meinen Körper, scannt jeden einzelnen Fleck nackter Haut. Und das bin ich. Vollkommen nackt. Ob es mich stört? Nicht im Geringsten. Ich genieße seinen Blick. Außerdem schenkt die Duschkabine mir ein kleines bisschen Sicherheit. Ich stehe auf der einen Seite, er auf der anderen. Wenn er zu mir möchte, muss auch er sich ausziehen und dabei werde ich ihn beobachten können. Das bedeutet, mir bleibt ausreichend Zeit, um nervös zu werden. Noch kann ich mich sicher fühlen. Noch.

In meinem Kopf hört sich das alles ganz wunderbar an. Was ich nicht bedacht habe, ist, dass Nick telefoniert. Noch immer. Erst jetzt bemerke ich das Handy an seinem Ohr. Er hat demnach gar nicht vor, zu mir zu kommen. Er wollte nur gucken. Das ist … gemein! Eventuell sogar ein kleines bisschen frech. Aber vor allem ist es geil. Sagt man das eigentlich noch? Geil? Ich sage das, beziehungsweise denke ich es. Weil es das ist. Es ist ungeheuer geil, wie er da steht.

Seine Schulter lehnt am Türrahmen, die Beine lässig überkreuzt, eine Hand in der Tasche und eine am Ohr. Er grinst. Natürlich grinst er. Und es ist dieses verführerische Grinsen. Das, welches ihm ein Grübchen in die rechte Wange zaubert. Das Grinsen, welches nur Männer mit verboten schönen Lippen hinbekommen. Es lässt meine Knie wackeln und mein Herz hüpfen. Ich liebe es.

Zack, da habe ich es gedacht. Das L-Wort. Einfach so. Meine Wangen schieben sich ein bisschen höher, bevor ich mein Gesicht unter dem Duschstrahl verstecke. Wenn ich allein gewesen wäre, hätte ich gequiekt. Ganz bestimmt sogar. Habe ich aber nicht. Ich bin ja nicht vollkommen peinlich. Jedenfalls beruhige ich mich und tauche wieder aus dem Wasser hervor. Nick ist weg. Ich und meine ganzen Gefühle, wir sind allein im Badezimmer.

Ich dusche zu Ende, wickle das Handtuch um meine Haare und den Bademantel um meinen Körper. Ich schminke meine Augen, benutze Deo und ein bisschen Parfum. Ich husche in den Flur, wo mein Kleiderschrank steht. Meine Stilettos winken mir zu. Sie wedeln förmlich. Aber ich ignoriere sie. Zu unpraktisch für einen Spaziergang ins Dorf. Stattdessen entscheide ich mich für Birkenstock und mein olivfarbenes Maxikleid mit der schönen Spitze im Dekolleté.

Meine Haare sind nass, aber das macht mir nichts. Ich lasse sie gerne an der Luft trocknen. Ich bin fertig. Und außerdem bin ich nervös. Dieser Abend fühlt sich mehr nach einem Date an wie die anderen zuvor. Weil ich weiß, was ich will. Weil ich etwas zu verlieren habe. Und vielleicht auch, weil ich endlich mehr als einen Gute-Nach-Kuss bekommen möchte. Ganz bestimmt auch deswegen.

»Wow.«

Nicks tiefe Stimme legt eine Gänsehaut in meinen Nacken und Röte auf meine Wangen.

Ich drehe mich zu ihm um. War mein Puls gerade schon erhöht, tritt er das Gaspedal jetzt vollends durch. Bis zum Anschlag. Vollgas.

»Hi.«

»Bist du fertig? Wollen wir los?«

»Ja.«

Er streckt seine Hand aus und ich greife zu. Unsere Finger legen sich umeinander. Als ich die Haustür abschließe, muss ich seine Hand kurz loslassen. Nur für einen Moment. Dann finden unsere Hände zueinander zurück und lassen sich nicht mehr los.

Wir laufen runter zum Steg und dann den schmalen Küstenweg entlang. Den Weg mag ich lieber als die Straße hinter dem Tor. Weil er direkt am Wasser entlangführt, man zwischendurch über Felsen klettern muss und ganz besonders wegen der Kiefern. An manchen Stellen ragen sie wie ein Torbogen über den Weg. Der Wind, die Sonne und das Meer haben die Bäume dazu gebracht, sich zu neigen, zu bücken. Es sieht wunderschön aus und für mich ist es so, als beschützen die Bäume den Weg. Sie sind die Begleiter meiner Spaziergänge.

»Woran denkst du?«

»An die Bäume, den Weg und den Zauber, der in all dem hier liegt.«

»Zauber?«

»Ja. Für mich ist dieser Ort hier magisch. Das Meer, die Küste, dieser Weg.«

»Und das Haus?«

Ich hebe meinen Blick, sehe Nick in die Augen. »Das ist vermutlich der magischste Ort.«

»Erzählst du mir, warum du so empfindest?«

Er wartet meine Antwort ab. Und ich brauche diese Pause, die Stille. Wir sind nicht stehen geblieben. Meine Füße tragen mich Schritt für Schritt weiter und genauso machen es meine Worte. »Weil ich hier glücklich war und bin.«

Es ist der leichte Druck seiner Hand, der mir die Sicherheit gibt, mehr zu erzählen. »Es ist komisch, wie das Gedächtnis funktioniert. An manches kann man sich nicht erinnern. Anderes kann man nicht vergessen. Die Erinnerungen an meine Kindheit. Beinahe alles, was in meinem Kopf ist … Es ist schlecht.«

Ich schlucke. Der Kloß in meinem Hals drückt zu. Wenn ich nicht ruhig weiter atme, wird er fester drücken.

Die Gedanken an früher beginnen ihr Eigenleben zu entwickeln, starten ihr verdorbenes Spiel. Sie schnüren meinen Hals zu, schwemmen den Schweiß aus meinen Poren und dann … dann treten sie in meinen Magen. Wenn ich weine, lachen sie. Wenn ich schreie, treten sie fester. Wenn ich aufgebe, haben sie gewonnen.

»Hey, Romi?«

Nicks Hände halten meinen Kopf fest, seine Stimme meinen Geist. Ich atme. Und ich siege. Ich habe es geschafft, an ihnen vorbeizukommen. Und es hat sich gelohnt. Weil hinter der Angst das Glück liegt. Weil sich manch schlimmer Weg am Ende lohnt. So war es zumindest früher. So hat es sich angefühlt.

»Weißt du, es war nicht vollkommen schlecht und auch nicht immer. Nicht hier.« Meine Augen treffen auf seine. »Hier war es schön. So unglaublich schön, dass es einfach magisch sein musste. Weil die Realität doch unmöglich so glücklich sein konnte, oder?«

Ein Lachen schlüpft aus meinem Mund, eine Träne aus meinem Auge.

»Was ist deine schönste Erinnerung an diesen Ort?«

»Die Allerschönste?« Ich denke einen Moment nach. Bilder fluten meinen Kopf, mein Herz wird warm und ich werde ruhig. So unglaublich ruhig. »Der Tag, an dem ich ein Versteck gebaut habe. Ich habe mit Stöckern, Steinen, Gras, Muscheln, mit allem, was ich finden konnte, eine Höhle gebaut. Ich war den ganzen Tag unterwegs und hatte die Zeit vollkommen vergessen. Als es dunkel wurde, bekam ich Angst und bin gerannt. Barfuß über die Steine. Ich würde Ärger bekommen. Ich weiß noch genau, dass ich überlegt habe, gar nicht erst zurückzukehren. Aber Oma Greta war immer lieb gewesen. Es war das kleine Fünkchen Hoffnung, dass mich zum Haus laufen lief. Weißt du, was passiert ist, als ich angekommen bin?«

»Nein.«

Nick schüttelt den Kopf. In seinen Augen sehe ich Kummer, obwohl doch Glück darin liegen muss. Schnell reden meine Lippen weiter, tragen das Lächeln zu ihm herüber.

»Oma Greta ist auf mich zugelaufen und hat mich umarmt. Mit beiden Armen. So richtig fest, verstehst du? Und dann hat sie gesagt, dass ich nie wieder so lange wegbleiben dürfte, dass sie sich Sorgen gemacht habe. Danach sind wir runter zum Steg und ich habe meine Füße ins Wasser getaucht. Die Sonne ist untergegangen. Und ich …« Eine weitere Träne löst sich, findet ihren Weg über meine Wange und fällt auf meine ausgestreckte Hand. Ich betrachte den kleinen Wassertropfen, schließe ihn in meine Hand ein und drücke ihn an mein Herz. »Ich war glücklich.«

Kapitel 20

NICK

Man könnte glauben, dass wir beide keine unterschiedlichere Kindheit haben könnten. Das Gegenteil ist der Fall. Wie so oft im Leben kommt es nicht auf das Offensichtliche an, nicht auf das Äußere. Es ist vielmehr das Herz, welches den Kernpunkt einnimmt. Die einzige Betrachtungsweise, die zählt. Was hast du gefühlt?

Der Unterschied liegt darin, dass ich mich von allem gelöst habe, was schlecht war und Romi sich an das klammert, was gut war. Vielleicht fällt es mir deswegen leichter, unbeschwert durchs Leben zu gehen. Weil meine Sorgen in der Vergangenheit begraben liegen. Romi trägt ihre Vergangenheit mit sich. Und ihre Sorgen sind größer als meine. So unglaublich viel größer …

Was kann ich nur machen, damit diese Frau wieder glücklich ist? Genau das will ich. Ich will Romi glücklich machen. Das wollte ich bereits bei unserem ersten Treffen im Dunkelrestaurant. Weil mich ihr Lachen verzaubert hat. Verrückt! Als hätte mein Herz schon dort gesehen, worauf es ankommt.

»Was meinst du, wollen wir das hier probieren?«, frage ich, nachdem wir die ersten Restaurants hinter uns gelassen haben.

»Restaurant Tony«, liest Romi laut vor. Dann lächelt sie und zeigt auf einen freien Tisch direkt am Meer. »Guck mal, der Platz gefällt mir.«

Die Terrasse des Restaurants ist mit großen weißen Stoffbahnen überdacht. Die Tische darunter stehen in Reih und Glied, sind mit weißen Tischdecken, Kerzen und frischen Blumen gedeckt. Nur ein Tisch nicht. Der, den Romi entzückt betrachtet.

Er steht abseits, fast schon auf der Promenade, direkt am Meer. Es wirkt so, als hätten die anderen Tische ihn ausgeschlossen, als wäre er nicht gut genug für die Gemeinschaft. Und Romi hat nur Augen für ihn.

»Komm, setzen wir uns«, beschließe ich. Der Tisch wackelt, die vier Stuhlbeine finden auf dem unebenen Steinboden wenig Halt, es ist windig und irgendwie … perfekt.

»Was meinst du, wollen wir den Abend so richtig ausnutzen und drei Gänge bestellen?«

»In der richtigen Reihenfolge oder den Nachtisch zuerst?«, spiele ich auf unsere Unterhaltung am Morgen an. Natürlich senke ich meine Stimme und kann es mir auch nicht verkneifen, das Wort *Nachtisch* zu hauchen. Ich genieße es zu sehr, wie Romi reagiert. Wie ein Schauer über ihren hübschen Körper zuckt.

»Ein verlockendes Angebot.«

»Worauf hättest du Lust?« Ich rücke dichter an den Tisch, sehe Romi in die Augen und lasse meine Fantasien durchblicken. »Eis oder eher etwas Heißes?«

»Eier mit Speck und Zwiebeln.«

Gott, ich liebe ihren Humor. Das ist das Erste, was ich denke. Weil sie mich mit ihren Antworten immer zu überraschen weiß. »Mit Speck UND Zwiebeln?«

»Wenn ich darf?«

Ihre Augen halten meinem Blick stand.

»Salz und Pfeffer?«

»Gewürze sind immer gut. Und Butter.«

»Butter?«

»Ja.«

»Du brauchst Butter?«, frage ich nochmal nach.

»Ja, für die Pfanne. Ich gebe doch erst Butter hinein und dann brate ich Zwiebeln an, dann Speck und die Eier drauf. Wie machst du das denn?«

Ein Lachen vibriert durch meine Brust. Ich lehne mich im Stuhl zurück, fahre mit der Hand über meinen Mund und meinen Bart entlang. Ich schüttle meinen Kopf.

»Was?«, fragt Romi.

»Du redest tatsächlich davon, Eier mit Speck und Zwiebeln zu braten?«

»Und?«

»Und ich rede von Sex.«

»Oh. Ohhhh.«

Ihre Wangen füllen sich mit wunderschöner Scham. Und sie werden noch röter, als die Kellnerin hinter mich tritt und uns die Speisekarten reicht.

»Hrvatski, english, deutsch?«, fragt sie und lächelt uns freundlich an.

»Gerne deutsch«, antworte ich.

»Möchten Sie etwas trinken?«

Eigentlich bestelle ich immer Bier. Pils. Ich bin bereits in Begriff, mich für Karlovacko zu entscheiden, als ich Romis Hand auf meinem Unterarm spüre.

»Wollen wir uns einfach überraschen lassen?«

Romi strahlt mich an. Sie mag das hier. Es gefällt ihr, auszugehen, gutes Essen zu genießen, Zweisamkeit. Und Überraschungen. Romi liebt es, überrascht zu werden.

»Gerne.«

Romi nickt und wendet sich an die Bedienung: »Wäre das möglich? Können sie uns ein Überraschungsmenü zubereiten mit Getränken?«

»Und Nachtisch«, füge ich hinzu, während meine Augen auf Romi ruhen.

Sie streicht sich eine Haarsträhne aus der Stirn, schließt für einen Moment die Augen. Dennoch bemerke ich es. Das Kribbeln meiner Worte in ihrem Körper. Romi ist taff, sie ist intelligent und wortgewand. Aber flirten? Flirten ist Neuland für sie.

»Sehr gerne. Mögen Sie lieber Fisch oder Fleisch und gibt es etwas, was sie gar nicht vertragen?«

»Ich mag alles und mein Freund hier«, Romi tätschelt meinen Arm, grinst vergnügt, »verträgt keine Laktose.«

Ich weiß nicht, ob es mich mehr amüsiert, dass sie sich über meine Laktoseintoleranz lustig macht oder mich ihren Freund nennt. So oder so: ein Punkt für Romi. Den muss ich ihr lassen.

Als die junge Frau mit den Speisekarten unter ihrem Arm verschwindet, beuge ich mich erneut zu Romi über den Tisch. »Du Frechdachs!«

»Bitte?«

»Du kleiner, süßer, unverschämt gutaussehender Frechdachs.«

Romi sagt nichts, lächelt einfach nur. Zuerst finden unsere Hände über den Tisch zueinander, dann unsere Lippen. Es ist unser erster Kuss in der Öffentlichkeit. Und er fühlt sich herrlich normal an.

Was sich ebenso normal anfühlt, sind unsere Gespräche, das gemeinsame essen, miteinander lachen.

Ich hätte Bier bestellt, aber der Weißwein schmeckt köstlich. Auch der Fisch ist grandios, obwohl ich eher auf Steak und Pommes stehe. Der wackelige Tisch, der Wind vom Meer, die fehlende Beleuchtung; irgendwie ist alles anders als das, was ich mir ausgesucht hätte. Und es ist perfekt.

Der Gedanke macht etwas mit mir. Ich projiziere ihn auf Romi und mich. Hätte ich mich für sie entschieden, wenn ich von Anfang an gewusst hätte, wer sie ist, wie sie aussieht? Oder hätte ich statt ihr meinen immer gleichen Frauentyp gewählt?

Ich weiß es nicht. Aber das muss ich auch gar nicht. Weil die Überraschung auch in diesem Fall die best mögliche Entscheidung war. Sie führt mich durch den Abend, zurück auf die Küstenstraße, am Meer vorbei bis zu dem kleinen Anleger vor Romis Haus.

Inzwischen ist die Sonne untergegangen. Es ist kühler, windiger und nichts lädt mehr dazu ein, sich hinzusetzen und die Füße im Meer zu baden. Ich möchte reingehen. Ins Haus. Und dann ins Schlafzimmer.

Ich bin auch nur ein Mann. Ein Mann, der seit drei Nächten neben einer Frau schläft, ohne mit ihr zu schlafen. Für eine weitere Nacht reicht meine Disziplin nicht.

Mein Blick gleitet zu Romi, streift über ihr Profil, die niedliche Nase und die unverschämt vollen Lippen. O Fuck! Meine Disziplin reicht nicht für eine weitere Minute.

Romi steigt die zwei Stufen zur Haustür rauf, kramt in ihrer Handtasche nach dem Schlüssel. Ich bleibe unten stehen. Sie dreht sich zu mir um, lächelt. Und dann … ist es vorbei mir meiner Disziplin.

Meine Hände greifen in ihren Nacken, ziehen ihren Kopf zu mir. Stirn an Stirn. Ich lege ihre Hände auf meine Brust, lasse sie spüren, wie kräftig mein Herz pocht. Ich fahre mit meiner Nasenspitze über ihre, neige meinen Kopf. Und dann warte ich. Weil ich will, dass sie eine Richtung vorgibt. Schnell oder langsam, hart oder weich, ein kleines bisschen oder alles?

Ich warte nicht lange. Romis Lippen treffen auf meine. Hart, fordernd. Ihre Zunge folgt. Und dann ihr ganzer Körper. Sie presst sich gegen mich, krallt ihre Finger in meine Schultern, keucht in meinen Mund. Für mich fühlt es sich nach alles an. Nach purer Lust. Nach jetzt sofort. Wer bin ich, dem zu widersprechen?

Ich löse meine Lippen von ihren, trete einen Schritt zurück. Ich lasse mich auf ein Knie fallen, um zuerst einen Kuss und dann meine Hände auf ihre Fesseln legen zu können. Mein Blick trifft ihre Augen, ihren Mund, nimmt das Heben und Senken ihrer Brust wahr. Langsam fahre ich mit beiden Händen ihre Beine hoch, hebe Stück für Stück das bodenlange Kleid an, bis ich wieder aufrecht stehe und meine Hände ihre Oberschenkel erreicht haben.

Das ist er. Der Moment, in dem die Zeit ganz kurz stillsteht. Unsere Augen verhaken sich ineinander, unser Atem findet einen Gleichklang. Meine Hände liegen seitlich auf Romis nackten Schenkeln, ihre liegen locker darüber. Sie wartet und ich packe zu.

Mit einem Ruck hebe ich Romi in meine Arme, schlinge ihre Beine um meine Mitte. Ich gehe die zwei Stufen hoch, presse ihren Rücken gegen die Haustür, mich gegen sie, meine Zunge in ihren Mund. Eine Hand stemme ich gegen die Tür, die andere findet Romis Hintern, ihre Taille, ihre Brust. Ich schiebe sie vorne ins Kleid, schlüpfe unter den BH. Während meine Zunge die von Romi massiert, massiert meine Hand ihre Brust. Sie ist weich und warm und perfekt. Sie passt genau in meine Hand. Ich kann es nicht erwarten, sie zu schmecken, und genau das ist es, was mich ungestüm werden lässt. Diese unbändige Lust zwischen meinen Leisten.

Ich schiebe ihr Kleid weiter hoch, hebe sie von der Tür weg, um mehr Zugang zu bekommen. Romi streckt ihre Arme über den Kopf, hilft mir, ihr Kleid auszuziehen. Mit einem Schnipp aus Daumen und Mittelfinger folgt ihr BH. Die Träger streife ich von ihren Schultern. Mein Mund stürmt auf ihren, meine Hände auf jedes bisschen nackte Haut, welches sie erreichen können. Mein Herz pumpt die Lust immer kräftiger durch meinen Körper, immer tiefer.

Romis Hände schieben sich unter mein Shirt, kratzen über meinen Rücken. Ich knurre in ihren Mund, packe fester zu. Es ist heiß, es ist schnell und es passiert, ohne einen einzelnen Gedanken zu verschwenden. Daran, wo wir sind, wer wir sind, wie wir sind. Es passiert einfach.

So lange, bis Romis Hände an meinem Gürtel ziehen. Und ganz ehrlich: das würde mich unter normalen Umständen nicht ins Straucheln geraten lassen. Gürtel auf, Hose runter und los. Es ist der kurze Augenblick, in dem ich meinen Oberkörper von ihrem löse, um ihr mehr Platz zu geben. Damit Sie meine Hose ausziehen kann. Aber ich gebe ihr nicht nur Platz, ich sehe auch hin. Auf ihre Finger, die zitternd über meiner Gürtelschnalle verzweifeln. Dann in ihr Gesicht, in ihre Augen. Und darin sehe ich Angst.

»Stopp!« Meine Hände legen sich auf Romis Finger. Sie senkt den Kopf, weicht meinem Blick aus. »Was ist los?«

»Ich bekomme deinen Gürtel nicht auf, das ist alles.«

»Das ist nicht alles.« Sanft dränge ich ihren Kopf zurück, hebe ihn mir entgegen. Romis Augen sind geschlossen, ihre Oberlippe bebt.

»Doch das ist alles. Bitte. Hör einfach auf zu fragen.«

»Das werde ich ganz bestimmt nicht.«

»Verdammt, Nick!«, schreit sie und schleudert mir ihre Verzweiflung aus offenen Augen entgegen. »Jetzt mach schon!«

»Was denn?«, flüstere ich, streiche mit der Fingerspitze über ihre Wange. Ich will ihr damit Geborgenheit schenken, zeigen, dass ich zärtlich bin, Verständnis habe. Und das habe ich. Immer und für alles. Ich zeige mich schwach. Und Romi? Sie fährt sich mit einer Hand durch die Haare und murmelt: »Das gibt es doch nicht.«

Ich weiß nicht, was genau den Unterschied ausmacht, aber ich weiche zurück. Emotional. Sie merkt es sofort.

»Nein, Nick, so war das nicht gemeint.« Ihre Finger finden meine Wangen, zwingen meinen Blick in ihre Richtung. »Ich will das so nicht.«

»Das habe ich gemerkt.«

»Nein! Lass mich ausreden.« Ich nicke und sie fährt fort. »Ich will nicht, dass du Rücksicht auf mich nimmst. Ich will nicht schwach sein. Ich will nicht weinen. Nicht beim Sex. Nicht, wenn wir …«

Romi schluchzt. Es schnürt mir die Kehle zu, lässt mein Herz für einen Moment so unendlich schwer werden. Aber ich sage nichts, gebe ihr die Zeit.

»Bitte.« Ihr Blick ist klar, ihre Stimme versucht es, auch zu sein. »Bitte fick mich endlich.«

»Ich soll was?« Ich kann nichts für die Belustigung, die in meiner Stimme liegt. Es wäre sexy. Ganz ehrlich, es wäre höllisch sexy, wenn sie mir genau das unter anderen Umständen gesagt hätte. Aber so? Leicht verzweifelt, mit weggeblinzelten Tränen am Augenrand … ist es ein verdammt niedlicher Versuch, sexy zu wirken.

»Scheiße, Nick!«

Ihre Faust fliegt gegen meine Schulter, was mir nur ein noch breiteres Grinsen entlockt. »Scheiße, Romi!«

»Maaaaaann.«

»Fraaaaaau.«

»Du machst mich wahnsinnig!«

Ihre Augen sprühen Funken, ihre Lippen glänzen feucht. Sie ist nicht schwach, nicht mal ein kleines bisschen. Nicht wenn es um uns geht.

»*Du* machst *mich* wahnsinnig«, raune ich in ihr Ohr.

»Das will ich hoffen.«

»Du willst Sex?«

»JA!«

»Dann schließ endlich die verdammte Tür auf, oder ich nehme dich gleich hier und jetzt.«

Kapitel 21

ROMI

Den Schlüssel in der Hand schließe ich die Tür auf, laufe hindurch und drehe mich zu Nick um. Er steht da, betrachtet mich. Dann tritt er die Tür zu. Es knallt laut. Das nächste Geräusch ist das Klimpern meines Schlüssels, der aus meiner Hand auf den Boden fällt. Dann höre ich nichts mehr. Dafür spüre ich.

Nicks Hände in meinen Haaren, seine Lippen auf meinen, seine Zunge in meinem Mund. Er drängt mich in den Flur, hebt mich auf den Esstisch. Ich schlinge meine Beine um seinen Körper, presse mich an ihn und ihn gegen mich. Ich will ihn spüren. Überall. So mächtig ist der Wunsch in meinem Kopf, dass ich alles andere vergesse.

Meine Hände finden erneut unter sein Shirt, ziehen es hoch. Nick hilft mir. Dann presst er seine heiße Brust an mich. Körper an Körper. Haut an Haut. Es fühlt sich unglaublich an, ihn endlich so nah spüren zu können. Aber es reicht nicht. Bevor ich anfangen kann, es zu genießen, will ich alles.

Nick lacht in meinen Mund, als er meine Finger an seiner Hose spürt.

»Wir haben es eilig?«

»Und wie!«

Er legt seine Arme erneut um mich und hebt mich hoch. Ich protestiere, will den Ort nicht ändern, nicht noch mehr Zeit verschwenden, nicht nachdenken, nichts. Sex auf dem Küchentisch schenkt mir nichts als erotische Gedanken. Dazu gibt es keinerlei andere Erinnerung. Weil ich es noch nie probiert habe. Und das will ich ändern. Jetzt.

»Was hast du gegen den Tisch?«

»Der Tisch ist toll.« Ein Kuss findet meinen Hals, ein weiterer folgt. »Aber er ist zu tief. Ich bin kein kleiner Mann, Romi.«

»Das habe ich auch schon gemerkt.«

Nick lacht, küsst meinen Hals weiter und dann läuft er mit mir auf dem Arm Richtung Bett. Er bleibt stehen, hält mich fest umschlungen.

»Was meinst du?«

Ich folge seinem Blick zum Bett. Und auch seinem Lächeln folge ich, nur um danach zu nicken. Er setzt mich ab, tritt einen Schritt zurück. Seine Hände liegen auf der Gürtelschnalle, öffnen die Hose, ziehen alles aus, was seinen Körper bedeckt hielt. Meine Augen kleben an der Bewegung, der Hose, allem. Und finden ihren Weg wieder zurück. Scheiße!

Mein Herz scheint kurzzeitig zu vergessen, was seine Aufgabe ist. Nur um einen Moment später die verpassten Schläge in doppelter Geschwindigkeit nachzuholen. Vielleicht auch in Dreifacher. Wer kann das schon genau sagen, wenn einem der ganze Brustkorb wegzugallopieren droht? Ich lege meine Hände auf die Brust, presse sie regelrecht dagegen, um meinen Herzschlag zu beruhigen. Keine Chance.

»Soll ich weitermachen?«, fragt Nick und bringt mich damit vollkommen aus dem Konzept.

»Willst du auch noch deine Haut ausziehen?«

»Nein, ich will zu dir aufs Bett kommen, dich ausziehen.«

Sein Mund grinst mich frech an.

»Oh.«

»Oh, ja? Oder: Oh, bleib lieber da stehen?«

Die Frage ist ernst gemeint. Er lässt mir die Wahl. Und das obwohl ihm eindeutig – und damit meine ich wirklich ehrlich EINDEUTIG – anzusehen ist, dass er zu mir aufs Bett will, mich will. Ich weiß, ich wiederhole mich, aber: Scheiße!! Ist das geil.

»Komm her.«

Das macht er. Er beugt sich runter, lehnt seine Arme neben mir auf, kniet sich über mich. Er drängt mich Stück für Stück tiefer, bis ich auf der Matratze liege. Dann greift er unter meinen Hintern und schiebt mich hoch in die Kissen.

»So ist es besser.«

»Viel besser«, bestätige ich.

Nick grinst. Er fährt mit dem Finger über meine Wange, mit der Zunge über seine Lippe. Ich blicke direkt in seine Augen und erkenne, wie es dahinter arbeitet.

Nick weiß, wie es funktioniert. Sex. Davon bin ich mehr als überzeugt. Der Mann weiß ganz genau, wie es läuft. Ich bin es, die ihn zögern lässt. Und das will ich nicht. Er soll nichts von den Gedanken in meinem Kopf mitbekommen, nichts von meiner Angst. Er weiß schon zu viel, um vollkommen freien Sex zu haben. Das ist mir bewusst. Trotzdem will ich genau das. Ich will einfach nur Sex. Ich will endlich Lust spüren. Ich will Leidenschaft. Ich will einen verfickten Orgasmus! Also werde ich dafür sorgen müssen, dass er aufhört, nachzudenken. Egal, wie schwer es mir fällt … ich muss die Initiative ergreifen.

Meine Hand trifft auf seine Schulter, mein Oberkörper schnellt vor. Nick versteht meinen Wunsch und dreht sich auf den Rücken. Er legt sich hin, wartet. Ich streife mein Höschen ab, knie mich über seine Beine, lächle. Und dann lege ich meine Lippen um seinen Schwanz.

Nicks Hände krallen sich um meinen Hinterkopf, seine Hüfte pumpt meinem Mund entgegen und seiner lässt ein tiefes Stöhnen entweichen. Der eine Augenblick für sich allein ist so viel Lust, wie ich nie zuvor erlebt habe.

»Sorry«, flüstert Nick, löst seine Hände von meinem Kopf »Das war zu -«

Weiter lasse ich ihn nicht sprechen, lecke mit meiner Zunge über seinen Schaft und nehme ihn dann wieder in meinen Mund. Tief.

Nicks Beine zucken unter mir zusammen. Sein Mund vergisst, was er sagen wollte. Ich spüre die Wärme seiner Hände über meinem Kopf, aber nicht auf ihm. Warum hält er sich zurück? Meine Hände öffnen seine Beine weiter, eine legt sich um seinen

Schwanz und die andere wandert seinen Oberschenkel hoch Richtung Damm.

»Fuck, Romi!«, stöhnt Nick und zieht gleichzeitig meinen Kopf hoch. »Wehe du machst weiter!«

»Gefällt es dir nicht?«

Die Frage ist rhetorisch und das wissen wir beide. Mir ist bewusst, dass es ihm gefällt, und ich wollte ihn genau an diesen Punkt bringen. Schnell. An den *ich bin gleich soweit* Punkt. An den Punkt, an dem Mann nicht mehr nachdenken kann.

»Nur, falls du nochmal fragen willst: Ja, ich habe es eilig!«, stelle ich meine Absichten ganz deutlich klar.

Nick scheint einen Moment nachzudenken. Seine Augen sind leer. Und dann füllen sie sich mit tiefer Lust. Es ist fast so, als hätten meine Worte einen Schalter umgelegt. Denn jetzt geht auf einmal alles wahnsinnig schnell.

Nick zieht mich knurrend in seine Arme, küsst mich, reibt sich an mir, presst seinen Schwanz gegen meine Mitte. Er vergräbt seine Zähne in meine Schulter. Dann leckt er über mein Schlüsselbein, meine Brust. Seine Hände sind überall. Er ist überall. Und ich bin mittendrin.

Auf einmal ergreift mich eine ungeheuer erotische Panik: Ich könnte nicht alles berühren, was es zu berühren gibt, einen Moment verpassen, der sich lohnen würde. So unglaublich lohnen … Weil sich für mich alles nach so viel anfühlt. Es kribbelt. Es pocht. Es ist unsagbar heiß. Und nass ist es auch. Nicht nur zwischen meinen Beinen, auch überall sonst.

Wir drehen uns hin und her, beißen, lecken, stöhnen. Ich bekomme kaum Luft zum Atmen, aber mehr als genug, um zu spüren. Und genau das mache ich. Ich spüre Nick. Und ich spüre mich. Meine Lust. Ich stöhne sie heraus, keuche, wimmere. Ich biege mich ihr entgegen und nehme alles, was sie mir gibt.

Bis sich Nick zwischen meine Beine legt, mich spreizt und in mich eindringt. Heilige Scheiße, dieser Moment ist mehr, als ich ertragen kann. Mein Kopf fliegt in meinen Nacken, meine Muskeln spielen Pingpong, meine Stimme versagt. Dann beginnt er, sich in mir zu bewegen, und ich erlebe alles von vorne.

Die Bisse. Seine Zunge. Mein Keuchen. Seine Hände. Mein Zittern. Es hört gar nicht mehr auf. Ich kann nicht mehr und doch kann ich nicht genug bekommen. Letztendlich ist es sein Griff um meinen Oberschenkel, der mein Bein ein wenig höher schiebt. Der seinen Schwanz ein bisschen tiefer in mich presst und mich damit alles, wirklich alles spüren lässt. Nick lässt mich schreien, er erträgt die Kratzer meiner Finger und die Bisse meiner Zähne. Er rammt sich unaufhörlich in mich, bis die letzte Welle vorbei ist, dann erst lässt er selbst los.

Und damit dreht sich mein Gefühl schlagartig von Lust in Liebe. Ich weiß nicht, wie ich es anders beschreiben sollte. Auf einmal. Ganz plötzlich. Es hat sich nicht angekündigt, ist einfach da. Und es fegt wie ein Tornado durch meinen Körper. Wild, frei und vollkommen. Es lässt mich seinen Namen stöhnen, ihn noch fester in mir halten. Es macht, dass ich ihm alles geben will, was er braucht.

Und dann … dann verschleiert es meine Sicht, perlt aus meinen Augen. So unverschämt offensichtlich, dass ich mich verstecken will.

Nick keucht an meinem Hals. Sein Herz hämmert gegen meins. Ich hauche Küsse auf seine Wange, streichle durch sein Haar, über seinen Nacken. Für einen Moment hoffe ich, dass er liegen bleibt, bis meine Tränen trocken sind. Natürlich kommt es anders.

»Hey. Weinst du?«

Seine Stimme klingt kratzig, tief und sexy. Wie schafft er es, dass sie trotzdem seine Sorge trägt?

»Nur ein bisschen.«

Nick hebt seinen Kopf, blickt in meine Augen. Seine Stirn legt sich in Falten. Er wartet einen Moment, denkt nach. Und dann stützt er sich ab, will sich aus mir herausziehen.

»Oh, nein. Nichts da!« Mit meinen Händen presse ich seinen Hintern runter.

»Was wird das?«, schmunzelt er.

»So einfach lasse ich dich nicht gehen. Nur weil ich weine, musst du nicht abhauen. Das ist kein Grund.«

»Ich wollte nicht abhauen.«

»Wolltest du doch.«

»Romi.« Ein Kuss landet auf meiner Stirn, ein weiterer auf meiner Nase. »Kleine, süße Romi. Ich wollte mich neben dich legen, dich in meine Arme ziehen und mit dir reden. So erdrücke ich dich doch.«

»Ich werde gerne von dir erdrückt.«

Ein Lachen durchzieht seinen Körper. Ich spüre es überall auf und in mir.

»Okay.« Nick schiebt einen Arm unter meinen Kopf, beugt sich mit dem anderen neben mir ab. »Ich möchte trotzdem wissen, warum du weinst.«

»Nur wenn du aufhörst, dich aufzulehnen, und mich wieder erdrückst.«

»Fein.«

Er hebt die Hände und lässt sich auf mich plumpsen. Geschätzte 100 Kilo Mann wiegen verdammt viel schwerer, als ich gedacht habe.

»Nein, nein, nein«, keuche ich und presse meine Arme gegen seine Schultern.

»Doch nicht erdrücken?«

»Nicht ganz so fest.«

Nick nimmt schmunzelnd genau die Position ein, die ich ihm gerade eben noch untersagen wollte. Immerhin bleibt er in mir. Was mir irgendwie wichtig ist. Weil ich das Gefühl habe, den Moment so länger spüren zu können. Wenn er sich aus mir herauszieht … Vielleicht sind meine Gefühle dann auch weg? Ich weiß, das ist lächerlich, trotzdem halte ich daran fest.

»Also? Warum die Tränen?«

»Weil ich eine Heulsuse bin.«

»Geht es auch genauer?«

»Weil ich eine riesig große Heulsuse bin.«

»Haha.«

Er lacht tatsächlich, trotzdem weiß ich, dass er eine Antwort hören will. Tja, da stehe ich nun.

Genauer gesagt liege ich. Und taste mich das erste mal in meinem Leben an ein echtes Gefühl heran.

»Ich wollte Sex. Wilden Sex. Ich wollte spüren, wie es sein kann. Ich wollte, dass du mich fickst und nicht mit dir schlafen, nicht …«

»Liebe machen?«, fragt Nick mit ruhiger Stimme.

Ich blicke ihn an, unfähig etwas zu erwidern. Weil ich genau das sagen wollte. Eine einzelne Träne löst sich, zeichnet meine Antwort. Nick beugt sich herunter und küsst sie von meiner Wange.

»Wonach hat es sich für dich angefühlt?«, haucht er in mein Ohr. Sein Kopf bleibt an meinem Hals, gibt mir die Chance, es auszusprechen, ohne ihn ansehen zu müssen.

»Zuerst nach Sex. Nach verdammt geilem, wahnsinnig gutem, unvorstellbar wildem Sex.«

Ich spüre erst sein Grinsen an meinem Hals, dann seine Lippen.

»Und dann?«

»Dann hat es sich eben doch nach Liebe machen angefühlt.«

»Wann?«

»Als ich fertig war und du … Als du -«

»Als ich gekommen bin?«

»Ja.«

»Okay.«

»Wie okay?« Ich nehme seinen Kopf in meine Hände, drehe sein unverschämt verführerisches Lächeln vor meine Augen. »Mehr willst du dazu nicht sagen?«

»Was willst du wissen?«

»Ich weiß nicht.«

»Doch, das weißt du ganz genau.«

»Ich will wissen, wie es sich für dich angefühlt hat.«

»Für mich hat es sich die ganze Zeit gleich angefühlt. Von Anfang an.«

Mein Herz ist ein Bungee Jumper kurz nach dem Sprung. Gleich kommt der Boden, gleich spannt das Seil. Hält es?

»Ob du es so wolltest oder nicht. Wir haben Liebe gemacht.«

Kapitel 22

NICK

»Du hast was zu ihr gesagt?«, fragt Raphael nochmal nach, obwohl ich mir sicher bin, klar und deutlich gesprochen zu haben.

»Dass wir Liebe gemacht haben.«

»Also hast du *ich liebe dich* gesagt?«

»Nein!«, protestiere ich.

»Doch, irgendwie schon.«

»Quatsch, zwischen sich Lieben und Liebe machen liegt ein großer Unterschied. Und noch mal einer bis zu dem Moment, wo man es fühlt und dem, wo man es auch ausspricht.«

»Also liebst du sie?«

»Sag mal, hörst du mir überhaupt zu?«

»Junge, du hörst dir selbst nicht zu.«

»Erzähl mir keinen.«

»Nick. Jetzt denk doch mal nach.« Raphael macht eine seiner bedeutungsschweren Pausen. Das macht er gerne, und irgendwie schafft dieser Idiot es, dass ihm keiner ins Wort fällt. Nie. Man hört ihm weiter zu. Gespannt. »Du sagst doch selbst, dass ihr Liebe gemacht habt.« Wieder eine Pause. »Also hast du es gefühlt. Also ist es Liebe. Und ihr hast du es auch gesagt. Irgendwie zumindest.«

Seine Worte brechen in meinen Verstand ein und rauben meine eigene Vorstellung der Wahrheit. Sie lassen seine Wahrheit liegen und verschwinden wieder.

»Hmm«, brumme ich wenig einfallsreich ins Handy.

»Ich habe recht, oder?«, säuselt Raph vergnügt.

»Scheiße. Irgendwie schon.«

»Ha! Nick Bömke ist verliebt. Alter, weißt du, was das bedeutet?«

Seine Euphorie ist auch auf 1.476 km Entfernung spürbar.

»Nein, aber du wirst mich sicher gleich erleuchten.«

»Pärchen Dates, Spieleabende, Grillen im Garten. Das volle Programm.«

»O Scheiße, seit wann hast du keine Eier mehr, Raph? Was ist mit Männerabend, paddeln und Bier?«

»Hmpf.«

»Was?«

»Mann, Nick, das bleibt natürlich. Aber dazu gibt es eben auch Gemeinschaftsdinger.«

»Gemeinschaftsdinger?«

»Ja, ganz genau.«

»Aha.«

»Halt jetzt die Klappe, *Mister ich habe Liebe gemacht.*«

»Ha!«, lache ich drauf los und höre mit einem Ohr, wie Raphael mit einstimmt. Dann höre ich eine Frauenstimme. Nicht die von Romi, sondern eine, die aus dem Handy kommt. Also muss es Laura sein.

»Er hat was?«

Dann höre ich tuscheln, kichern, ein Paar Wortfetzen dringen zu mir, aber der Sinn erschließt sich mir nicht wirklich.

»Hallo, ich bin auch noch da«, brülle ich.

»Laura sagt, sie freut sich für dich.«

»Danke.«

»Was machst du jetzt, wann kommst du wieder, wie war eigentlich der alles verändernde Sex?«

»Das willst du alles wissen?«

»Ne, erzähl mir vom Sex. Der Rest ist egal.«

»Arsch!«

»Ich liebe dich auch … Also: wie wars?«

»Puh.« Ich fahre mit der Hand über mein Gesicht, schließe für einen Moment meine Augen. »Will ich dieses Gespräch mit dir führen?«

»Klar, mit wem denn sonst?«

»Berechtigte Frage.«

»Also?«

»Was soll ich sagen?«, frage ich und weiß es für einen Moment wirklich nicht. Ansonsten sind die Details, die wir teilen, oberflächlicher Natur: geiler Arsch, geile Titten, ganz okay, überragend, Endstufe. Viel mehr gibt es nicht. Seit Raph und Laura zusammen sind, erzählt er nichts mehr. Das scheint sich zu ändern, wenn aus Sex Liebe machen wird. Na wundervoll. Und ich kenne mich nur mit dem einen aus.

»Es war einfach echt. Weißt du, was ich meine? Die ganze Zeit. Es war intensiv und nah und … Scheiße, ich kann es nicht beschreiben.«

Raph summt zustimmend. Dann lacht er.

»Was?«

»Mann, ich freue mich für dich. Das ist es. Das ist Liebe.«

»Echt jetzt?«

»Ja. Und so wird es jetzt jedes Mal sein.«

»Was? So? Jedes Mal?«

»Also nicht ganz genau so. Aber genau so. Eben anders. Besser.«

»Deine Worte ergeben keinen Sinn.«

»Halt die Klappe.«

»Halt du die Klappe und erklär mir, was du meinst.«

»Jetzt machen deine Worte keinen Sinn.«

Ein Lachen dröhnt aus meiner Brust. Verdammt, warum ist das eigentlich so schwer?

»Pass auf«, setzt Raph zur alles erklärenden Antwort an. »Weißt du noch, wie es mit 17 war? Wenn du neben einer Frau eingeschlafen und zwei Stunden später wieder aufgewacht bist, weil du schon wieder rattenschaf auf sie warst?«

»Ja, Mann.«

»Genau das ist es. Du hast einfach immer Lust auf sie. Egal wann, egal wo, egal wie. Und nicht nur auf Sex, auf einfach alles. Du willst sie. Ihr Lachen, ihre Stimme, ihre Nähe. Alles. Du willst einfach bei ihr sein.«

»Oh.«

»Ist es das?«

»Ja.«

»Dann liebst du sie.«

»So einfach ist das?«

»So einfach.«

»Hmm«, schnaube ich und kann für einen Moment nicht ganz fassen, was das mit mir macht. Auf jeden Fall macht es mich nervös.

»Wo ist sie eigentlich?«

»Wer?«

»Na Romi, du Schlauberger. Von wem reden wir denn hier die ganze Zeit.«

»Achso. Sie ist duschen.«

»Was?«

»Sie ist duschen.«

»Ich bin nicht schwerhörig. Ich bin schwer verblüfft.«

»Haha.«

»Nichts, haha. Mann, du kannst doch nicht die Nacht mit ihr verbringen, Liebe machen, Pipapo … und dann?«

»Was dann?«

»Ganz genau: Was dann? Dann lässt du sie ALLEINE duschen? Sag mal, bist du noch ganz dicht? Schwing deinen Arsch unter die Dusche und mach weiter, wo ihr gestern Nacht aufgehört habt. Ich glaubs ja nicht, dass du telefonierst.«

»Mahhhh«, stöhne ich und merke zeitgleich, dass er recht hat. Mist.

»Ist ja schrecklich.«

»Was?«

»Na du und deine ganze nicht vorhandene Ahnung von Frauen.«

»Ich geb dir gleich keine Ahnung von Frauen.«

»Ne, lass ma. Das kannst du schön Romi beweisen. Und jetzt hopp.«

»Ich mach ja schon.«

»Will ich hoffen.«

»Jaja.«

»Mann, Nick. Was sag ich denn jetzt? Viel Spaß, lass krachen, hau rein?«

Mein Kopf fliegt in den Nacken, ein Lachen aus meinem Mund. »Nichts! Sag besser gar nichts.«

»Okay. Vielleicht: Pass auf dich auf, denk an die Lümmeltüte?«

»Halt die Klappe jetzt.«

»Ist ja gut. Tschau.«

»Tschau. Und Raph?«

»Was?«

»Danke.«

Kopfschüttelnd betrachte ich das Handy in meiner Hand. Liebe also. Eigenartig, dass ich mir ausgerechnet von Raph erklären lassen muss, wie sich Liebe anfühlt. Hätte mir das einer vor drei Jahren erzählt, hätte ich ihn ausgelacht. Laut. Aber jetzt? Raph und Laura haben es geschafft. Und ich will das auch. Das volle Programm. Und ich will es mit Romi. Wie so oft, huscht ein Lächeln über mein Gesicht, wenn ich an sie denke. Romi.

Auf den Weg ins Badezimmer ziehe ich meine Shorts aus. Dann drehe ich noch einmal um und laufe zurück zum Bett. In meiner Tasche unter der

Fensterbank wühle ich, wie gestern Abend schon, nach einem Kondom. Sex unter der Dusche … Der Gedanke pumpt mein Blut südwärts, lässt mein Grinsen breiter werden.

Ich klopfe an die Badezimmertür.

»Ja?«, fragt Romi und ich trete ein.

»Kann ich zu dir kommen?«

»Ich warte schon ewig. Meine Haut ist ganz schrumpelig, guck« hält sie mir vor und präsentiert ihre hübschen Finger.

Ich öffne die Duschkabine, trete unter den heißen Wasserstrahl, ziehe Romi in meine Arme und jeden einzelnen verschrumpelten Finger an meine Lippen.

»Du bist wunderschön.«

»Und du bist verdammt heiß.«

»Hast du Lust auf mich?«

»Und wie!«

Ihre Wangen glühen, ihre Lippen glänzen rot. Und als ich meine Hand um ihre Brust schließe, stöhnt sie in meinen Mund. Oh, ja. Sie hat Lust auf mich.

»Du hast also die ganze Zeit daran gedacht, dass ich zu dir unter die Dusche komme?«

»Ja.«

»Was hast du dir vorgestellt?«

»Nick.«

Ihre Augen schließen sich, ihr Mund wölbt sich nach oben. Sie ist so verdammt niedlich, wenn sie schüchtern ist. Niedlich und scharf. Eine interessante Kombination. Vor allem für meinen Schwanz, der sich wie von allein zwischen ihre Beine drängt.

»Erzähl es mir. Was soll ich mit dir machen?«

Ihre Augen fliegen auf, entschlossen, bereit. Sie stellt sich auf die Zehenspitzen, streckt ihren Kopf hoch. Ich tue ihr den Gefallen und beuge mein Ohr an ihre Lippen.

»Ich will, dass du mich von hinten nimmst. Ich will mich festhalten müssen«, flüstert sie.

»Festhalten müssen?«

»Hmm«, nickt Romi an meinem Hals.

Mein erster Gedanke ist: Scheiße, das will ich auch. Mein Zweiter: Warum wollte sie den Tisch? Warum dieses schnell, hart, jetzt. Warum von hinten?

Tja. Und dann kniet Romi sich hin. In der Dusche. Und sie nimmt meinen Schwanz in den Mund. Diese köstlichen Lippen legen sich um ihn, gleiten auf und ab. Das zu sehen, zu spüren … raubt mir jeglichen zweiten Gedanken.

Und es schenkt mir Sex unter der Dusche. Von hinten. Hart. So, dass erst sie sich festhalten muss. Und dann so, dass ich sie festhalten muss, weil sie es nicht mehr schafft. Es schenkt uns beiden unvergleichliche Lust. Es lässt uns vollkommen erschöpft zurück ins Bett fallen.

Und während Romi neben mir noch mal einschläft, denke ich nach. Über den Gedanken, der mir als Zweites gekommen ist.

Kapitel 23

ROMI

Wenn man Sex nie wirklich genießen konnte, ist es berauschend, endlich auf der anderen Seite zu stehen. Auf der *ich finde es geil* Seite. Der *ich schreie meine Lust laut in die Welt hinaus* Seite. Auf der Seite, die einen dazu bringt, fünf Mal an einem Tag Sex zu haben. Tja … Da bin ich. Und scheiße! Ich will hier nicht mehr weg.

Nick ist der pure Wahnsinn. Sex mit ihm ist der pure Wahnsinn. Und alles andere auch. Nur glaube ich, dass es langsam an der Zeit ist, ihm von allem anderen zu erzählen. Damit er versteht, wie wichtig mir der ganze Wahnsinn war. Das ist wichtig. Weil ich jetzt, wo ich alles habe … auch alles verlieren kann.

»Nick?«, wecke ich ihn flüsternd.

»Hmmhm.«

»Wach auf du Schlafmütze.«

»Wie spät ist es denn?«

»Schon halb acht.«

»Schon? Wir sind erst um vier Uhr eingeschlafen.«

Das sind wir, und die Erinnerung an gestern Nacht lässt mein Herz einen Takt schneller schlagen.

»Ja und?«

»Ja und?« Nick schlägt seine Augen auf, sucht meinen Blick. »Komm her, Kleines. Ich kuschele dich ein und wir schlafen noch ein Stündchen.«

Kleines. Ich liebe diesen Kosenamen. Weil ich mich in seinen Armen wirklich klein fühle. Nicht aber klein und zerbrechlich, schutzlos, schwach. Eher beschützt, umsorgt, geliebt. Ich fühle mich geliebt.

Aus dem Grund krabble ich unter die Decke und in seine Arme, genieße die Wärme, die mich umgibt, schließe meine Augen. Ich schlafe ein, kaum, dass ich liege.

Als ich aufwache, ist es 10 Uhr. Und ich habe schon wieder Lust. Ein Kichern purzelt über meine Lippen. Ist das normal? Bleibt das jetzt so? Also ich hätte nichts dagegen. Überhaupt gar nichts. Weswegen ich mich in Nicks Arm umdrehe und beginne, seinen Hals zu küssen, seinen Kiefer, seinen Mund.

»Hmm«, brummt er, kommt mir entgegen.

Es dauert nicht lange, bis aus dem zarten Kuss ein leidenschaftlicher wird. Aus Nicks Brummen ein Stöhnen, aus meiner Lust Ekstase.

So geht es bereits seit drei Tagen. Immer wieder fallen wir übereinander her. Wir verlassen das Haus nur, um schwimmen zu gehen, zu Tony zu laufen oder in der Hängematte zu schaukeln. Vorher, nachher und dazwischen ist ausschließlich Zeit für Sex.

Beim nächsten Blick auf die Uhr ist es 12 Uhr. Mittag.

»So geht das nicht weiter«, spricht Nick meine Gedanken aus.

»Nicht?«

»Ha«, lacht er, lässt einen Kuss auf meine Stirn folgen, sieht mich an. »Das habe ich falsch ausgedrückt. Von mir aus kann es ewig so weitergehen. Aber jetzt, heute, geht es nicht.«

»Warum?«

»Also erstens: Weil wir keine Kondome mehr haben.«

Mein Kichern unterbricht ihn.

»Das ist ein wichtiger Grund!«

»Ist er. Wir gehen also einkaufen. Zweitens?«

»Weil wir langsam überlegen sollten, wie lange wir noch hierbleiben wollen.«

»Und drittens?«

»Du übergehst meine Frage?«, seine Augen lassen meine nicht los, halten sie gefangen. Genau wie seine Arme, die locker, aber dennoch unmissverständlich um meinen Körper liegen.

»Nur bis du mir alle Gründe verraten hast.«

»Drittens: Ich will einen Ausflug mit dir machen.«

»Du willst?«

»Und wie ich will.«

Habe ich eigentlich schon erwähnt, dass Nicks Augen spektakulär sind? Er hat dichte lange Wimpern, unverschämt lang für die Augen eines Mannes. Dazu sind seine Augen so blau wie das Meer vor der Küste. Wenn ich genau hinsehe, erkenne ich den Grund. So fühlt es sich für mich an.

Und das jagt mir jedes Mal eine Gänsehaut über den Rücken. Weil er mich nicht nur sieht, sondern erkennt und ich es andersherum genauso empfinde.

»Okay«, wispere ich, unfähig mich von der Intensität seiner Augen zu lösen.

»Dann packen wir und fahren los?«

»Okay.«

»Romi?«

Sein Kopf legt sich auf die Seite, sein Finger streift über meine Unterlippe.

»Ja?«

»Können wir reden? Während der Fahrt?«

»Okay«, antworte ich zum dritten Mal. Nur trägt das Wort keine Freude mehr in sich, sondern Angst.

»Hey, alles gut.« Ein Kuss trifft meine Lippen. »Reden bedeutet nicht, dass es schlimm wird.«

»Hmm.«

»Ein Vorschlag: Auf der Hinfahrt bin ich dran. Du darfst die Fragen stellen, ich antworte. Auf der Rückfahrt machen wir es andersherum.«

Das klingt gut. Das klingt nach nichts, vor dem ich Angst haben müsste. Er will einfach reden. Das kann ich. Während ich nicke, fällt mir etwas ein: »Wo fahren wir denn eigentlich hin?«

»Plitvicer Seen«, strahlt mir seine Antwort aus feurigen Augen entgegen. »Oder warst du da schon mal?«

»Nein, das war ich nicht.«

Sein Lächeln steckt an. Genau wie seine Vorfreude und auch die Geschwindigkeit, mit welcher er aufsteht, eine Tasche packt, alles vorbereitet.

30 Minuten später sitzen wir frisch geduscht in seinem Auto und fahren los.

Die ersten Minuten legen wir schweigend zurück, bis mir einfällt, dass es meine Fragenzeit ist. Dass er antworten wird.

»Wer ist Nora?«, platzt es aus meinem Mund.

»Wie bitte?«

»Es ist die Hinfahrt. Ich darf fragen. Und meine erste Frage lautet: Wer ist Nora?«

Nick wendet seinen Blick von der Straße ab, schenkt mir für einen Moment seine volle Aufmerksamkeit. Dann lacht er.

»Du bist eifersüchtig.«

»Bin ich nicht.«

»Doch das bist du.«

Er legt seine rechte Hand auf meinen Oberschenkel und ich lege meine darüber. Unsere Finger verhaken sich ineinander.

»Nora ist blond, circa 1,70 m groß, hat dunkle Augen und eine Wahnsinnsfigur. Sie ist 32 Jahre alt,-«

»Ey!« Meine Faust trifft seine Schulter. »Ich wollte nicht wissen, wie sie aussieht, sondern wer sie ist.«

Sein Lachen ist pure Freude. Mistkerl. »Das gefällt dir, oder?«

»Ein bisschen.«

»Verrätst du mir jetzt, wer sie ist, oder soll ich eine andere Frage stellen?«, schmolle ich.

»Nora ist meine Geschäftsführerin.«

»Deine was?«

»Meine Geschäftsführerin.«

»Ich dachte, du bist Barkeeper.«

»Sozusagen.«

»Nick! Lass dir nicht alles einzeln aus der Nase ziehen. Jetzt erzähl schon.«

Seine Hand drückt meine fester, seine Lippen öffnen sich zu einem belustigten Laut.

»Ist blöd, hmm?«, stichelt er.

»Ja.«

»Okay, ich erzähle.«

Vor einer roten Ampel hält er an, beugt sich zu mir und legt seine Lippen auf meinen Mund. Auch wenn es nur ein flüchtiger Kuss ist, kribbelt er auf meinen Lippen, in meinem Bauch, meinem Herzen. Nick schafft es immer wieder, dass ich mich so fühle. Nervös, erregt, verliebt.

»Ich bin Barkeeper, aber ich bin auch der Besitzer der Bar. Besser gesagt ist es eine Disco, ein Klub, aber natürlich auch eine Bar. Es ist ein Raum zum feiern, tanzen und trinken. Und Nora ist meine Geschäftsführerin.«

Er dreht sich zu mir, seine Augen halten meine für einen Moment gefangen. Ich blinzle, lächle und er fährt fort.

»Ich habe sie erst vor Kurzem eingestellt. Um genau zu sein, war ihr erster Arbeitstag der Tag vor meiner Abreise.«

»Deswegen telefonierst du auch ständig mit ihr?«

»Genau.«

Seine Hand drückt meine und das eigenartige Gefühl in mir verschwindet. Nora ist seine Angestellte, nichts weiter. Wobei ich noch eine Frage habe: »Und sie ist heiß?«

Nick prustet vor Lachen, bekommt sich gar nicht mehr ein. Zuerst bin ich beleidigt, aber ehrlich: nur einen ganz ganz kurzen Augenblick. Danach lache ich mit ihm. Über mich. Aber das ist okay, ich kann gut über mich selbst lachen.

»Gut, nächste Frage.«

»Ich bin bereit.«

»Was ist aus deinem Jura Studium geworden?«

»Das habe ich beendet.«

Mehr sagt er nicht. Es vergeht eine ganze Minute, in der er nicht weiterredet und ich nicht weiterfrage. Weil ich fühle, dass es hier mehr, so viel mehr gibt. Und weil ich ihm die Zeit für seine Antwort gebe. Auch wenn er die ganze Fahrt dafür braucht … Ich warte.

»Mein Vater ist Rechtsanwalt, er betreibt eine eigene Kanzlei. Strafrecht. Ich habe …« Nick unterbricht sich, denkt nach. »Das wird eine längere Geschichte.«

»Ich höre zu.«

»Okay.« Wieder braucht er einen Moment. Und dieses Mal bin ich es, die seine Hand nimmt, sie drückt. Egal wie nah ich Nick bereits gekommen bin … das hier, dieses Gespräch, es bedeutet noch viel mehr Nähe.

»Als Kind wollte ich nichts mehr, als meinem Vater zu gefallen. Je weniger Aufmerksamkeit ich bekam, desto mehr habe ich darum gebettelt. Ich habe alles so gemacht, wie er es wollte. Und nie das bekommen, was ich gebraucht hätte. Erst der Sport, meine Freunde, die Uni, Frauen …« Nick schüttelt den Kopf, fährt sich mit der Hand durch die Haare.

»Erst als ich frei war, habe ich gemerkt, dass ich vorher in einem Käfig gelebt habe. Ergibt das einen Sinn?«

»Ich verstehe vollkommen, was du meinst.« Und das tue ich wirklich, ich verstehe es und ich spüre es. Wenn ich eins weiß, dann ist es, wie schrecklich eine Kindheit ohne Liebe ist. Seine Worte malen ein Bild vor meine Augen: Ein kleiner Junge der seine Hände ausstreckt und ein Vater, der nicht begreift, dass seine eigenen Arme zum Hochheben und Halten gemacht wurden.

Was ist schlimmer? Nie einen Vater gehabt zu haben oder täglich von einem umgeben zu sein, der kein Vater ist? Ich weiß es nicht. Ich weiß es wirklich nicht.

»Danke«, flüstert er. Ein einzelnes Wort, welches sich um mein Herz legt und es für einen Moment umarmt.

»Was ist dann passiert?«

»Dann habe ich angefangen, die Welt mit anderen Augen zu sehen. Ich habe mein Studium selbst finanziert, kein Geld und auch sonst nichts von meinem Vater angenommen. Ich wollte es selbst schaffen. Vermutlich immer noch, damit er stolz auf mich ist.«

Nick zuckt mit den Schultern, aber ich erkenne, wie wenig gleichgültig seine Aussage in Wirklichkeit ist.

»Ich habe als Barkeeper im *Stars* angefangen. Zusammen mit Raph. Wir haben nächtelang Getränke ausgeschenkt, gelacht, gefeiert, Geld verdient und das ein oder andere Höschen erobert.«

»Höschen oder Herzchen?«

»Da waren keine Herzen dabei. Nur Höschen.«

»Nie?«

»Nein, nie.«

Nick schenkt mir einen Moment, um in seine Augen zu tauchen. Es kribbelt von meinen Fußspitzen durch meinen ganzen Körper bis hoch in meinen Kopf: nie.

»Aber es gab Freundinnen, oder?«

»Lässt du mich erst diese Geschichte zu Ende erzählen?«

»Okay. Was ist danach passiert?«

»Ich war fertig mit dem ersten Staatsexamen, zwei Jahre später mit dem zweiten. Ich habe meine Zulassung bekommen. Ich wollte Richter werden. Und dann …«

Nick blickt stur auf die Straße vor uns. Er hält sich an die Geschwindigkeitsvorgaben, fährt umsichtig, sicher. Es behindert ihn nicht, während der Fahrt zu reden. Aber es behindert ihn, während des Redens zu fühlen.

»Dann bin ich bei meinem Vater in die Kanzlei eingetreten. Ich habe nicht versucht, Richter zu werden. Ich habe versucht, Sohn zu sein.«

»Okay. Nick, halte bitte an.«

»Warum?«

»Halte bitte den Wagen an.«

Er macht es, fährt rechts in eine Seitenstraße, lenkt das Auto auf einen Supermarktparkplatz, hält an. Ich schnalle mich ab und springe auf seinen Schoß. Und dann beginne ich zu weinen. Warum, weiß ich selbst nicht. Die Tränen laufen aus meinen Augen, tropfen auf seinen Hals, sein Shirt. Nick schlingt die Arme um mich. Wenn ich selbst nicht weiß, warum ich weine, kann er es unmöglich begreifen. Trotzdem gibt er mir genau das, was ich brauche. Liebe.

Und ich bin mir sicher, dass er es ganz genauso braucht. Dass wir einander brauchen.

Kapitel 24

NICK

Die Hinfahrt entwickelt sich zu einer mehr als emotionalen Angelegenheit. Wobei es eher an Romi liegt als an mir. Mir war vorher schon bewusst, dass sie nah am Wasser gebaut ist, oder vielmehr - um es mit ihren eigenen Worten auszudrücken - eine Heulsuse ist. Sie weint oft. Nicht nur in den Momenten, die wir miteinander teilen. Auch allein. Ich lerne noch, damit umzugehen, und habe inzwischen verstanden, dass sie einfach so ist. Dass die Tränen zu ihr gehören. Trotzdem berührt es mich jedes Mal, sie so zu sehen. Weinend.

Es gibt Frauen, die setzen ihre Tränen gezielt ein, spielen damit, benutzen sie als Waffe. Dann fließen sie aus Augen, die gar keinen Schmerz empfinden. Ich erkenne den Unterschied. Das habe ich immer schon.

Bei Romi ist es anders. Romis Tränen bedeuten etwas. Diese hier, dass sie meinen Schmerz fühlt. Es tut mir leid, dass meine eigenen Erinnerungen so eine Macht über ihre Gefühle haben. Und auf der anderen Seite freut es mich. Weil es bedeutet, dass Romi etwas für mich empfindet.

»Wir sind da«, flüstere ich, streichle über ihre zarte Schulter, wecke sie auf.

»Was?«

»Wir sind schon da, du Schlafmütze.«

»Bin ich eingeschlafen? Ich wollte doch nur kurz die Augen zumachen.«

Das hat sie. Nachdem ich ihr den Rest der Geschichte erzählt habe. Von meinen ersten eigenen Fällen und schließlich von dem Rechtsstreit, der mich und mein Verständnis von Recht und Gerechtigkeit geprägt hat. Ich habe ihr erklärt, warum ich nicht weiter als Anwalt arbeiten wollte, warum ich das *Stars* gekauft habe. Warum ich jetzt glücklicher bin. Und sie hat es verstanden.

Wir sind weitergefahren, haben über meine Ex-Freundinnen, über Raph und Laura geredet, über Freundschaft. Wir haben gelacht. Und dann ist die kleine Sorgenfalte zwischen ihren Augenbrauen endlich dünner geworden. Sie hat ihre Augen geschlossen und ich meinen Mund. Ganz ruhig.

Und jetzt sind wir da: Nationalpark Plitvicer Seen oder *Plitvicka jezera*, wie es auf Kroatisch heißt. Was soll ich sagen? Es ist atemberaubend. Jetzt schon. Wir sitzen im Auto und ich kann es kaum erwarten, auszusteigen. Ich möchte das Gespräch hierlassen und die Freude mitnehmen, den Tag genießen.

»Komm«, hauche ich ihr zu und steige aus dem Auto.

Wir laufen zum Kassenhäuschen, ich bezahle und dann geht es los. Mit einem Wasserfall, der uns ganz klein werden lässt.

Wenn etwas so mächtig ist, so kraftvoll und unbeherrscht, so wahnsinnig schön … wird alles andere daneben unwichtig. Genau so fühlt sich dieser Moment an. Er legt mir eine Gänsehaut in den Nacken, auf meine Unterarme, um mein Herz.

Ich habe mich der Natur schon immer verbunden gefühlt, dem Wasser. Und dieses hier grölt seinen Urgesang die 78 m steile Bergwand hinab. Es rauscht in meinen Ohren, benebelt meine Wangen mit feuchtem Dunst.

Von links spüre ich Romis Arm, die Wärme ihres Körpers. Ich ziehe sie vor mich, schlinge meine Arme um ihren Körper und lege meinen Kopf auf ihren Scheitel. Wir genießen den Augenblick zusammen. Und auch jeden Weiteren. Arm in Arm. Schritt für Schritt über die engen Holzwege, vorbei an Wasserfällen, Seen, Berge hoch und wieder runter. Wir saugen alle Eindrücke in uns auf und machen den jeweils anderen auf ganz besonders schöne Orte aufmerksam.

»Guck mal«, haucht Romi und zeigt den kleinen Weg hoch, der hinter einem Wasserfall zu verschwinden scheint. »Gehen wir da entlang?«

»Auf jeden Fall.«

Romi quiekt vor Freude. So geht das schon eine ganze Zeit lang. Sie blüht regelrecht auf und gewinnt das Lachen zurück, welches ich so an ihr liebe. Ja, liebe. L. I. E. B. E.

Verrückt, oder? Jetzt muss ich es ihr nur noch sagen. Aber das hat Zeit. Ich möchte dieses eigenartige Gefühl in meiner Brust erst noch besser kennenlernen, mich besser kennenlernen, wie ich bin, wenn ich so fühle.

»Pass auf, da liegt Hundekot«, schreit Romi plötzlich und zeigt auf einen großen Haufen kurz vor meinen Füßen.

»Wer sagt denn bitte Hundekot?«, amüsiere ich mich über ihre Ausdrucksweise.

»Ich.«

»Das habe ich gemerkt.«

»Was sagt man denn sonst?«

»Hundescheiße, Hundekacke, einfach nur Kacke?«

»Scheiße sagt man nicht und Kacke auch nicht.«

»Du sagst ziemlich oft Scheiße.«

»Mache ich nicht!«

Romis Hände stemmen sich in ihrer Hüfte ab, die Augenbrauen finden über ihrer Stirn fast zueinander, so empört guckt sie mich an. Und ich finde es nichts als zuckersüß.

»Doch, ständig. Du fluchst wie ein Bierkutscher.«

»Das stimmt doch gar nicht«, lacht sie mich an.

»Du wolltest: Scheiße, das stimmt doch gar nicht sagen, oder?«, reize ich sie.

»Scheiße, nein!«

»Scheiße, genau das wollte ich hören!«

»Verfickte-Sau-Kack-Mist-Wichs-Scheiße!«

»Waaas?«, pruste ich, nur um mich danach an einem Lachanfall zu verschlucken. Ich kriege mich gar nicht mehr ein, lache so laut und frei und echt wie lange nicht mehr. Und dann werfe ich einen Blick auf Romi, wie sie versucht, ernst zu gucken, und muss noch viel lauter Lachen als zuvor. Geht das überhaupt? Ja. Es geht. Es hört gar nicht mehr auf.

»Verfickte was?«

»Nichts!«

»Doch doch«, krächze ich. »Was hast du gesagt? Verfickte…« Ich zähle ihre Schimpfwörter an meinen Fingern ab: »Sau«, der nächste Finger: »Kack, Mist, Wichs«, weiter komme ich nicht, da ein erneuter Lachanfall durch meinen Brustkorb hämmert. »Ist das dein Ernst? Wichs-Scheiße?«

»HAHA.«

»Du sagst tatsächlich Wichs-Scheiße?«

»Und wenn schon. Was sagt denn der Herr Anwalt, wenn er flucht?«

»Fuck?«

»Aha. Das ist also das Wort der Wörter? Einfach Fuck und gut ist?«

»Verficktesaukackmistwichsscheiße ist natürlich auch eine Möglichkeit«, setze ich an und pruste gleich darauf wieder los. Romis Faust trifft meine Schulter, eine weitere folgt, die ich im Flug festhalte. Ich ziehe sie zu mir, in meine Arme, unter mein Gesicht. Ich blicke in ihre Augen. Und dann küsse ich ihre Lippen, schmecke ihre Zunge.

Das. Genau dieser Moment. Ich könnte ihn nutzen. Um das erste Mal in meinem Leben: *Ich liebe dich* zu sagen.

Mein Herz hämmert wie wild gegen meine Brust, mein Mund löst sich von ihren Lippen. Meine

Augen treffen auf ihre. Jetzt. Könnte ich. Sollte ich. Und ich mache? Nichts.

Verficktesaukackmistwichsscheiße!

Kapitel 25

ROMI

Der Ausflug war wunderschön. Ich kann gar nicht in Worte fassen, was meine Augen alles wahrgenommen haben. Und dabei bin ich Autorin. Worte sind mein Spezialgebiet …

Der beste Vergleich wäre wohl ein Livekonzert und das Gefühl, wenn Musik, Instrumente, eine einzelne Stimme, mein Herz schneller schlagen lassen. Wenn die feinen Härchen auf meinen Unterarmen eine La-Ola-Welle nach der nächsten anstimmen. Wenn alles in mir ruhig wird und ich mich voll und ganz darauf konzentriere, was ich höre. Genauso ist es hier auch. Nur dass es keine Musik ist, kein Geräusch, sondern das, was ich sehe.

Dieser Ort lässt mich mit weit aufgerissenen Augen über kleine Fade stolpern. Er bringt mein Herz dazu, Arm in Arm mit Freude und Glück zu tanzen. Er lässt mich spüren, dass das Leben kostbar ist. Mein Leben. Weil ich nur das eine habe, um Momente wie diesen zu erleben.

Später sitzen wir wieder im Auto. Es dauert seine Zeit, bis einer von uns etwas sagt. Zusammen still sein, Ruhe genießen, das können wir. Aber reden können wir auch. Und ich weiß, dass die Rückfahrt meine Redezeit ist. Was sich aber in den Stunden seit heute Morgen geändert hat, ist, dass ich keine Angst mehr vor diesem Gespräch habe. Ich muss nur einen Anfang finden.

»Ich bin bereit.«

»Wozu?«

»Na, für deine Fragen.«

»Achso. Stimmt. Okay, ich überlege«, antwortet er.

Dann ziehen sich die Sekunden in die Länge. Ich bin kurz davor zu fragen, ob das heute noch was wird, als er endlich seine erste Frage stellt.

»Gehört das Haus dir?«

»Ja.«

»Lebst du hier oder in Münster?«

»Beides.«

»Wie lange darf ich bleiben?«

»Solange du willst.«

»Wie lange willst du denn bleiben?«

»Ich weiß es nicht.«

»Romi«, stöhnt er, fährt sich mit der Hand durch die Haare. »Mach es mir bitte nicht so schwer.«

»Okay.« Ich schließe meine Augen, fahre mit den Händen meine Oberschenkel auf und ab. Sie schmerzen etwas, sind nicht gewohnt, so lange spazieren zu gehen. Und ich bin es nicht gewohnt, zu erzählen, was ich für mich behalten will. Tja …

Wenn meine Oberschenkel den Weg geschafft haben, schafft mein Herz es auch.

»Also gut. Das Haus gehörte Oma Greta, ich habe dir von ihr erzählt.« Nick legt seine Hand über meine, sagt nichts. »Ich war in den Sommerferien in Kroatien. Die ganzen sechs Wochen über. Jedes Jahr, in welchem ich bei Familie Meyer gewohnt habe. Es waren vier Jahre. Die besten vier Jahre meiner Kindheit. Von neun bis zwölf …«

Meine Hände wollen beieinander sein, sich festhalten, vielleicht sogar dieses kleine bisschen zu fest zudrücken. So, dass ich abgelenkt bin. Damit meine Stimme weiterreden kann. Ich schlüpfe mit der linken Hand unter Nicks hindurch und lege sie in meine Rechte, drücke schnell zu. Nick lässt seine Hand auf meinem Schenkel ruhen, als wäre nichts passiert. Das ist gut. Das ist okay. Ich kann weiterreden.

»Danach bin ich zurück ins Heim gekommen, dann zur nächsten Familie. Die Sommerferien waren nicht mehr so schön, aber ich hatte ja meine Erinnerung.«

Ich drücke meine Hände fester aneinander, sehe meinen Fingern dabei zu, wie sie ihre Farbe verändern. Wie sie rot und weiß zugleich werden.

»Irgendwann habe ich nicht mehr an diesen Ort gedacht. Bis ich mich von Steffen getrennt habe. Kurz darauf kam ein Brief, später die Erkenntnis: Oma Greta war gestorben und sie hinterließ mir ihr Haus. Ich habe gepackt und bin gefahren. Ohne nachzudenken. Und das war die beste Entscheidung, die ich je getroffen habe. Nach einem

Jahr bin ich das erste Mal nach Deutschland zurückgekommen. Für die Scheidung. Seitdem verbringe ich die erste Jahreshälfte in Deutschland und die Zweite hier. Mal mehr, mal weniger.«

»Warst du auf ihrer Beerdigung?«

»Was?« Nicks Stimme lässt mich zusammenzucken. Ich war so vertieft in meine Erinnerung, in die Vergangenheit, dass ich vergessen habe, neben ihm zu sitzen. Er stellt seine Frage nicht erneut, streichelt lediglich meinen Oberschenkel entlang. Auf und ab. Hat er das die ganze Zeit schon gemacht? Ich weiß es nicht …

»Nein. Nein, ich war nicht auf ihrer Beerdigung. Ich habe es erst zu spät erfahren. Es gibt auch kein Grab, nichts. Nur dieses Haus.«

Ein Schluchzen zieht durch meine Brust. Ich stoppe es, bevor es meinen Mund verlassen kann, halte es in mir. »Gib mir einen Moment«, bitte ich und wende meinen Kopf zum Fenster. Ich schließe meine Augen und zähle die Zahlen, die mich beruhigen. Ich atme. Und dann gewinne ich.

»Frage beantwortet?«

»Ja.«

»Was willst du noch wissen?«

»Romi, du musst nicht …«

»Doch Nick«, unterbreche ich ihn, zwinge mich in sein Gesicht zu sehen, in seine Augen. »Ich muss und ich werde. Also frag.«

Nick setzt den Blinker, biegt rechts in einen Schotterweg ein, fährt ein Stück von der Straße herunter und schaltet den Motor ab. Er dreht sich zu mir um, legt seine Hand an meine Wange. Dann lässt er einen tiefen Atemzug aus seinem Mund entweichen.

»Dein Beruf, dein Ex-Mann, deine Vergangenheit. Die drei Dinge, über die du nicht reden willst … Ich will es wissen.«

»Du fragst nach.«

»Ja.«

»Und du hast gesagt, dass du kein drittes Mal fragen wirst.«

»Das habe ich gesagt.«

»Okay.«

»Vertraust du mir, Romi?«

»Ja, Nick. Ich vertraue dir.«

Ein Lächeln umspielt seine Lippen. Er legt den Kopf schief, beugt sich vor. Er schließt den Weg bis zu meinem Mund fast vollständig. Aber die letzten Millimeter, die Entscheidung … die legt er in meine Lippen. Und ich entscheide mich für ihn. Für diesen Kuss, für die Wahrheit, für die Zukunft.

Sein Mund schmeckt mittlerweile so vertraut wie mein Lieblingsnachtisch. Er schmeckt nach mehr. Er lässt mich unersättlich werden. Stürmisch. Gierig.

In der Enge des Autos krabble ich auf seinen Schoß, presse mich gegen ihn und wieder von ihm weg, um sein Shirt auszuziehen. Meine Lust ist in diesem Augenblick so unglaublich präsent, dass ich unmöglich aufhören könnte. Mir ist egal, wo wir sind, mir ist egal, wer uns sehen könnte, mir ist alles egal. Nur Nick nicht. Nick ist das Unegalste auf der ganzen Welt. Und in seiner Welt ist nur Platz für mich. Genau das lässt sein Blick mich gerade fühlen.

Und auch seine Küsse, seine Berührungen, die gehauchten Worte aus seinem Mund.

Wir ziehen einander aus, langsam, zärtlich. Nick schiebt den Fahrersitz zurück, dreht die Sitzlehne tiefer, verstellt das Lenkrad. Er gibt uns so viel Platz, wie es eben möglich ist. Ich bräuchte nicht einen Millimeter davon. Weil ich mich, so nah es eben geht, an ihn pressen möchte, eins werden möchte. Und das werden wir.

Nick kramt im Handschuhfach und zaubert von irgendwoher ein Kondom hervor. Ich würde lachen, wenn ich nicht so ungeheuer scharf auf ihn wäre. Trotzdem nehme ich mir vor, ihn irgendwann zu fragen, wie viele Frauen es vor mir gab. Jetzt gibt es nur mich und das ist die Hauptsache.

Seine Zähne zerreißen das schwarze Päckchen, seine Finger ziehen das Gummi heraus. Und meine stehlen es aus seinen Händen.

»Willst du?«, fragt er mit lustverhangener Stimme.

»Ja.«

Ich richte mich auf die Knie, nehme seinen Schwanz in die eine Hand und rolle das Kondom mit festen Fingern ab. Dann setze ich mich Zentimeter für Zentimeter auf ihn.

»Ahhhh«, vibriert seine tiefe Lust zwischen uns.

Indem ich ganz auf ihm sitze, hält er mich fest, zwingt mich, unten zu bleiben.

»Halt still«, fordert er.

Ich bewege meinen Körper nicht einen Millimeter, dafür meine Muskeln um ihn herum. Ich spanne sie an. Einmal. Zweimal. Dreimal.

»Fuck, Romi.«

Zähne treffen meinen Hals, seine Hände pressen mich tiefer und ich will mehr.

Ich vergrabe meine Hände in seinen Nacken, meine Zunge in seinen Mund. Ich will ihn. So unbedingt, dass es mir egal ist, dass er Zeit braucht. Schnell ist gut. Jetzt ist gut. Sofort.

Ich stütze mich an seiner Schulter ab, bewege mich auf ihm, reibe mich an ihm. Trotzdem will es mir nicht ganz gelingen. Irgendetwas fehlt. Er fehlt.

»Mach schon«, bettle ich.

»Was?«

»Nick, mach schon, beweg dich.«

»Nein.«

»Warum?«

Meine Augen fliegen auf, suchen eine Erklärung in seinen. Was meint er damit, was wird das?

»Weil du jedes Mal willst, dass ich dich ficke. Und jetzt will ich gefickt werden. Von dir«, knurrt er.

Ich weiß nicht, ob es an seiner tiefen Stimme liegt oder an dem, was er gesagt hat. Aber ich werde noch feuchter, noch erregter. Und dann werde ich unsicher.

»Das kann ich nicht.«

»Und wie du es kannst.«

Ich versuche es, vertraue ihm. Langsam lasse ich mein Becken auf und ab gleiten, werde schneller. Ich lege meine Hände um seinen Hals, verhake meinen Blick mit seinem. Unsere Körper wippen hin und her, nackte Haut klatscht aneinander, heißer Atem verbindet sich. Es ist anders. Es ist intimer. Und irgendwie fühlt es sich echter an.

Irgendwann verstehe ich, mich auf ihn einzulassen, gebe die Bewegung vor, die er teilt. Ich atme die Lust ein, die sein Mund hergibt, und schenke ihm meine. Ich vertraue meinem Körper, meinem Gefühl.

So lange, bis mein Unterbauch zu kribbeln beginnt. Wie eine Armee breitet sich das Gefühl zu allen Richtungen aus. Ich will sie anfeuern, in die Schlacht schicken, kämpfen lassen. Ich will, dass sie brennt. Und das macht sie. Sie setzt meinen ganzen Körper in Flammen, lässt meine Muskeln zittern. Ich habe mich nicht mehr unter Kontrolle, kann keine Bewegung steuern, bin eine Marionette meiner Gefühle.

»Nick«, seufze ich. Immer wieder: »Nick.«

Das Nächste was ich spüre, sind seine Arme, die meinen Rücken halten. Seine Lippen auf meiner Brust. Ich sehe sein Gesicht, seinen unfassbar tiefen Blick. Dann greifen seine Arme fester um mich, pressen mich näher, noch näher an ihn. Er stößt in mich. Immer wieder, immer kräftiger. Er lässt mich nicht los. Meinen Körper nicht, meinen Blick nicht, mich. Er hält mich. Mit allem was er hat. Und ich lasse mich fallen.

Dieses Mal stöhne ich in sein Gesicht. Dieses Mal blicke ich ihm in die Augen. Dieses Mal lasse ich die Tränen zu, die schon so lange darauf warten, geweint zu werden. Endlich lasse ich sie los. Es ist befreiend. Auf eine erschreckende Weise vollkommen.

Und es ist Vertrauen.

Schwer atmend senke ich meinen Kopf auf seine Brust. Ich tupfe drei Küsse auf die nasse Haut. Jeder Kuss erklingt in meinem Kopf zu einem Wort:

Ich. Liebe. Dich.

Kapitel 26

NICK

Zwei Männer wohnen in meiner Brust. Der eine klopft sich auf die Schulter, prahlt damit, die Frau befriedigt zu haben. Der andere lässt die Schultern sinken, den Kopf, sein Herz. Weil er genau das gemacht hat, was in den letzten Tagen mit ihm gemacht wurde. Er hat Sex benutzt, um Gefühle zu verstehen.

So ist es doch, oder? Ich glaube, Romi wollte so oft, so viel und so heißen Sex, weil sie das Gefühl kennenlernen wollte. Sie wollte wissen, ob sie es auch erleben kann. Lust. Vor allem anderen hat sie sich versteckt. Vielleicht, weil sie nicht weiß, dass es mehr gibt? Vielleicht aber auch, weil sie Angst davor hat, mehr als Lust zuzulassen. Weil sie Angst vor Liebe hat.

Jedenfalls habe ich sie heute so weit gebracht, sich zu öffnen. Emotional. Und dann habe ich mit ihr geschlafen. Ich habe sie nicht gefickt, nicht meine Lust befriedigt, war nicht grob. Ich wollte sie selbst fühlen lassen, den Weg in ihre Hände legen. Und dann habe ich sie die letzten Meter getragen.

Und jetzt bin ich mir nicht sicher, ob das genau richtig oder furchtbar falsch von mir war.

Sie sitzt auf meinem Schoß, den Kopf an meiner Brust, die Hände um meinen Nacken geschlungen. Ich streiche ihren Rücken entlang, lege die Haare auf eine Seite und fahre mit meinen Fingerspitzen über ihren Nacken. Ich denke nach. Vielleicht sollte ich fragen, ob alles okay ist?

»Romi?«

Keine Antwort.

»Romi?«

»Hmm?«, schnaubt sie.

»Kleines, bist du eingeschlafen?«

Mein Lachen vibriert zwischen uns.

»Hey, Schlafmütze. Das geht nicht, wir müssen erst nach Hause fahren.«

»Hmm? Ich bin wach«, murmelt sie und drückt sich von mir ab. Ihre Wangen sind rot, ihr Blick ist trüb, das Lächeln echt. Sie sieht zuckersüß aus.

»Mir ist kalt.«

»Oh. Warte. Hier, zieh mein Shirt an.«

Ich greife das Shirt vom Beifahrersitz, ziehe es über ihren Kopf. Ich lege meinen Mund auf ihre Stirn. Sie will gerade aufstehen und sich auf ihren Platz setzen, aber ich halte sie davon ab.

»Warte.«

»Ja?«

»Ist alles okay?« Meine Augen suchen ihre, suchen irgendeine Art von Schatten, Angst, Reue. Und sie finden nichts.

»Natürlich. Ich bin nur müde.«

»Okay.«

»Nick.« Romis Hände legen sich um meine Wangen. »Wenn hier einer fragen sollte, ob alles okay ist … dann bin ich das.«

»Hmm.«

»Bring mich nach Hause. Bring mich ins Bett.«

»Das mache ich.«

Ich lasse sie von meinem Schoß aufstehen, helfe ihr auf den Beifahrersitz. Ich starte den Motor und fahre die letzten 300 Meter Küstenstraße bis zu ihrem Haus.

»Was? Hier sind wir? Wir waren schon fast da?«

»Was dachtest du denn? Dass ich auf irgendeiner Straße rechts ranfahren würde und über dich herfalle?«

»Ja!?«

»Gott Romi«, schmunzle ich. »Ich bin vieles, aber notgeil bin ich nicht.«

»Ich wusste es nicht.«

»Fuck, so war das nicht gemeint.«

»Schon gut. Ich schätze, ich war in den letzten Tagen ein wenig…« Sie unterbricht sich, fährt mit beiden Händen durch ihre langen Haare und lässt sie durch ausgestreckte Finger hinabgleiten. »Ein wenig drüber?«

»Nein, das warst du nicht.«

Ich schalte den Motor aus, blicke Romi in die Augen. »Wollen wir reingehen?«

»Bitte.«

Den Weg zum Haus legen wir schweigend zurück. Romi verschwindet als Erstes zur Toilette. Ich nutze die Zeit, um ein Glas Wasser zu trinken und mir dann eine frische Shorts anzuziehen.

»Willst du auch noch duschen?«, fragt sie einen Moment später. Ich habe gar nicht gehört, dass das Wasser angegangen ist und auch nicht, dass es wieder abgestellt wurde. Aber Romi ist frisch geduscht, steht im Bademantel vor mir. Ich nicke und gehe ins Bad.

Das Wasser prasselt über meine Schultern, meinen Kopf. Ich schäume mich ein und wasche alles wieder ab. Dann trete ich aus der Dusche, trockne mich ab, ziehe meine Shorts wieder an. An manchen Tagen ist eine Dusche regelrecht befreiend, klärend. Heute ist sie einfach nur Mittel zum Zweck.

Als ich die Tür öffne, erwarte ich, dass Romi bereits im Bett liegt, dass sie eventuell schon schläft. Sie sitzt jedoch am Küchentisch und wartet auf mich. Auf dem Tisch liegt eine Tafel Schokolade neben zwei Gläsern und einer Flasche Rotwein.

»Wenn du noch willst, können wir weiterreden«, haucht sie in meine Richtung.

Wie sie da sitzt, mit übereinandergeschlagenen Beinen, nassen Haaren, leerem Blick … sieht sie unglaublich verloren aus. Und doch trägt sie die Stärke in sich, ihren Weg zu finden.

Ich bin in zwei Schritten bei ihr, hebe sie erst in meine Arme und setze sie dann auf meinen Schoß. Ich vergrabe meinen Kopf an ihrem Hals, sauge ihren wundervollen Duft tief in mich ein.

»Der Tag war anstrengend genug. Ich kann warten«, biete ich ihr an.

»Nein. Du hast gefragt und ich will antworten. Heute. Es gibt Dinge, über die ich nicht reden will.

Aber du hast das Recht, sie zu erfahren. Weil du mir wichtig bist.« Sie dreht ihren Kopf zu mir, blickt mir in die Augen. »Weil ich Gefühle für dich habe.«

Ein Kribbeln zieht über meinen Nacken bis in meine Fingerspitzen. »Okay.«

»Schenkst du uns Wein ein?«

»Brauchen wir den?«

»Also ich auf jeden Fall«, stellt Romi klar.

Also schenke ich uns ein. Und ein Stück Schokolade breche ich auch ab.

Dann beginnt Romi ihre Geschichte Wort für Wort. Und mein Herz wird mit jeder Silbe schwerer. Jeder einzelne Buchstabe ritzt eine Wunde hinein, bis es so heftig blutet, dass es schmerzt. Höllisch schmerzt.

Kapitel 27

ROMI

»Was tippst du eigentlich die ganze Zeit?«, fragt Steffen und lugt über meine Schulter auf den Bildschirm.

Ich klappe den Laptop zu, hoffe, der Text wird automatisch gespeichert, zwinge ein Lächeln auf meine Lippen. »Ach nichts. Unikram.«

Später haben wir Sex. Dann schläft er und ich schleiche mich aus dem Bett. So geht es schon seit Tagen, Wochen, Monaten. Mein Text ist noch da, alles ist gut. Wie im Wahn schreibe ich weiter. Zeile um Zeile reihen sich die Wörter aneinander, bilden Kapitel, ein Anfang und ein Ende. Ein ganzes Buch.

Die Geschichte handelt von einem misshandelten Kind. Es wuchs in mehreren Pflegefamilien auf, wurde vernachlässigt, ignoriert, vergessen. Dann wurde es geschlagen. Später angefasst. Bedrängt.

Das Kind war ein Mädchen. Es wusste nicht, was Liebe ist. Dafür kannte es Furcht, Panik, Hass. Sie waren ihre ständigen Begleiter. Die Gefühle der Dunkelheit, gekleidet in Mäntel wohlhabender Männer.

Das Mädchen wurde zur Frau. Die Pflegefamilien wurden zu Fremden. Aber die Gefühle blieben. Nacht für

Nacht legten sie sich in ihr Bett, folterten ihren Verstand. Sie ließen sie nicht atmen, nicht fühlen, nicht sein. So lange, bis die Frau entschied, ihnen zuzuhören. Und dann wendete sich das Blatt.

In der Geschichte wurde die Frau zur Rächerin, zur stillen Vollstreckerin der Dunkelheit. Ihre Taten waren grauenvoll, doch spiegelten sie nur das Grauen, was ihr selbst angetan wurde. Sie sperrte schwache Seelen in dunkle Kammern und ließ sie leiden. Sie schlitzte Wunden in unberührte Haut. Sie fraß die Angst ihrer ehemaligen Peiniger auf und kotzte sie ihnen anschließend vor die Füße.

Als das letzte Wort geschrieben ist, hämmert mein Herz wie wild gegen meine Brust. Es ist laut, viel zu laut. Wenn ich mich nicht beruhige, werde ich Steffen mit meiner ganzen Hektik aufwecken. Ich dumme Nuss. Mir bleibt keine Wahl, als bis morgen zu warten. Mich zu beruhigen. Dann erzähle ich ihm alles. Dann habe ich etwas in der Hand und es ist mehr als die irrsinnige Idee, ein Buch schreiben zu wollen. Es ist ja bereits fertig. Da kann er doch gar nicht „nein" sagen, oder?

Steffen sagt nicht nein, er sagt ja. Er kennt einen anderen Autor, tauscht sich mit ihm aus. Er holt sich Tipps und verkauft sie mir als Gesetz.

Das erste Gesetz lautet: „Frauen schreiben keine Thriller." Aus diesem Grund werden wir die Geschichte - meine Geschichte - unter seinem Namen veröffentlichen.

Das zweite Gesetz lautet: „Baby, ich leihe dir 100€ für das Buchcover, den richtigen Text und all den Kram. Ich kümmere mich darum. Da steht schließlich mein Name drauf, da muss es auch perfekt werden. Ich unterstütze dich." Das macht er. Er kümmert sich um alles. Ich hinterfrage nichts.

Später kommt das dritte Gesetz hinzu: „Natürlich ist das Geld meins. Was denkst du, was ich alles investiert habe? Das hast du doch gar nicht mitbekommen. Wo wärst du ohne mich? Ohne meine Unterstützung?"

Ohne dass es mir bewusst wird, veröffentliche ich drei Bücher unter seinem Namen. Wir haben öfter Sex als vorher. Ich verlasse das Haus seltener. Irgendwann sagt er, ich soll die Uni schmeißen, ganz zuhause bleiben und schreiben. Ich verstehe nicht, warum. Ich verstehe so vieles nicht. Bis ich auf einmal alles verstehe.

Ich fühle mich betrogen, ausgenutzt, verletzt. Ich bin schwach. Trotzdem habe ich den Mut, zu gehen. Seine Worte begleiten mich wochenlang. Eher Monate.

»Du bist dieses Mädchen, oder? Die kranke Frau aus deinem ersten Buch? Du bist kaputt, Romi, vollkommen verstört. Dich will keiner, das ist dir doch klar, oder? Ohne mich bist du gar nichts. Ich bin Steffen Schimanski, mein Name steht auf jedem einzelnen Buch. Dich kennt keiner. Du bist ein Niemand. Hau einfach ab.«

Das mache ich. Ich haue ab. Ich miete mir eine kleine Wohnung in Münster, beende mein Studium, stecke mein ganzes Geld in die Veröffentlichung meiner nächsten Geschichte. Der Ersten unter meinem eigenen Namen: R. Rosendahl. Romi, meinen Vornamen benutze ich nicht. Zu präsent ist das erste Gesetz, zu wahr klingen seine Worte in meinem Kopf. Noch immer.

Anders als zuvor beobachte ich jeden einzelnen Schritt, bestimme selbst, eigne mir Wissen an. Als das Buch erscheint, stürmen Scharen an Gefühlen auf mich ein. Stolz, Glück, unfassbare Freude und etwas, dass ich bisher noch gar nicht kannte: Das Gefühl, so wie ich eben bin, gut zu sein. Gemocht zu werden. Gesehen. Und genau das werde ich.

Ich bin ein bisschen zu sichtbar für meinen Geschmack, weswegen ich dem Wink des Schicksals nach Kroatien folge und mir Zeit nehme. Erst für meine Geschichten. Später für mich.

Ich komme immer noch hierher, weil ich nicht weiß, wer ich bin, wo ich hingehöre. Ich fühle mich noch immer verloren.

Meine Therapeutin sagt, dass ich einer schlechten Erfahrung nicht die Macht geben darf, mein ganzes Leben zu bestimmen. Ich glaube ihr. Ich will, dass nichts und niemand mehr diese Macht hat. Nur ich. Und ich will glücklich sein. Ich will eine Familie. Ich will Liebe.

Und weil ich weiß, wie viel Angst mir das alles macht, habe ich mich dafür entschieden, auf neutralem Boden in die Schlacht zu ziehen. In der Dunkelheit. Da, wo sich keiner sicher fühlt. Da, wo ich erkenne, ob ich Angst habe oder vertrauen kann. Wo ich mich auf mein Gefühl verlassen kann. Und darauf, dass keiner mich will, weil ich R. Rosendahl bin. Sondern weil ich ich bin. Romi.

Kapitel 28

NICK

Wie funktioniert das eigentlich mit der Wahrnehmung? Was filtert das Gehör als wichtig heraus, was speichert es ab und was lässt es durchfließen? Was überhört es? Bei mir, bei dem was Romi gerade erzählt hat, ist es so, dass zwei Dinge herausstechen:

Ich war schwach und wurde verletzt. Und: *Ich habe den Mut, zu lieben.*

Alles andere ist nicht weg. Nichts, absolut gar nichts wurde überhört. Aber manches steht noch in der Ecke, kommt erst später heraus. Erst, wenn ich vollständig begriffen habe, was es bedeutet.

Das war der erste Schritt, das Herausfiltern. Der Nächste ist meine Reaktion.

Ich stehe mit Romi auf dem Schoß auf, trage sie ins Bett, lege sie auf mich und die Decke über uns. Ich halte sie fest, wie ich noch nie zuvor eine Frau festgehalten habe.

Aus meinem Mund purzeln Wörter, Sätze, vielleicht sind es auch nur beruhigende Laute. Ich weiß es nicht. Ich nehme sie nicht wahr. Nur Romi nehme ich wahr.

Und mein eigenes Herz, wie es so fest gegen meine Rippen schlägt, dass ich fürchte, es jahrelang dort innen gefangen gehalten zu haben. Es will endlich raus. Und dann will es in Romis Körper schleichen. Sich zu ihrem Herz legen. Es festhalten und nicht wieder loslassen. Es schmerzt.

Jeder einzelne Satz aus Romis Mund hat in meinem Kopf ein Bild erzeugt. Und diese Bilder sind für meinen Verstand die Hölle. Weil ich sie nicht beschützen konnte. Weil das kleine Mädchen hilflos war, niemanden hatte. Weil die wunderschöne Frau gebrochen wurde.

Der Mann in mir ballt seine Hände zu Fäusten, will auf irgendetwas, irgendjemanden einschlagen. Die Wut wird auf einmal immer größer. Sie ist es, die meine Gedanken vollends für sich beansprucht. Ich weiß nicht, wohin mit mir, werde unruhig. Langsam drehe ich mich, lasse Romi in die Kissen sinken. Sie ist eingeschlafen, was mein Glück ist. Ich kann hier weg. Ich muss hier weg.

Vorsichtig ziehe ich meinen Arm unter ihrem Kopf hervor und breite die Decke über ihr aus. Dann laufe ich aus dem Haus, über den Weg, zum Steg und springe ins Meer.

Wie war das mit der Wahrnehmung, mit den verschiedenen Eindrücken? Sie stehen in der Ecke? Pustekuchen, sie stürzen sich auf mich. Allen voran ein Mann in schwarzem Ledermantel. Seine Haare sind in einer schmierigen Frisur gefangen, das Lächeln kalt und seine Finger liegen auf dem nackten Körper eines kleinen Mädchens, welches vor lauter Angst nicht weiß, was es machen soll.

So eine verfickte Scheiße! Warum musste ihr das passieren? Warum hat sie mir nichts davon gesagt? Warum erst jetzt und nicht schon, als … Fuck! Warum zum Teufel hat sie zugelassen, dass ich sie ficke, dass ich grob zu ihr bin? Warum wollte sie es so?

Meine Wut zerschneidet das Wasser um mich herum, presst meinen Körper immer weiter vorwärts, immer tiefer ins Meer, weg. Ich will einfach nur weg. Meine Lungen brennen, mein Körper protestiert, aber mein Geist prügelt ihn weiter. Zug um Zug, immer weiter. Ich kann schon lange nicht mehr, aber vor allem kann ich nicht aufhören. Stillstand ist keine Option. Dann würden meine Gedanken nur noch mehr schreien. Ich will sie aber nicht hören. Warum kann mein Herz nicht lauter schlagen, warum ist das Meer so still? Warum funktioniert nichts so, wie ich es mir vorstelle?

Irgendwann ist der Punkt erreicht, an dem endlich alles ruhig wird. In meinem Kopf. Weil mein Körper brüllt. *Halt an! Ich kann nicht mehr! Hör auf!* Ich höre nicht auf ihn … Ich schwimme weiter.

Kapitel 29

ROMI

»Nick? Niiiiiiiick!«, brülle ich in die schwarze Nacht. Immer wieder, immer lauter. Und dann leiser. Flüsternd. Schluchzend.

Er hört mich nicht. Ich kann ihn kaum mehr sehen. Eben war sein Kopf noch ein dunkler Punkt über der Wasseroberfläche. Jetzt ist da nichts mehr. Nur schwarzes Wasser unter dem Nachthimmel.

Eigentlich liebe ich die Stärke des Meeres. Ich liebe es, ihm dabei zuzuhören, wie es gegen die harten Felskanten prescht, daran zerbricht und doch immer wieder von neuem Anlauf nimmt. Ich sitze gerne hier und höre seinem Rauschen zu. Jetzt verzweifle ich daran. Der sonst so imposante Klang ist einem bedrohlichen gewichen. Die Faszination der Angst. Ich zittere. Meine Hände liegen um meine Körpermitte. Sie halten meinen Bademantel fest verschlossen und mich in einer hoffnungslosen Umarmung.

Was mache ich denn jetzt? Ins Wasser springen, hinter ihm herschwimmen und hoffen, dass ich ihn irgendwo finde? Oder auf ihn warten. Darauf vertrauen, dass er zu mir zurückkommt? Wird er das denn?

Auf einmal wird aus der Angst um ihn eine ganz neue Furcht. Was, wenn er vor mir wegschwimmt? Was wenn er gegangen ist, um nicht wiederzukommen?

Der Gedanke setzt sich fest, nistet sich ein und gebärt neue Sorgen. Sie wimmeln in meinem Kopf umher, nehmen alles ein. Und sie wachsen. Oh, sie wachsen wahnsinnig schnell. Und sie überschlagen sich. Es werden irrationale Sorgen. Ich weiß das. Trotzdem kann ich sie nicht aufhalten. Ich bin ihnen unterlegen, warte darauf, dass sie die Herrschaft übernehmen. Und das machen sie. Sie lassen mich fühlen, dass alles, wirklich alles falsch war. Seine Worte, seine Berührungen, die Liebe, die ich glaubte, so deutlich gespürt zu haben. Ja, glaubte. Jetzt, jetzt fühle ich nur noch Leere.

Bestimmt wusste er genau, wer ich bin, hat es bereits vor unserem Blind Date herausgefunden und mich ausnutzen wollen. Oder er wollte nur Sex. Wie alle Männer. Vielleicht führt er ein Doppelleben, hat in Deutschland Frau und Kind und hält sich mich hier in Kroatien als Fickfreundin. Oder er geilt sich daran auf, Frauen zu verletzen, sie so weit zu bringen, dass sie sich in ihn verlieben. Und dann zerstört er sie. Genau so ist es. Genau so fühle ich mich. Zerstört.

Mein Kopf spinnt immer weiter. Er hört gar nicht mehr auf, mir falsche Gedanken zuzuflüstern. Das Gemeine ist, dass ich sie glaube. Jeder Einzelne bricht mir das Herz. Ich merke gar nicht, dass ich auf den Boden gesunken bin. Nicht, dass ich lauthals heule, schluchze. Ich bin gefangen.

Bis ich ein Ruckeln spüre, Hände auf meiner Schulter, meinem Rücken. Dann werde ich hochgehoben und weggebracht. Wohin? Ich weiß es nicht. Und seltsamerweise ist es mir auch egal. Ich weiß gar nichts mehr. Offensichtlich nicht einmal, wie man atmet. Das will nämlich nicht mehr klappen. Hektisch schnappe ich nach Luft, bekomme aber keine. Es ist, als würde ich Leere einatmen. Die Leere hat kein Gehalt, keinen Sauerstoff. Sie ist nicht im Stande, meine Not zu stillen. Immer schneller pumpe ich sie in meine Lungen, immer gieriger werden meine Atemzüge. Nichts kommt an.

Panik ergreift mich. Meine Hände finden ihren Weg zu meinem Herzen, meinem Hals. Sie wollen begreifen, was passiert. Ebenso meine Augen, die weit aufgerissen vor sich hinstarren und nichts erkennen. Die Luft ist leer. Es gibt nichts zum Einatmen. Es ist vorbei. Alles ist vorbei.

Und dann rauscht Licht ins Dunkle. Ganz langsam erst. Dann wird es mehr und mehr. Mit dem Licht kommt die Luft. Und ich atme. Endlich …

»Romi?«, nehme ich eine Stimme von weit her wahr. Sie klingt dumpf, wie in Watte gepackt.

»Verdammte Scheiße, antworte mir.«

Hui, jetzt ist die Stimme sauer. Und dazu hört sie sich viel lauter an. Warum finde ich das gerade lustig?

»Komm schon Kleines«, raunt die Stimme. Sie ist neben meinem Ohr. Ich fühle ihre Wärme an meiner

Haut und auch in meinem Herzen. Ich erkenne sie. Es ist Nick. Auf einmal werde ich ganz ruhig. Der Nebel in meinem Kopf legt sich, die Gedanken hören auf zu sprudeln. Die Parasiten kriechen zurück in die Löcher, aus denen sie entflohen sind. Ich schlage meine Augen auf.

»Hey. Was machst du nur für Sachen?«, flüstert er, streicht mit dem Daumen über meine Wange.

»Was habe ich denn gemacht?«

»Mich zu Tode erschreckt?«

»Das wollte ich nicht«, hauche ich. Und das stimmt. Ich wollte ihn nicht erschrecken. Wenn ich ehrlich bin, weiß ich nicht, was gerade passiert ist. Die Erinnerung ist aus meinem Kopf geflohen. Egal wie sehr ich mich bemühe, ich finde keine Antwort. Da ist nichts. Nichts außer einem Anflug von Panik in meinem Herzen.

»Was ist passiert?«

»Du bist eingeschlafen und ich musste meinen Kopf frei kriegen. Also bin ich rausgeschlichen, um ein paar Bahnen zu ziehen.«

»Ich bin dir nachgerannt«, unterbreche ich ihn. »Ich habe gemerkt, dass du aufgestanden bist, und bin dir gefolgt. Aber du warst schon im Wasser. Du hast mich nicht gehört. Ich habe geschrien und du hast mich nicht gehört.«

»Das tut mir leid.«

Unsere Blicke treffen sich.

»Mir auch.«

»Als ich zurückgeschwommen bin, habe ich dich gehört.«

Nick setzt sich hin. Seine Hände fahren durch die nassen Haare und finden zitternd zurück auf seine Oberschenkel.

»Was ist los? Du zitterst.«

»Ja«, lacht er. »Ich habe mich ein wenig verausgabt. Ich konnte eigentlich schon gar nicht mehr. Und dann habe ich gehört, wie du weinst.«

»Oh.« Fasziniert betrachte ich seine bebenden Oberarme. Nick ist muskulös, sehr muskulös. Dazu die schwarze Tinte auf seiner Haut und die Wasserperlen, die langsam zu trocknen beginnen. Es hat etwas ungemein Attraktives, dass er seinen Körper für mich an seine Grenzen treibt. Ich strecke meinen Finger aus, lege ihn auf einen Wassertropfen und fahre mit ihm Nicks Arm hinab.

»Du hattest eine Panikattacke, oder?«, fragt er, und ich nicke. »Passiert dir das öfter?«

Wieder nicke ich.

»Was kann ich machen, um dich da rauszuholen?«

Unsere Blicke treffen sich. Er sieht traurig aus, so unendlich traurig.

»Das weiß ich nicht. Bisher war ich immer allein.«

Bisher bin ich immer vor lauter Erschöpfung eingeschlafen und habe erst Stunden später registriert, was passiert ist. Aber das sage ich nicht laut. Außerdem ist die letzte Attacke schon länger her. Früher ist mir das regelmäßig passiert. Mit der Trennung von Steffen wurde es erst mehr, dann weniger. Und dank der Hilfe meiner Therapeutin hat es irgendwann ganz nachgelassen. Bis jetzt.

»Verrätst du mir, wovor du so große Angst hattest? Du weißt doch, dass ich ein guter Schwimmer bin.«

»Ja.«

»Aber?«

»Zuerst hatte ich tatsächlich Angst um dich. Es ist doch schon nachts, man sieht gar nichts. Der Anleger ist nicht beleuchtet…«

»Aber dein Haus ist beleuchtet, der Weg und außerdem«, Nick beugt sich vor, küsst mich auf die Stirn, »ist der Campingplatz nebenan ein reines Lichtermeer. Ich wüsste immer, wohin ich muss.«

»Hmm.«

»Was war dann?«

»Wie meinst du das?«

»Du hast gesagt: *zuerst* hattest du Angst um mich. Was war dann?«

»Dann«, ich lege eine Pause ein, schließe meine Augen. Weil ich damit rechne, Zeit für meine Antwort zu brauchen. Um eine Entscheidung treffen zu können. Aber es gibt gar nichts zu entscheiden. Es ist vollkommen klar, dass ich ehrlich sein will. Immer. »Dann hatte ich Angst, dass du vor mir fliehst. Dass alles zu viel für dich ist. Dass du abhaust.«

»Und du meinst, dann wäre ich ins Wasser gesprungen, anstatt mit dem Auto zu fahren?«

Seine Augen ruhen sanft auf mir, bestätigen die Wahrheit in seinen Worten.

»Ich hatte einfach Angst.«

»Das brauchst du nicht. Ich habe nicht vor, zu gehen.«

»Wirklich nicht?«

»Verficktesaukackmistwichsscheiße nein!«

Ein Lächeln huscht über meine Lippen. Ein kleines, zartes, ganz vorsichtiges Lächeln. Dann bewegt Nick seinen wunderschönen Mund auf mich zu. Mein Lächeln wird zu einem Lachen, sein Mund zum schönsten aller Versprechen. Dieser Kuss ist sanft. Mit weichen Lippen und vorsichtigem Druck. Er hat Angst davor, etwas kaputt zu machen. Er ist leise. Und er ist wunderschön.

»Nick?«

»Ja?«

»Warum bist du gegangen?«

»Weil ich nicht wusste, wohin mit meinen Gefühlen.« Seine Hand streicht über meine Wange, während er mit leiser Stimme spricht. »Ich wollte mich irgendwie abreagieren.«

»Bist du sauer auf mich, weil ich es dir erst so spät erzählt habe?«

»Nein. Ja. Ich weiß es nicht.«

Er hört auf, mich zu streicheln, lässt den Daumen an meinem Kinn liegen und die Hand meinen Kopf halten. Er wird ruhig. Und ich das Gegenteil.

»Also bist du sauer.«

»Leg mir keine Wörter in den Mund.«

»Das hast du doch gerade gesagt. Du hast *ja* gesagt!«

»Aber auch *nein* und *ich weiß es nicht*. Vielleicht brauche ich einen Moment, um zu verstehen, was ich fühle. Bei all dem, was du mir erzählt hast … Das ist viel für mich, okay?«

»Für mich doch auch.«

»Das weiß ich.«

Wieder steigt Panik in mir auf, wieder greift sie nach meinem Herzen, lässt mich spüren, wie verletzlich ich bin.

»Hey! Romi …« Nick zieht mich in seine Arme, streicht sanft über meine Schultern. Er hält mich. »Ich weiß doch, dass es schwer für dich ist. Und ich bin froh, dass du mir alles erzählt hast. Wirklich.«

»Aber du brauchst einen Moment.«

»Ja.«

»Okay. Willst du allein sein, soll ich gehen?«

»Gott, nein!«

Er zieht meine Lippen an seinen Mund, küsst mich. »Du bleibst genau hier. In meinem Arm. Wir beide schlafen jetzt.«

»Also willst du nicht mehr reden?«

»Nein. Für heute haben wir mehr als genug geredet. Aber das heißt nicht, dass wir das Thema in die Ecke schieben. Ich höre dir zu. Immer. Und ich habe auch noch einige Fragen … Nur heute nicht mehr.«

»Entschuldigung.«

»Hör auf, dich zu entschuldigen«, flüstert er in mein Ohr, bevor er kleine Küsse daneben platziert.

Ich liebe dieses Gefühl. Seine Wärme an meinem Hals, seine Küsse. Ich liebe es, wenn er seine Stimme senkt. Wenn er es allein mit seinen Worten schafft, die Situation zu verändern. Von angespannt zu leidenschaftlich.

Dann streifen seine Lippen über meine Wange zu meinem Mund. Ich erwarte, ihn zu spüren - den Kuss. Es kommt aber keiner. Irgendwann schlage ich meine Augen auf und blicke in ein teuflisches Grinsen.

»Eyyyy!«

»Du bist zu niedlich, weißt du das?«

»Und du bist gemein.«

»Nur ein kleines bisschen.«

»Das war nicht klein. Das war groß! Und ich merke mir das. Du bekommst alles zurück, Freundchen.«

»Ich freu mich schon«, spottet er frech.

Zu frech für meinen Geschmack. Wobei … Vielleicht auch genau richtig. Immerhin ist jetzt irgendwie alles gesagt, die Gefühle sind sortiert, wir zwei sind wieder da, wo wir hingehören. Alles ist so, wie es sein sollte. Wir können endlich schlafen.

Ein lautes Klirren reißt mich aus dem Traum. Er schwebt noch über mir, hat mich im Griff, aber seine Klauen verblassen bereits. Als ich die Augen aufschlage, ist er nur noch ein Schatten.

Ich träume intensiv und erschreckend realistisch. Das war schon immer so. Deswegen schlafe ich oft erst spät ein und wache früh wieder auf. Ich möchte dem Schlaf keine Macht über mich geben, seinen Gefährten nicht zu viel Zeit in meinem Verstand. Literweise Kaffee tragen mich durch Tage, an denen ich im Schlaf besonders gelitten habe.

Ich weiß, dass ich daran arbeiten muss, aber das mache ich nicht. Vor allem, da mir meine Träume neues Material für meine Bücher liefern. Das mag eigenartig sein, vielleicht ein wenig krank, aber es funktioniert. Und für mich ist Schreiben zur

Therapie geworden. Ich rolle den roten Teppich aus, erwecke die dunklen Gestalten zum Leben und führe sie ins Scheinwerferlicht. Tagsüber habe ich die Macht über sie. Nachts ist es umgekehrt.

»Guten Morgen Schlafmütze«, rollt Nicks tiefe Stimme durch den Raum zu mir.

»Guten Morgen. Wie spät ist es denn?«

»Es ist schon halb elf.«

»Waaaas?«, frage ich entsetzt nach. Halb. Elf. So lange habe ich seit einer Ewigkeit nicht geschlafen. Vermutlich noch nie. Wobei mein Schlafrhythmus in den letzten Tagen auch ordentlich durchgeschüttelt wurde. Die langen Gespräche, nächtliche Spaziergänge und Sex. Gott, der viele Sex hat meinen Schlaf zerstört. So wird es sein.

»Wir waren auch erst spät im Bett, da darf man ruhig länger schlafen. Und jetzt raus aus den Federn, Frühstück ist fertig.«

»Kaffee auch?«

»Alles vorbereitet, inclusive deiner warmen Milchsuppe.«

»Du bist mein Held.«

Das ist er wirklich. Wie er da in seinen schwarzen Shorts in meiner Küche steht, unser Frühstück vorbereitet und mich allein mit seinem Anblick all die Schatten vergessen lässt, die sonst meine ständigen Begleiter sind.

In diesen Morgen starte ich mit einem guten Gefühl im Herzen und Freude auf den Lippen. Wir sitzen auf der Terrasse und genießen gemeinsam die Sonne, die Ruhe und alles, was mein Kühlschrank hergibt. Also Butter, Marmelade und Nutella. Wir müssen dringend einkaufen.

»Reichst du mir die Nutella?«

»Okaaaay.«

»Was ist?«, frage ich, da Nicks Gesicht einen Anflug von Skepsis erkennen lässt.

»Du hast doch schon Butter auf dein Brötchen geschmiert.«

»Und?«

»Und jetzt möchtest du auf die Butter Nutella schmieren?«

»Ja. Wo ist das Problem?«

Nick schüttelt grinsend den Kopf, greift das Nutellaglas und reicht es mir über den Tisch. Seine Hand lässt das Glas nicht los. Genauso wenig wie seine Augen die meinen.

»Dir ist schon klar, dass Nutella zu zwei Dritteln aus Zucker besteht und zu einem Drittel aus Fett?«

»Und?«

»Und?« Jetzt lacht er, beugt sich über den Tisch, flüstert: »Das ist eins der geheimsten Rezepte der Welt, die Zutaten sind genau aufeinander abgestimmt. Zucker, Fett und dazu ein kleines bisschen Aroma und braune Farbe. Fertig. Du ruinierst das Verhältnis, wenn du Butter unter die Nutella gibst.«

»Ehrlich?«, flüstere ich zurück, teile den geheimen Aspekt seiner Theorie.

»Ja. Das macht man nicht. Das verändert den ganzen Geschmack.«

»Und das wäre schrecklich.«

»Du verstehst es. Schlaues Mädchen.«

»Was, wenn ich mein Brötchen trotzdem am liebsten mit Butter UND Nutella mag?«

»Echt jetzt?« Nicks Augenbrauen schnellen in die Höhe, seine Hand versteckt das Glas hinter seinem Rücken. »Du Banause!«

»Bitte was?«

»Du bist der Nutella nicht würdig. Ganz einfach«, beschließt er und schraubt das Glas auf. In aller Ruhe taucht er sein Messer ins Glas, kratzt die braune Creme heraus und streicht eine große Portion auf sein Brötchen. Ich gucke ihm zu, denke mir nichts, bis mir das Zucken seiner Oberlippe auffällt.

»Gib mir das Glas!«

»Nein.«

»Nick … Wie voll ist das Glas noch?«

»Warte.«

Er kratzt noch einmal am Rand entlang, hält das Glas bereits schief. Unsere Blicke treffen sich kurz. Er prustet, ich wüte.

»Niiiiiick!«

»Ich habe gesagt, du sollst warten.«

Hat seine Oberlippe eben bereits gezuckt, schafft sie es nun gar nicht mehr, ihr Lächeln zu verbergen. Indem Nick aufsieht und mir das Glas hinhält, ist sie bis unter seine Augen gehüpft. Inklusive der kleinen Grübchen, die seine Wangen immer dann zieren, wenn er besonders strahlend lacht.

»Wenn das Glas leer ist, kannst du was erleben«, drohe ich.

»Oh. Oh.«

»Ey!« Mit einem Satz springe ich auf und sprinte hinter Nick her, der vor mir wegrennt.

Natürlich ist er schneller. Natürlich ist er stärker. Und so kommt es, dass nicht ich ihn fange, sondern er mich. Seine Arme schließen sich um meinen Körper, heben mich hoch und werfen mich über seine Schulter. Er rennt mit mir zum Wasser und mir bleibt nichts, als zu strampeln, zu schreien und zu lachen. Ich lache aus vollem Herzen. Und er lacht mit mir.

»Wenn du das machst. Nick, wenn du das machst- «

»Dann?«, fragt er. Der Unterton in seiner Stimme vibriert in meinem Bauch.

»Dann …«

Weiter komme ich nicht. Nick ist mit mir ins Meer gesprungen. Er schreiend, ich kreischend. Ich habe kaum einen Moment, um mich zu orientieren, da taucht er auch schon neben mir auf.

Seine Augen haben diesen dunklen Ton angenommen, seine Lippen glänzen und mein Herz schlägt einen Takt schneller. Einen? Scheiße, ich meinte mehrere Takte, es überspringt ganze Noten, Zeilen, bis es so heftig hämmert, dass ich keinen klaren Gedanken mehr fassen kann. Nichts.

Dafür fasst Nick mich. Seine Hände legen sich um meinen Nacken, ziehen mich an seine Brust und meine Lippen an seinen Mund. Er küsst mich. Er hält mich. Er will mich. Meine Antwort lautet: *ja.* Auf all seine ungestellten Fragen. Weswegen ich mich näher, noch näher an ihn presse, meine Beine um ihn schlinge, mein Becken an ihm reibe. Nick knurrt in meinen Mund. Sein Kuss wird tiefer, seine Hände greifen fester.

Und dann hört er auf. Plötzlich. Mit allem. Ich schlage meine Augen auf und blicke geradewegs in sein schüchternes Lächeln, was mich mehr als verwundert zurücklässt. Denn Nick ist so vieles, aber ganz bestimmt nicht schüchtern.

»Komm, wir frühstücken zu Ende«, beschließt er und schwimmt zum Anleger.

Dass ich etwas ganz anderes zu Ende führen wollte, scheint ihn nicht zu interessieren. Er stemmt seinen Körper aus dem Wasser, setzt sich auf das Plateau und hält mir seine Hand hin.

Und dann frühstücken wir tatsächlich weiter. Wir trocknen uns nicht einmal ab, da die Sonne so kräftig vom Himmel scheint, dass die Nässe von ganz allein verschwindet. Zumindest die auf unserer Haut und unseren Klamotten. Die zwischen meinen Beinen bleibt. Und Nick scheint nicht im Geringsten daran interessiert zu sein, ihr Beachtung zu schenken. Merkwürdig …

Kapitel 30

ROMI

Die nächsten Tage fliegen an uns vorbei. Nick scheint es sich zur Aufgabe gemacht zu haben, mir Kroatien näher zu bringen. Er kann es nicht glauben, dass ich so viel Zeit hier verbringe, ohne die Umgebung zu kennen. Das ändert sich. Und was soll ich sagen? Ich liebe das Land. Es ist wahnsinnig schön hier. Grün und blau und strahlend. Vor allem die Sonne strahlt. Und mein Herz auch.

Einer der schönsten Tage ist wahrscheinlich der, an welchem wir ein kleines Motorboot mieten und aufs Meer hinausfahren. Oma Greta hatte auch ein Boot, allerdings war ihrs zum Paddeln, kaum groß genug für zwei Personen. Ich habe es geliebt.

Und das Motorboot liebe ich genauso. Wir ziehen unsere Badesachen an und leichte Klamotten darüber. Wir packen eine Kühltasche, nehmen Handtücher, Schnorchel und Tauchbrillen mit. Und dann tuckern wir über das Wasser. Das Boot ist wirklich nicht schnell, das muss es aber auch nicht sein. Weil um uns herum so viel passiert, dass ich es genieße, alles in Ruhe betrachten zu können.

Das Schöne an diesem Fleckchen Erde ist, dass das Meer von kleinen Inseln durchzogen wird. Es sieht fast so aus, als läge eine große Inselfamilie im Meer und ihre unzähligen Kinder laufen hinter ihr her. Manche in Gruppen, andere händchenhaltend und einzelne ganz für sich allein. So eine suchen wir uns aus. Die Insel ist kaum drei Handtücher groß. Wir legen unsere beiden ab, setzen uns hin und genießen das Schauspiel um uns herum.

»Es ist wunderschön hier«, hauche ich.

»Das ist es wirklich.«

Nicks Arm legt sich um meine Schulter, mein Kopf findet seinen Platz an seiner Brust. Für einen Moment sitzen wir einfach nur so da. Vollkommen still. Wir sind beide in unseren Gedanken vertieft. Ich scheine eher aus meinen fliehen zu können. Vermutlich, weil sich meine Gedanken schon seit Tagen ausschließlich darum drehen, warum Nick nicht mehr mit mir schlafen möchte. Und ganz ehrlich: Ich weiß keine Antwort. Darum möchte ich auch nicht weiter grübeln, sondern mich unterhalten, etwas unternehmen, mich ablenken.

»Wollen wir schnorcheln gehen?«

»Gerne.«

Nick steht auf, zieht sein Shirt über den Kopf aus und streift seine kurze Hose ab. Ich beiße mir auf die Unterlippe, genieße den freien Blick auf seinen unverschämt muskulösen Körper. Und dann wage ich mich einen Schritt vor:

»Hallo schöner Mann«, flirte ich ihm zu.

Nick grinst.

»Hallo schöne Frau.«

Ich stehe auf, schubse die Träger meines Kleides von den Schultern und lasse es zu Boden fallen. Ich blicke direkt in Nicks Augen. Er hält den Kontakt. Dann lege ich meine Hand auf seine nackte Brust, spüre seinen Herzschlag. Ich stelle mich auf die Zehenspitzen, recke meinen Kopf, schließe meine Augen. Und er küsst mich.

Weich zunächst. Zart. Aber er folgt mir, als ich stürmischer werde. Das macht er immer. Sein Körper reagiert mit Lust. Ich höre es an dem Keuchen aus seinem Mund, spüre es an der Stärke seiner Hände, der Hitze seiner Haut. Ich weiß es. Und er weiß es auch. Genau in dem Moment lässt er seine Hände lockerer greifen, seine Zunge leichter werden, seinen Atem regelmäßiger. Er zieht sich von mir zurück.

»Was soll das?«

»Was denn?«

Sein Finger streicht mir eine Strähne aus der Stirn, sein Mund tupft einen Kuss auf meine Nase.

»Nick. Bitte. Was ist los?«

»Nichts ist los. Es ist wunderschön hier.«

»Das meine ich nicht.«

»Was dann?«

Seine Frage klingt so ehrlich, dass ich für einen Moment glaube, mir alles nur einzubilden. Aber das mache ich nicht. Wir haben keinen Sex mehr seit unserem Gespräch. Das ist Fakt. Auch, dass ich in den letzten Tagen alles versucht habe und er mich abblockt. Und ich weiß nicht, woran es liegt, was ich ändern soll, was überhaupt los ist.

»Nick, bitte!«, flehe ich. »Sag mit endlich was los ist.«

Er hebt eine Augenbraue. Seine Augen tanzen zwischen meinen hin und her. Er lächelt. Und ich werde wahnsinnig.

»Scheiße, Nick. Warum willst du mich nicht mehr?«

»Aber ich will dich doch.«

»Tust du nicht. Du … du schläfst nicht mit mir«, kommen endlich die Worte über meine Lippen, die schon so lange meine Gedanken quälen.

»Fuck!«, flüstert Nick, streicht mit der Hand durch seine Haare, über seinen Bart, sein Kinn.

»Was jetzt?«, frage ich ihn. Lauter, noch lauter als vorhin.

»Romi … Komm her.« Seine Arme ziehen mich an seine Brust, sein Mund küsst meinen Scheitel. Er hält mich fest. Und dann redet er. »Ich weiß nicht, wie ich dich anfassen darf. Ich will dich nicht verletzen. Ich will dir nicht wehtun. Ich … ich weiß es einfach nicht.«

Seine Worte treiben mir die Tränen in die Augen, aber ich blinzle sie weg. Ich muss etwas klarstellen und das wird mir nur gelingen, wenn ich nicht schwach wirke, nicht verletzlich.

»Sieh mich an«, fordere ich und weiche einen Schritt von ihm zurück. »Nick bitte, sieh mich an.«

Er macht es.

»Ich bin kein Kind mehr, ich habe keine Angst mehr, und außerdem habe ich gelernt zu sagen, was ich will und was ich nicht will. Ich bin kein Opfer. Nick, ich bin eine Frau.« Ich rede mich in Rage. Mein

Herz schlägt schneller und meine Stimme bebt seinen Takt. Ton um Ton. Nicht, weil ich nervös wäre, sondern weil es Herzensworte sind. Sie tragen jeden einzelnen Schlag mit nach außen. »Und, ich bin eine sexuelle Frau. Eine, die einen verflucht attraktiven Mann an ihrer Seite hat und die verdammt noch mal Sex mit ihm haben möchte. Okay?!«

»Hmm.«

»Wehe, du fasst mich nicht mehr an, wehe, du denkst auch nur einen Moment, ich würde dich nicht wollen, wehe, du -«

»Okay«, flüstert er zwischen meine Worte.

»Wehe, du verweigerst mir den phänomenalen Sex, den ich doch gerade erst kennenlernen durfte…«

»Ich habe schon *okay* gesagt, du phänomenale Frau.«

»Dann ist ja gut.«

Mehr braucht es nicht, um mich auf ihn stürzen zu lassen. Nick fängt mich auf, setzt sich mit mir auf den Armen hin, hält mich auf seinem Schoß. Und er küsst mich. Endlich küsst er mich mit all der Leidenschaft, die ich spüren will. Seine Zunge dringt in meinen Mund, reibt sich an meiner.

Er weiß genau, was er machen muss, damit ich wahnsinnig werde. Und das macht er. Mit seinen Lippen, seinen Händen, seinem ganzen Körper. So lange, bis ich keuchend auf ihm sitze und mich etwas zu ungeniert an ihm reibe.

»Kleines. Hey, Romi?«

»Hmm?«

»Ich verspreche dir, dass wir wieder Sex haben. Ganz bestimmt. Aber willst du wirklich, dass ich hier über dich herfalle?«

Seine Stimme trägt ein Grinsen mit sich. Ich öffne meinen Augen und nehme die Umgebung um mich herum wahr. Es ist nicht so, als hätten wir bereits Zuschauer, trotzdem sitzen wir auf unserer Insel wie auf dem Präsentierteller. Direkt vor der Küste mit ihren Restaurants, Lädchen, Cafés und dergleichen.

Ups. Ich habe mich anscheinend zu sehr in seinen Küssen verloren. Meine Wangen entzünden sich für einen Moment. Und dann springt ein Lachen aus meinem Mund. Es ist laut, frei und verkündet so unglaublich offen, keine Sorgen zu haben, dass es mich glücklich zurücklässt. Mich und Nick, der ebenfalls lacht.

»Komm, gehen wir schnorcheln.«

Schnorcheln in Tisno ist vielleicht nicht vergleichbar mit den großen Hotspots der Weltgewässer. Da ich aber noch nie mit dem Kopf unter Wasser meine Umgebung erkundet habe, ist es ein Paradies. Genau so empfinde ich es.

Überall gibt es etwas Neues zu entdecken, schwimmen Fische um uns herum, kleine Oktopusse, Krabben und natürlich Seeigel. Dazu ist das Wasser kristallklar. Und es ist menschenleer. Nur Nick und ich scheinen dieses kleine Fleckchen gefunden zu haben. Wir tauchen Hand in Hand durchs Wasser, sammeln Muscheln und Steine ein, und dann entdecke ich immer öfter kleine runde

Panzer. Ich strecke meine Hand aus, hebe einen hoch und trage ihn zu unserer Insel.

»Guck mal, was ist das?«, frage ich Nick, der sich gerade an der Insel hochzieht.

»Zeig mal her.«

Ich setze mich neben ihn und lege den kleinen Schatz in seine Hände.

»Ich glaube, das ist ein Seeigelhaus, sein Panzer.«

»Meinst du?«

»Ja. Guck mal, hier unten ist die Öffnung, da ist der Mund. Und die Stacheln gucken hier an den vielen kleinen Punkten heraus.« Nick dreht den harten Ball in seiner Hand hin und her. »Wie kann etwas so Gemeines nur so schön sein?«

»Gib her. Den nehmen wir als Andenken mit nach Hause«, beschließe ich und lege den mintgrünen Seeigelpanzer auf mein Handtuch.

»Ein wunderschönes Andenken. Nicht!«

»Vielleicht für dich nicht. Für mich aber sehr wohl.«

»Frechdachs«, flüstert Nick und legt seine Lippen gleich darauf auf meine.

Sein Kuss schmeckt salzig, nass und trägt so viel Gefühl in sich, dass mir schwindelig wird. Als er sich von mir löst, entweicht mir ein protestierendes Schnauben.

»Ich küsse dich den ganzen Abend, versprochen. Aber jetzt habe ich Hunger.«

»Tonys?«

»Tonys!«

Wir packen unsere Sachen zusammen. Ich hülle meinen Seeigelschatz ins Handtuch und lege es ganz vorne ins Boot. Wir schalten den Motor an und fahren direkt vor das Restaurant. Nick springt an Land, taut das Boot an, läuft zur Terrasse rüber und wechselt ein paar Worte mit der Kellnerin, die uns inzwischen bestens kennt. Er kommt zurück, steigt zu mir ins Boot.

»Tanja packt uns alles ein, wir können hier warten.«

»Tanja also?«, frage ich mit wackelnden Augenbrauen nach.

»Ja, Tanja. Eifersüchtig?«

»Niemals.«

»Niedlich«, raunt er mir zu, küsst meinen Hals.

»Ich habe *nein* gesagt.«

»Sehr niedlich.«

Seine Lippen streifen mein Ohr.

»Eyyy!«, schubste ich ihn mit meiner Stimme und den Händen auf seiner Brust von mir weg. »Ich bin nicht eifersüchtig.«

Nick grinst mich an, seine Augen funkeln regelrecht. Ich bin mir sicher, dass er mir kein Wort glaubt. Und es genießt. Also lasse ich ihm seinen Spaß, schenke ihm einen kleinen Kuss auf seine frechen Lippen und warte geduldig auf unser Essen.

Nick legt seine Hand in meine. Vielleicht, weil er mir zeigen will, dass ich keinen Grund habe, eifersüchtig zu sein, dass er zu mir gehört. Vielleicht aber auch, weil wir tatsächlich zusammengehören. Unsere Hände. Unsere Herzen. Wir.

Kapitel 31

NICK

»Raphael, mein Bester. Wie gehts?«, frage ich vergnügt, während ich mein Auto auf die Küstenstraße lenke. Ich fahre heute allein einkaufen und wollte die Zeit nutzen, um mit meinem besten Freund zu quatschen.

»Gut. Bestens. Ehrlich gesagt ganz fantastisch. Dir denn?«

»Bitte was?«, pruste ich. »Ganz fantastisch? Hast du getrunken, oder gibt es einen Grund zum Feiern?«

»Beides.«

»Lass hören.«

»Einfach so? Das läuft nicht. Du musst schon raten.«

»Okay.« Ich denke einen Moment nach, weiß aber ziemlich schnell, was der Auslöser für Raphaels Gefühlsausbrüche sein könnte. »Du machst Laura einen Antrag, stimmts?«

»Mahhhh!«, schreit Raphael auf. Kurz danach klatscht es im Hintergrund. Ich wette, er hat seine

Faust auf den Tresen sausen lassen. Das hieße, er ist im *Stars*. Und das um 15 Uhr am Mittag.

»Ich habe recht?«

»Natürlich hast du recht.«

»Du warst also gerade einen Ring kaufen?«

»Japp.«

»Und jetzt sitzt du an der Theke und gönnst dir ein Bierchen. Spülst deine Nervosität herunter oder feierst den großen Schritt.«

»Wieder richtig«, grummelt er. Dann klackt es in der Leitung. »Moment, woher weißt du, dass ich im *Stars* bin? Bist du hier irgendwo?«

»Leider nicht.«

»Shit. Mann, ich brauche dich hier. Wann kommst du wieder?«

»Du machst das schon.«

»Ja, klar. Wobei: Nein … Nick, wenn ich Laura frage, will ich, dass du dabei bist. Ich will, dass du neben mir stehst, an meiner Seite bist.«

Auf einmal werde ich ganz ruhig. Mein bester Freund macht seiner Freundin einen Antrag, er heiratet, wird Vater. Und er will, dass ich dabei bin. Und was will ich?

Ich kann nicht ewig hier in Kroatien bleiben, so viel ist mir klar. Aber ich habe noch nicht darüber nachgedacht, wann der Zeitpunkt gekommen ist, an dem ich abreisen muss. Jetzt ist er da. Raphael braucht mich. Ich fahre nach Hause. So einfach ist das.

Auf der einen Seite freue ich mich, kann es kaum abwarten, ihn und Laura wiederzusehen, die Mannschaft vom *Stars*, die Jungs vom Kanuverein.

Aber Romi werde ich hier zurücklassen. Oder? Die zweite Jahreshälfte hat gerade erst angefangen, sie will erst im neuen Jahr wieder nach Deutschland zurück. Das hat sie zumindest so gesagt.

Die Sätze aus ihrem Mund stehen bildlich vor mir, ergeben eine eigene kleine Welt, die sich losgelöst von allen anderen dreht. Wird es darauf hinauslaufen? Entweder Romi oder alles andere?

»Nick? Du kommst doch, oder?«, reist Raphael mich aus meinen Gedanken.

»Natürlich komme ich.«

»Gut. Erschreck mich nicht so. Ich habe schon geglaubt, du willst dableiben.«

Wie nah er mit seiner Vermutung an dem Gefühl tief in meinem Herzen war, kann er nicht wissen. Ich weiß es schließlich selbst nicht …

»Was gibts bei dir Neues?«, fragt er.

»Nix da. Ich will erst alles ganz genau wissen.«

»Über den Ring? Mann, der ist rund und hat einen Stein. Geschichte fertig. Du bist dran.«

»Ha!«, lache ich.

Dann werde ich wieder still. Es hat einen Grund, warum ich in letzter Zeit weniger erzähle. Ich will Romis Vertrauen nicht aufs Spiel setzen, weiß nicht, was ich von ihr und über sie sagen darf. Wobei Raph mein bester Freund ist. Und ganz im Ernst: Mit irgendjemandem muss ich reden. Vielleicht taste ich mich an ein Thema heran, über das ich in den letzten Tagen häufiger nachgedacht habe. Die Idee gefällt mir, außerdem ist mir Raphs Meinung wichtig.

»Okay. Ich habe eine Frage: Kennst du R. Rosendahl?«

»Die Autorin? Ja sicher, ich habe all ihre Bücher gelesen. Beziehungsweise habe ich einige als Hörbuch gehört, aber das zählt genauso. Warum fragst du?«

»Ist sie bekannt?«

»Machst du Witze?«

Als er nicht weiterredet, denke ich nach. Ich lese nicht viel. Und das, was ich lese, ist für mich ein Buch, eine Geschichte. Der Autor dahinter interessiert mich nicht wirklich.

So ist es bei Musik auch. Also nicht bei den Bands, deren Konzerte ich besuche. Da weiß ich, wie die Musiker aussehen, wie sie heißen, kenne ein paar Fakten aus ihrem Leben. Aber die Songs im Radio? Die höre ich einfach nur.

Deswegen habe ich mir bisher kein Bild davon gemacht, wer Romi als Schriftstellerin ist, was andere über sie wissen. Ich könnte Google fragen, sicher, aber Raphs ganz persönliche Meinung interessiert mich mehr.

»Sie ist also bekannt. Kennst du auch Steffen Schimanski?«

»Den von *Das Dunkelmädchen*? Aber sicher. Soweit ich weiß, soll das Buch bald verfilmt werden, als eine Art Serie.«

»Bitte was?«, frage ich entsetzt nach. Inzwischen bin ich am Supermarkt angekommen, was mein Glück ist, da ich den Wagen anhalten kann, die Freisprechanlage löse und Raph somit direkter höre.

»Wusstest du das nicht?«

»Ich hatte keine Ahnung.«

»Pass auf: Also die Idee ist, dass die Vergangenheit des Mädchens als schwarz-weiß Szenen dargestellt werden soll, mit ausgeschnittenen Farbsegmenten. So wie in Sin City.«

Ich schlucke, schließe meine Augen und lasse die Worte von Raphael zu einem Film werden.

»Das wird sicherlich krass. Kannst du dich an das Kapitel mit dem Eukalyptusmann erinnern, dem Onkel der einen Pflegefamilie? Er war doch Zahnarzt oder so etwas. Und so was von krank …«

Raphaels Stimme wird zu einem Rauschen in meinem Kopf. Meine Augen sehen dunkle Gestalten, rotes Blut und die weit aufgerissenen Augen eines kleinen Mädchens. Immer und immer wieder: Romi.

Irgendwann wird es mir zu viel. Ich schüttle den Kopf, öffne meine eigenen Augen und vertreibe so das Schauspiel meiner Gedanken. Raphael hat in der Zwischenzeit weitergeredet.

»Die heutige Zeit ist bunt, ganz normal. Und das Mädchen ist zur Rächerin geworden. Sie jagt hinter den Dunkelmännern her und Folge um Folge wird sie einen zur Strecke bringen.«

»Okay. Wann soll das passieren?«

»Die Serie? Ich habe gehört, es wird noch verhandelt. Keine Ahnung, wann der Dreh beginnt oder ob er bereits angefangen hat. Warum fragst du?«

»Nichts. Ich war nur neugierig.«

Und jetzt werde ich noch viel weniger erzählen können. Wie sagt man seinem besten Freund, dass die neue Freundin das Mädchen aus dem Thriller ist? Wie sage ich es Romi? Fuck! Wie zum Teufel sage ich Romi, dass ihre Vergangenheit verfilmt werden soll? Meine Gedanken beginnen zu rasen, nehmen weiter an Fahrt auf und beschließen, dass alles andere egal ist.

»Raph, ich muss los.«

»Was ist passiert?«

»Nichts.«

»Nick! Schließ mich nicht aus. Ich kenne dich. Was ist passiert?«

Er hat recht. Und er hat es auch verdient, dass ich ihm antworte. Aber in diesem Moment ist Romi wichtiger.

»Ich machs wieder gut, ich erzähl dir alles. Versprochen. Aber jetzt muss ich wirklich los«, beeile ich mich zu sagen und hoffe, dass das reicht.

»Okay. Meld dich. Echt jetzt«, höre ich Raphaels besorgte Stimme, kurz bevor ich auflege, den Wagen starte und losfahre.

Der Weg zurück zum Haus dauert kaum fünf Minuten. Es fühlt sich nach Stunden an. Als ich endlich ankomme, reiße ich die Fahrertür auf und renne den Weg zum Haus entlang. Romi sitzt auf der Terrasse und tippt eine neue Geschichte in ihren Laptop. Sie grinst. Bis sie ihren hübschen Kopf hebt und mich ansieht.

»Was ist los?«

»Romi, ich will … hör mir zu … Steffen hat … Fuck!«, sprudelt alles und nichts auf einmal aus meinem Mund.

»Hey, ganz ruhig«, redet sie auf mich ein, legt ihre Hand auf meinen Unterarm, will mich beruhigen, beschützen. Und dabei bin ich es, der sie beschützen muss.

»Ich muss dir etwas erzählen.«

»Okay.«

Romi lenkt ihren Blick in meine Augen, ihre Aufmerksamkeit in meine Worte und sie legt ihr Herz in meine Hände. Und ich reiße die Mauern ihrer ganzen Welt ein. Ich sehe es an der plötzlichen Leere, die mir entgegen starrt. Es bricht mir das Herz, sie so zu sehen. So hilflos. So klein. So wenig Romi und so unglaublich viel Nichts.

Und genau das ist es, was mich dazu bringt, sie wiederaufzurichten. Sie daran zu erinnern, dass niemand das Recht hat, sie niederzudrücken.

»Was wollen wir dagegen unternehmen?«

Meine Frage ist laut, sie ist bestimmt und sie ist ehrlich. Und ich hoffe, sie trägt die ganze Kraft in sich, die ich in mir spüre.

Kapitel 32

ROMI

Abschied fällt mir schwer. Vor allem der Abschied von geliebten Dingen. Mein pinker Ohrensessel zum Beispiel. Ich verzweifle jedes Mal daran, dass ich ihn in Deutschland zurücklassen muss. Weil er irre gemütlich ist, wunderschön und etwas ganz Besonderes.

Weil er mich getragen hat, als alle anderen mich zu Boden stürzen wollten. Weil er die Tränen aufgefangen hat, die meine Augen fallenließen. Weil er alles und vor allem mich ausgehalten hat. Und doch muss ich mich immer wieder von ihm trennen.

Und jetzt muss ich mich von Nick verabschieden.

Meine Hände schieben sich an seinem Körper vorbei und gleiten in die hinteren Jeanstaschen. Mein Kopf liegt an seiner Brust. Meine Augen weigern sich, der Wahrheit entgegenzublicken. Ich will, dass er bei mir bleibt. So einfach ist das. Ich will ihn festhalten und nicht mehr loslassen. Trotzdem wird er gehen und ich bleibe hier.

Warum? Weil Nora eine schlimme Grippe hat, Raphael und Laura mit Vorbereitungen für die

Geburt beschäftigt sind und schließlich, weil bald der große Tag bevorsteht, an welchem Raph sie bitten wird, seine Frau zu werden. Und Nick wird dabei sein. Ich werde auch dabei sein. Aber bis es so weit ist, bin ich hier und er ist dort.

Man könnte behaupten, dass ich mich anstelle. Wir sprechen hier immerhin nicht von Monaten, noch nicht einmal von Wochen. Es sind nur ein paar Tage. Und trotzdem … Es ist furchtbar schlimm. Okay?!

Wie zum Beweis zieht mein Herz sich zusammen, quetscht einzelne Tränen aus meinen Augen.

»Hey, Kleines. Du brauchst doch nicht zu weinen.«

»Ich weiß.«

»Und warum weinst du dann trotzdem?«

»Ich hab dir doch gesagt, dass ich eine Heulsuse bin.«

»Hast du.«

»Na also. Dann frag doch nicht.«

»Romi? …«

Seine Stimme hat diesen rauen Klang angenommen. Er weiß genau, dass ich ihm nicht widerstehen kann, wenn er so mit mir spricht. So sanft, flüsternd, warm. Kann eine Stimme eigentlich warm klingen? Seine schafft das. Sie klingt warm, fühlt sich warm an, ist warm. Manchmal ist sie sogar heiß, aber lassen wir das. Nick und seine Künste in gehauchten Wörtern sind ein Thema für sich, dass ich hier nicht näher beleuchten will. Es geht schließlich um mich und die unendlichen Qualen des Abschieds.

»Ich leide!«, theatralisiere ich.

»Das merke ich. Und wenn du weiter so leidest, werde ich dich zum wiederholten Mal fragen müssen, warum du nicht einfach jetzt mit mir kommst.«

»Ist ja gut, ich bin fertig mit leiden.«

»Du bist unmöglich.«

»Ich weiß. Ich bin unmöglich und du bist ein Mädchen.«

»Dieses Mal wirst du beide Rollen tragen müssen. Ich bin weder unmöglich, noch ein Mädchen.«

Mist. Er hat mich mit meinen eigenen Waffen geschlagen. Das ist gleichermaßen ärgerlich wie großartig. Weil das bedeutet, dass er mich kennt, weiß, wie ich ticke und was ich brauche, um nachgeben zu können. Das fällt mir nämlich wirklich schwer. Nachgeben. Igitt!

»Sag, dass du mich vermisst.«

»Ich vermisse dich.«

»Sag, dass die Zeit ganz schnell vergehen wird und wir uns bald wiedersehen.«

»Kleines, die Zeit wird fliegen.«

»Versprich, dass du mich anrufst.«

»Jeden Tag.«

Mein Gesicht hebt sich seinem entgegen. Mein Herz pumpt den immer gleichen Rhythmus von Nervosität durch meine Adern. Ich blicke in die Augen, die mir all das bestätigen, was ich mich nicht traue, laut auszusprechen: *Sag, dass du mich liebst – ich liebe dich.*

Und dann … Dann ist er weg. Nick steigt in sein Auto, startet den Motor, legt den Gang ein und fährt los.

Und ich renne hinter ihm her.

»Warte!«, schreie ich. »Nick, halt an!«

Meine Füße graben sich in die kleinen Kieselsteine, treiben mich immer weiter ihm entgegen. Ich renne auf das Auto zu, welches die Küstenstraße bereits hinauffährt. Dann hält es an. Die Tür geht auf, Nick steigt aus und ich springe in seine Arme. Lachend fängt er mich auf, dreht mich im Kreis. Seine Lippen finden meinen Mund. Er küsst mich, hält mich, liebt mich.

»Kommst du doch mit?«, fragt er atemlos.

»Nein. Ich wollte dich nur nicht gehen lassen, ohne …«

»Ohne was?«

Für einen Moment wird es vollkommen ruhig um uns herum. Alles verblasst, alles gefriert, alles ist nichts. Nur wir beide sind.

»Ohne dir zu sagen, dass ich dich liebe.«

»Ich liebe dich auch, Romi.«

Kapitel 33

NICK

Nach Hause kommen fühlt sich eigenartig an, wenn das Zuhause nicht bei einem ist. Und dann treffe ich Raph, Laura, setze meinen ersten Fuß ins *Stars* und fühle mich doch irgendwie heimisch. Als ich später in meiner Wohnung ankomme, mich ins Bett lege und die Decke über mir ausbreite, ist das Gefühl wieder weg.

Es scheinen die Menschen zu sein, die *Zuhause* definieren und weniger das Gebäude um einen herum. Und so kommt es auch, dass ich mich in den nächsten Tagen zwar wohl, aber nicht glücklich fühle. Weil etwas fehlt. Jemand. Eine zierliche Frau, die mein Herz bei sich trägt: Romi.

Warum ist sie in Kroatien geblieben? Die Frage stelle ich mir immer wieder. Und auch sie habe ich gefragt. Ohne eine Antwort zu bekommen. Jedenfalls keine, die mir einen wirklichen Grund geliefert hätte.

Inzwischen glaube ich, dass Romi dortgeblieben ist, um selbst die Stärke in sich zu finden, die sie braucht. An dem Tag, als wir von Steffen, der Verfilmung des Buches und allem was dazugehört erfahren haben, haben wir uns dazu entschlossen, dass das nicht passieren wird. Romi wird sich wehren. Es ist ihre Vergangenheit, ihre Geschichte, ihr Buch. Es sind ihre Rechte.

Das Geld ist ihr nach wie vor egal, auch wenn ich das anders sehe. Aber gut. Es ist ihr Kampf, ihre Entscheidung. Ich bin nur da, um ihr den Rücken zu stärken, sie die Meter voranzutreiben, die unbedingt gegangen werden müssen. Alles andere ist unwichtig.

Wir haben alle Vorkehrungen getroffen, haben Briefe verschickt, Gespräche geführt, sind Aufzeichnungen durchgegangen. Alles liegt bereit. Die Abmahnung mit Unterlassungserklärung wird Steffen bald zugestellt. Wir können jetzt nur noch abwarten, ob er auf unsere Forderungen eingeht oder Widerspruch einlegt. Dann wird das Amtsgericht über den Fall entscheiden müssen.

Ich wollte zurück nach Deutschland fahren, mit ihr gemeinsam. Und sie wollte bleiben …

Jetzt sitze ich allein in meiner Wohnung, denke an die Frau, die fast 1.500 km von mir entfernt in einer Hängematte liegt und sich womöglich die Augen aus dem Kopf weint. Meine kleine Heulsuse. Meine Kämpferin. Meine zuckersüße Naschkatze. Meine Liebe …

Nick: Wann kommst du endlich? Du fehlst mir.

Ich starre noch einen Moment auf den Bildschirm meines Handys, warte ab, ob die drei Pünktchen erscheinen, die mir signalisieren, dass sie meine Nachricht gelesen hat und bereits antwortet. Aber es passiert nichts. Also lege ich das Handy zurück auf den Couchtisch.

Einen Moment später klingelt es. Das wird sie sein. Meine Lippen legen sich wie von selbst in ein Lächeln, mein Herz springt freudig auf und ab. Und dann gefriert mein Gesicht zu einem Ausdruck aberwitzigen Irrglaubens.

»Ja?«

»Nick, ich bin es. Dein Vater.«

»Das habe ich gesehen.«

»Gut.«

Er schweigt. Und ich weiß nicht, was das soll. Immerhin hat er mich angerufen, also wird es auch einen Grund geben. Er will doch nicht ernsthaft, dass ich nachfrage, was los ist? Darauf lasse ich mich nicht ein. Derlei Machtspiele habe ich satt und die Gleichgültigkeit, das auszusitzen, besitze ich ihm gegenüber schon lange. Es vergehen ganze zwei Minuten. Zwei! Minuten! Ich bin kurz davor, aufzulegen.

»Wie ich höre, arbeitest du an dem Fall von Herrn Schimanski?«

Ich erstarre. Augenblicklich setzt mein Herz aus, verweigert seinen Job. Ein Schlag, zwei Schläge und dann poltert es los, peitscht meine Sorgen in Höchstgeschwindigkeit durch die Adern. Das darf nicht wahr sein. Ich muss ruhig bleiben. Souverän. Jetzt bloß keinen Fehler machen, Nick. Mein Mund ist trocken, meine Hände zittern leicht, aber meine Stimme ist glasklar. Ich kann es noch.

»Ich arbeite für die Gegenseite. Romi Rosendahl. Warum?«

»Nun, ich bin daran interessiert, Herrn Schimanski zu vertreten.«

»Dann endet unser Gespräch hier.«

»Bitte, Nick. Ich wollte nur plaudern. Du kannst mir doch wenigstens erzählen, warum der Fall zu dir gefunden hat. Ist es privates Interesse? Magst du die Bücher? Kennst du die junge Frau Rosendahl vielleicht?«

Ich treffe die einzig richtige Entscheidung und lege auf. Jedes Wort, jede Antwort, alles … wäre zu viel. Weil mein Vater es genau versteht, die richtigen Schlüsse zu ziehen. Auch aus vermeintlich harmlosen Fragen. Ihm dürfte klar sein, dass ich nicht vorhabe, Romis Anwalt zu sein. Er wird wissen, dass ich im Hintergrund agiere. Und er fragt sich, warum. Berechtigte Frage. Aber die Antwort geht ihn nichts an.

Außerdem verstehe ich sein Interesse an dem Fall nicht. Es geht um eine Urheberrechtsverletzung. Das ist nicht sein Fachgebiet. Und das kann nur bedeuten, dass es um einen Gefallen geht, um Geld und vor allem um Macht.

Der Anruf hat mich aufgewühlt, meinen Herzschlag in die Höhe getrieben. Am liebsten würde ich Romi anrufen und ihr alles erzählen. Noch lieber aber behalte ich alles für mich.

Es zerreißt mich. Ich will ihr nichts verschweigen. Ganz bestimmt nicht. Aber ich will ihr auch nicht noch mehr Grund zur Sorge geben, als sie ohnehin schon erleidet. Es gibt keine Lösung. Was bedeutet, dass ich abwarte und beobachte.

Und genau das mache ich in den nächsten Tagen. Ich finde nicht viel heraus. Weder über Steffen Schimanski, noch über meinen Vater und seine Verbindung zu diesem Fall. Also warte ich weiter.

In der Zwischenzeit treffe ich mich mit Raph. Heimlich. Wir planen eine Gartenparty, laden Lauras beste Freundin und ihren Mann ein, bereiten alles für den großen Tag vor. Raph ist aufgeregt wie ein Schuljunge vor dem ersten Schultag. Es ist neu für mich, ihn so zu sehen. Neu, aber auch verdammt toll.

Und dann telefoniere ich mit Romi. Immer wieder. Jeden einzelnen Tag. Manchmal mehrmals am Tag. Und es fühlt sich gut an. Weil ich sie näher bei mir spüre, wenn ich ihre Stimme höre. Weil ich sie so sehr vermisse, dass es schmerzt. Weil ich es kaum erwarten kann, sie endlich wiederzusehen. Verdammt, ich bin verliebt.

Eigenartigerweise habe ich mich bereits in sie verliebt, bevor ich sie gesehen habe. Das Gefühl wurde stärker, als ich bei ihr war. Und jetzt wird es noch mal stärker, da sie wieder weg ist. Vielleicht lässt sich das unendlich steigern. Ich weiß es nicht. Was ich weiß, ist, dass es mich verrückt macht, sie nicht zu sehen. Das hat es zu Beginn schon und jetzt noch mehr.

Deswegen bin ich entschlossen, sie festzuhalten, wenn sie hier ist. Ich will bei ihr bleiben. Wo immer das sein mag …

Kapitel 34

ROMI

Mein Herz hämmert immer wie wild, wenn ich aufgeregt bin. Es treibt mein Blut schneller und schneller durch die Adern. Ich höre es in meinen Ohren rauschen, registriere das Zittern meiner Hände, das Gefühl von Nebel im Kopf. Es ist immer das Gleiche. Mal stärker und mal schwächer, aber dennoch gleich.

Wie kommt es dann, dass ich jetzt nichts spüre? Und das, obwohl ich mein Handy in der Hand halte, die Nummer auf dem Zettel vor mir gewählt habe, dem Freizeichen lausche. Mir müsste schwindelig sein vor lauter Nervosität. Tatsächlich bin ich die Ruhe selbst.

»Schimanski?«

»Hallo Steffen. Ich bin es, Romi.«

»Romi?«, fragt er nach.

Seine Stimme klingt belustigt, kalt und sie klingt stark. Automatisch lasse ich meine Schultern sinken. Allein die Art, wie er meinen Namen ausspricht, lässt mich kleiner werden. Das alles passiert im Bruchteil einer Sekunde. Es geschieht, ohne dass ich es bemerke. Und dann kommt der Moment, in dem ich einatme, mich wieder aufrichte und antworte.

»Ich habe gehört, du willst mein Buch verfilmen lassen.«

»Dein Buch? Schätzchen, du meintest wohl eher MEIN Buch. Und: Ja, das hast du richtig gehört. Was geht es dich an?«

»Es ist meine Geschichte. Ich habe sie geschrieben. Du hast kein Recht, sie ohne meine Erlaubnis zu verkaufen.«

»Deine Erlaubnis? Willst du mich verarschen? Darum geht es in dem Wisch, den du mir zugestellt hast?«

Es raschelt in der Leitung, etwas knarrt. Dann höre ich Steffen wieder. Lauter jetzt, wütender. Er zischt seine Worte direkt ins Mikrofon. Sie dröhnen in mein Ohr, meinen Verstand, klopfen an mein Herz.

»Jetzt hör mir mal zu: Mein Name steht auf dem verfickten Buch. Steffen Schimanski. Weißt du eigentlich, mit wem du dich anlegst, wer ich inzwischen bin? Hast du eine Ahnung, was für eine Zeitverschwendung es wäre, gegen mich zu kämpfen?« Er lacht. Laut, schrill, ekelerregend. »Das hast du nicht, oder Romi? Du kleine, süße, dumme Romi … hast nicht den geringsten Schimmer.«

Er hört auf zu sprechen. Wartet meine Reaktion ab. Aber ich reagiere nicht. Ich bin irgendwo zwischen Unverständnis und Schock steckengeblieben. In meinem Kopf arbeitet es, meine Gedanken überschlagen sich. Kein Wort kommt über meine Lippen.

Bis es knallt. Der laute Ton lässt mich zusammenzucken, zwingt einen schrillen Schrei aus meinem Mund.

»Lass es sein!«, schreit Steffen. »Wenn du weißt, was gut für dich ist, lässt du es einfach sein. Verstanden?!«

Das Zittern kommt. Und sobald es anfängt, dauert es nicht lange, bis es überall ist. Genau wie die Tränen, die schon darauf warten, sich in die Tiefen stürzen zu dürfen.

Mein Körper reagiert auf Steffens Worte, verbindet Drohungen, Schreien und Wut mit Schmerz. Noch immer. Es wird aber kein Schmerz kommen. Weil ich in Kroatien bin und Steffen in Deutschland ist. Weil wir telefonieren. Weil seine Worte allein nicht die Macht haben, mir wehzutun. Weil ich recht habe.

Verdammte Scheiße! Ich bin im Recht. Meine Stimme ist wichtig. Ich bin wichtig! Ich muss anfangen, für mich zu kämpfen. Los, Romi, du kannst das.

Langsam atme ich ein, zähle bis drei und lasse die Luft wieder aus meiner Nase strömen. Noch mal. Einatmen. Eins, zwei, drei und ausatmen. Ich straffe meine Schultern, richte meinen Blick nach draußen auf meine Terrasse, das Meer, die Sonne. Ich werde nicht aufgeben, ich lasse mich nicht kleinmachen. Ich kämpfe.

»Steffen, du scheinst mich nicht verstanden zu haben. Du kannst dich entweder jetzt dazu entscheiden aufzuhören, oder…«

»Wage es nicht, mir zu drohen.«

»Oder, ich-«

»Romi, ich warne dich.«

»Ich-«

»Neeeeeein!«, brüllt er so laut, dass ich zusammenzucke. Schon wieder. Dann schreit er weiter auf mich ein. »Du sagst mir nicht, was ich tun soll. Du drohst mir nicht. Du bist ein kleines dummes Mädchen, mehr nicht. Du-«

Mein Zeigefinger liegt auf dem roten Kreis am unteren Ende des Displays. Ich habe aufgelegt. Mein Herz poltert. Meine Augen tränen. Und meine Lippen grinsen. Weil ich entschieden habe, dass es reicht. Und weil ich diesen ersten Schritt ganz allein geschafft habe. Auch wenn es nicht nach viel aussehen mag, für mich war es enorm.

Meine Stimme war kräftig. Ich habe mich gewehrt. Und ich habe entschieden, dass er nicht das Recht hat, so mit mir zu reden. Alles mein Verdienst.

Jetzt bin ich bereit, nach Deutschland zu fahren und Steffen in die Eier zu treten.

Das Lächeln von eben wird zu einem Lachen. Zu einem richtig echten Lachen. Einem mit hochgepumpten Wangen, offenem Mund, strahlenden Augen und feuchtem Glanz darin. Und es fühlt sich verdammt gut an.

Was jetzt kommt, ist Routine. Ich packe meine Sachen. Dieses Mal ist es anders, weil ich nicht genau weiß, wann ich wieder zurückkommen werde.

Und da sind sie auch schon. Die Gedanken an Nick. Und sie malen mir unsere gemeinsame Zeit in den schönsten Farben aus. Das ist es, was ich will: Bei ihm sein. Egal wo, Hauptsache bei ihm. Weswegen ich kurzerhand alles einpacke. Auf die Stunde mehr kommt es nicht an …

Drei Stunden später ist mein Haus leer, das Auto voll und ich bin irgendwo dazwischen. Das hatten wir doch schon mal … Genau so habe ich mich vor knapp zwei Monaten auch gefühlt. Als ich nach Kroatien gefahren bin und darauf gehofft habe, dass Nick mir folgt. Jetzt folge ich ihm. Und ich weiß, dass er da sein wird, längst auf mich wartet. Trotzdem rufe ich ihn nicht an. Es soll eine Überraschung sein. Außerdem werde ich sonst nur noch nervöser. Das Herzklopfen setzt ein, genau wie das Rauschen in meinen Ohren. Ich spüre sogar ein leichtes Zittern in meinen Händen. Kein Zweifel: Ich bin nervös!

Fast 1.500 km liegen vor mir. Jede Menge Zeit zum runterkommen, grübeln, um sich die ein oder andere Sorge zu machen … Aber ebenso für Vorfreude. Und ganz ehrlich: Das ist das schönste Gefühl überhaupt.

Ich will den ganzen anderen Gedanken auch wirklich nicht zuhören. Kein bisschen. Aber hey, es sind 17 Stunden Fahrt. Irgendwann bin ich müde, erschöpft. Und ich muss trotzdem weiterfahren. Die Musik lenkt mich schon lange nicht mehr ab, die Landschaft wird immer unspektakulärer und das Wetter? Es ist inzwischen mitten in der Nacht, also ist das Wetter auch kein Trost. Keine Sonne, keine Kraft, kein Ende in Sicht.

Das ist der Zeitpunkt, an dem die Sorgen leichtes Spiel haben. Sie schleichen aus ihren Ecken und greifen an.

Was, wenn ich gegen Steffen verliere? … Bei dem Gedanken schnürt mein Herz sich zu, lässt mich spüren, wie leicht die alten Wunden aufplatzen. Wie sehr es schmerzt. Was würde sein Gewinn mit mir anstellen und welch Tyrann würde er dadurch werden? Ich will es mir gar nicht vorstellen. Weil ich genau weiß, dass nicht immer derjenige Recht bekommt, der im Recht ist. Und doch will ich es versuchen. Ich muss.

Was eigenartig ist. Wenn ich ehrlich bin, hätte ich wohl niemals darüber nachgedacht, mein Recht einzufordern, mein Buch von seinem Namen zu trennen. Mir war es lange Zeit egal. Ich habe es als den Preis meiner Freiheit angesehen. Aber jetzt …

Will ich, dass meine Geschichte verfilmt wird? Will ich, dass andere darüber entscheiden, welche Szene ausgebaut wird, welche gestrichen gehört und was vielleicht komplett neu hinzugefügt wird? Will ich, dass Steffen noch reicher dafür belohnt wird, mich hintergangen zu haben?

Nein. Irgendetwas in mir schreit, dass es Zeit ist, mein Recht einzufordern. Jetzt! Steffen hat lange genug an meinen Worten verdient, hat sich groß und mich kleingemacht. Und er trampelt noch auf mir rum. Das ist jetzt vorbei.

Meine Hände halten das Lenkrad fest umschlossen, meine Gedanken senden ihre Macht an die Front. Ich bin so fest entschlossen, wie ich es nie zuvor war. Entschlossen zu kämpfen, zu gewinnen und dann zu vergessen. Ich will meine Vergangenheit hinter mir lassen. Weil die Zukunft, die vor mir liegt, so unglaublich vielversprechend ist. Und genau daran denke ich jetzt auch. Alles andere kommt, wenn es so weit ist.

Ein Blick auf die Uhr verrät mir, dass es bereits drei Uhr morgens ist. Ein Weiterer auf den Kilometeranzeiger, dass nur noch wenige vor mir liegen. Fast bin ich da. Gleich. Und je näher ich Nicks Wohnung komme, desto aufgeregter werde ich.

Mittlerweile tanzen ganze Schmetterlingsscharen in meinem Bauch umher. Fliegen Schmetterlinge eigentlich in Scharen zusammen? Bei mir ist es so. Vielleicht, weil das Verliebtsein eine Schmetterlingswiese in mir ausgesät hat und die ganzen Falter jetzt nirgendwo anders mehr hinwollen. Es ist einfach zu schön in mir. Bunt, blühend, rein.

Und weil die Schmetterlinge und ich das Gefühl so sehr lieben, eskalieren sie für einen Augenblick komplett. Ich bin da.

Kapitel 35

NICK

Was war das? Erschrocken fahre ich hoch, sitze aufrecht in meinem Bett und lausche einem Geräusch, das entweder meinem Traum entsprungen oder tatsächlich passiert ist. Jetzt höre ich nichts mehr. Stille. Ich bin kurz davor, mich wieder hinzulegen und weiterzuschlafen, als mein Blick auf das Handy links von mir fällt. Das Display leuchtet. Ein Anruf in Abwesenheit: Romi.

Eine innere Unruhe packt mich, Sorge, Angst. Warum ruft Romi mich mitten in der Nacht an? Ich lege meinen Finger auf das Anrufsymbol, bestätige die Verbindung und halte mir das Handy ans Ohr. Ich warte.

»Nick?«, meldet sie sich nach dem zweiten Klingeln.

»Was ist los?«

»Ich bin da.«

»Was?«

»Na los, mach mir die Tür auf.«

Vollkommen perplex starre ich auf das Handy. Romi hat aufgelegt. Weil sie da ist. Weil sie vor meiner Tür steht. Jetzt.

Ein kleiner Freudenschrei schlüpft aus meinem Mund. Dann werfe ich die Decke zurück, springe aus dem Bett, schmeiße die Schlafzimmertür auf und renne in den Flur. Mein Finger drückt auf den Schlüsselknopf für die Haustür. Einen Moment später reiße ich die Wohnungstür auf. Ich sprinte die Treppen hinunter, die sie am anderen Ende hochläuft. Ich kann sie bereits hören. Ihre Schritte, ihr Lachen, sie. Dann steht sie vor mir. Und alles, was ich denke, ist: Endlich!

»Komm her«, flüstert mein Mund, bevor er sich auf Romis Lippen stürzt.

Es fühlt sich nach Zuhause an. Nach der ersten Nacht im eigenen Bett, nachdem man zwei Wochen lang im Urlaub war. Wie eine heiße Dusche nach dem Festivalwochenende. Wie Eier mit Speck und Zwiebeln am Ende einer Partynacht.

Es ist ein perfekter Kuss. Und er wird noch schöner, als ihre Zunge in meinen Mund taucht, ihre Hände den Weg in meine Haare finden und meine sich um ihren Körper legen. Meine Romi. Fuck, wie habe ich dich vermisst!

Kurzerhand hebe ich sie hoch, drehe mich mit ihr auf dem Arm um und laufe die Treppen hoch.

»Meine Sachen sind im Auto.«

»Die können warten.«

»Ich bin noch nicht geduscht.«

»Die Dusche wartet auch.«

»Nick?«

»Was denn?«, knurre ich und sie lacht. Die Wohnungstür fällt hinter uns zu, wir blicken einander in die Augen. Schweigend.

»Nichts.«

»Dann ist ja gut.«

Meine Füße tragen uns durch den Flur, vorbei an der Couch zur hinteren Tür. Zum Schlafzimmer. Ich stoße sie auf, trete hindurch und sinke mit Romi aufs Bett.

Gierige Küsse saugen an meinem Hals, Hände fliegen über meinen Körper, Beine halten mich fest umschlungen. Romis Lust ist so unglaublich fühlbar, dass sie meine eigene noch weiter antreibt. Ich folge der Hektik. Das macht mein Körper immer. Er nimmt, wenn es etwas zu nehmen gibt. Und Romi gibt.

Ich zerre an ihrem Shirt, der Hose, streife jedes bisschen Stoff ab, welches ihren nackten Körper bedeckt hält. Mit flachen Händen fahre ich über ihre Schultern, den Rücken hinab, zu ihrem Hintern und wieder hoch. Ich drehe mich auf sie, lege mich zwischen ihre Beine. Ich streichle, packe, küsse, lecke und ich keuche. Alles, was mein Körper empfindet, strömt in tiefem Brummen aus meinem Mund.

»Ich bin ganz nackt«, flüstert Romi.

»Ich weiß.«

»Du nicht.«

»Dann ändere das.«

Romis Hände wühlen sich über meinen Rücken, schieben mein Shirt hoch und kommen nicht weiter.

Ich könnte ihr helfen, aber ich habe zwei nackte Brüste direkt vor mir. Vollkommen klar, wofür ich mich entscheide, oder? Ich lecke über den einen Nippel, sauge ihn in meinen Mund und lasse meine Zunge um ihn kreisen. Romis Hände geben ihren Versuch auf, liegen ruhig auf meiner Schulter. Dafür finden meine eine Beschäftigung und meine Zähne ebenso. Ich falle über ihren Körper her, über ihren Mund, den Hals, ihre Brüste. Dann arbeite ich mich tiefer. So lange, bis Romi ihre Hände rechts und links in die Bettlaken krallt, ihre Beine für mich öffnet. Und dann höre ich auf.

»Nick«, keucht sie empört.

»Ja?«

»Du kannst doch nicht … du musst doch … ich …«

Mit ihren geröteten Wangen, den zerzausten Haaren und heißgeküssten Lippen sieht sie so unglaublich sexy aus. Das, gemischt mit der Intensität ihres Blickes … Sie macht mich wahnsinnig. Wahnsinnig scharf. Aber umgekehrt ist es ganz genauso. Weswegen sie gerade offensichtlich nicht weiß, was sie sagen soll. Und ich ihren Zustand mehr als genieße.

»Was muss ich?«

»Ich bin immer noch nackt und du nicht!«

»Wie gesagt: Dann ändere das.«

»Du lässt mich nicht.«

Meine Hände fliegen hoch, mein Lächeln wird breiter. Und Romi kriegt zu viel. Herrlich.

»Ahhh, Nick!«, schreit sie. Dann setzt sie sich auf, krallt sich mein Shirt und reißt es hoch. Ihre Finger fliegen zu meiner Shorts, ziehen, zerren.

»Steh verdammt noch mal auf und zieh dich aus!«, befiehlt sie.

Ich hocke mich auf die Knie, lasse mir die Shorts ausziehen. Ich beobachte sie. Und sie beobachtet mich.

»Und jetzt?«, frage ich.

Unsere Augen tanzen hin und her. Ihre sind dunkel, voller Lust. Sie lassen mich erahnen, was sie will. Trotzdem warte ich ihre Worte ab. Weil wir uns in Kroatien darauf geeinigt haben. Wenn sie langsamen Sex will, liebevollen, dann bekommt sie ihn. Wenn sie geleckt werden will, lecke ich sie. Wenn sie sich fallenlassen will, fange ich sie. Und wenn sie gefickt werden will … Wer bin ich, dann Nein zu sagen?

»Keine Spielchen«, beginnt sie mit einem Lächeln auf den Lippen.

»Keine Spielchen.«

»Ich will das Eine ausprobieren, du weißt schon.«

Ich schlucke. »Sag es.«

»Ich will deine Zunge in mir spüren.«

»Und dann?«

»Dann darfst du mit mir machen, was du willst.«

»Das zählt nicht.«

»Nick!«

Ich knurre, beuge mich zu ihrem Hals, lasse meine Zähne an der weichen Haut auf und ab gleiten.

»Du weißt genau, dass das nicht zählt«, hauche ich in ihr Ohr.

»Und du weißt genau, dass ich alles will, was du machst.«

»Alles?«, raune ich, drücke ihren Kopf mit der Hand zur Seite und lecke über ihren Puls.

»Alles!«

Das Nächste, was aus ihrem Mund kommt, ist ein Schrei, dann ein Stöhnen und dann hört sie gar nicht mehr auf, diese lustvollen Laute von sich zu geben. Weil ich sie gepackt und mich unter sie geschoben habe. Weil ich ihre Beine über meinem Gesicht gespreizt habe. Weil meine Zunge in ihr ist. Und weil sie das alles ganz offensichtlich verrückt macht. Mehr als verrückt.

Und ich stehe darauf, sie verrückt zu machen. Meine Hände halten ihr Becken fest umschlossen, pressen es auf mein Gesicht. Meine Zunge pumpt, drückt, nimmt. Und meine Zähne finden immer wieder die Zeit, kleine Bisse geschickt zu platzieren. Ich treibe Romi immer weiter, lasse sie zittern und keuchen. Und dann höre ich wieder auf, widme mich anderen Stellen. Ich halte sie fest, weil ich weiß, dass sie sonst nicht loslassen kann, sich verkrampft. Ich führe sie. Und dann lasse ich sie kommen.

Meine Zunge in ihr zu haben, wenn ihre Muskeln sich verkrampfen, ist so verflucht heiß. Dazu ihr Wimmern in meinen Ohren, ihr Geruch in meiner Nase. Gott, ich platze, wenn ich nicht endlich in ihr sein kann. Aber ich warte. Ich schenke ihr den Moment. Und schicke mich dafür durch die Hölle.

Romis Beine sacken zitternd über mir zusammen. Sie rutscht auf meinen Bauch, lässt sich auf mich fallen. Sie grinst.

»Das war der helle Wahnsinn.«

»Das war es.«

Sie küsst mich, leckt ihren eigenen Geschmack von meinen Lippen.

»Sind die Ergebnisse da?«

Ich brauche einen Moment, bis ich begreife, dass sie den Aidstest meint. Wir haben beide einen machen lassen, wollen auf das Kondom verzichten und nur mit Pille verhüten.

»Negativ«, beantworte ich ihre Frage mit einem Lächeln. Der Brief ist gestern angekommen. »Bei dir?«

Statt einer Antwort lässt sie ihr Becken quälend langsam auf meinen Schwanz gleiten.

»Fuuuuuuuck«, knurre ich.

Meine Hände halten ihre Hüften, meine Augen ihren Blick.

»Genießen oder ficken?«, fragt sie mit engelsgleicher Unschuldsmiene. Vollkommen klar, was ich will, oder?

Kapitel 36

ROMI

Man könnte meinen, nach einer 17-stündigen Fahrt hätte ich einfach nur schlafen wollen. Ich wollte Sex. Man könnte glauben, nach dem Sex hätte ich schlafen wollen. Ich wollte noch mehr Sex. Jetzt denkt man sicherlich, danach ist der Zeitpunkt gekommen, an dem ich endlich schlafen wollte. Ja, so war es auch. Ich wollte schlafen. Am liebsten den ganzen Tag. Tja …

»Hallo? Nick, bist du zu Hause? Dein Auto steht vor der Tür. Nick?«

Irgendeine Stimme mischt sich in meinen Traum. Eine Frauenstimme. Ich schaffe es nicht, ihr zuzuhören, bin irgendwo zwischen Schlaf und Wirklichkeit gefangen. Bis sie lauter wird.

»Nick?«

Ich schlage meine Augen auf, setze mich hin. Die Müdigkeit hat mich im Griff, aber da ist etwas in mir, dass mir befielt, endlich wach zu werden. Was war das noch? Genau, eine Frauenstimme. Eine Frauenstimme?

Bevor mein Verstand mir die Möglichkeit für verschiedene Szenarien gibt, geht die Schlafzimmertür auf.

»Oh«, quiekt sie erschrocken auf.

Sie: groß, blond, schlanke Figur, dunkelblaues Etuikleid, dezenter Schmuck, lackierte Fingernägel, Pumps. Das alles erfassen meine Augen auf einen Blick. Dann erst beginnen meine Hände, meinen eigenen Körper zu verdecken, ziehen die Bettwäsche hoch und schützen mich vor den gierigen Blicken der anderen Frau.

»Entschuldigen Sie bitte«, flüstert sie und hat den Anstand, leicht zu erröten. Sie dreht sich um, ist im Begriff, die Tür wieder zu öffnen, und hält dann noch mal inne. »Ich bin Sylvia. Nicks Mutter. Und sie sind bestimmt unglaublich erschrocken, mich hier zu sehen.«

Ihr Lächeln ist warm, aber die Stimme reserviert. So, als hätte sie all ihre Zeit damit verbracht, zu lernen, wie sie möglichst gefühllos klingt.

»Hallo Frau Bömke. Ich bin Romi«, sage ich und füge schnell hinzu: »Nicks Freundin.«

»Nicks Freundin, wie schön.«

Jetzt müsste ich wieder etwas sagen, oder? Ich weiß es nicht. Mir ist die ganze Situation unangenehm. Obwohl ich gerne mehr über sie erfahren würde. Über Sylvia, Nicks Mutter, von der ich bisher nicht ein einziges Wort gehört habe.

Und das löst in mir eine neue Art von Nervosität aus. Sie kitzelt über meinen Nacken und lässt ein flaues Gefühl in meinem Magen zurück. So, als ob sie nicht genau wüsste, ob sie gut oder schlecht sein will, Zuneigung oder Abneigung.

»Wollen Sie vielleicht in der Küche auf mich warten? Dann ziehe ich mir schnell etwas an.«

Sylvias Augen liegen die ganze Zeit auf meinem Gesicht und auch jetzt huschen sie nicht für eine Sekunde südwärts. Die Frau hat Klasse, so viel steht fest.

»Gerne.«

Wieder dieses freundliche Lächeln. Es beruhigt mich. Zumindest etwas …

Jedenfalls bin ich jetzt allein in Nicks Zimmer. Also schlage ich die Decke zurück, husche in das anliegende Bad und begutachte mein Spiegelbild. Halb so schlimm. Meine Haare bändige ich in einem hohen Knoten, mein Gesicht braucht nichts weiter, als kaltes Wasser und dann bin ich auch schon bereit, mich anzuziehen.

Ach, scheiße! Meine Sachen liegen allesamt im Auto. Wo sonst …

Warum auch immer, finde ich das lustig. Ganz ehrlich, hätte ich gewusst, dass ich heute Nicks Mutter kennenlernen werde, wäre ich tausend Tode gestorben. Ich hätte mich geduscht, geschminkt, mein schönstes Kleid angezogen und mir die Antworten auf jede erdenkliche Frage akkurat zurechtgelegt. Ich hätte ihr das Bild einer perfekten Schwiegertochter vermitteln wollen. Ganz bestimmt. Und jetzt wird sie mich genauso kennenlernen, wie ich eben bin: Chaotisch, verrückt und unsterblich verliebt in ihren Sohn.

Mir gefällt der Gedanke. Weswegen ich es schaffe, meine Sorgen abzuschütteln. Ich bin nicht perfekt. Aber darauf sollte es einer Mutter nicht ankommen.

Kurzerhand entscheide ich mich gegen die durchgeschwitzten Klamotten von gestern. Stattdessen öffne ich Nicks Kleiderschrank, nehme einen Sweatshirtpullover vom Kleiderbügel und ziehe ihn über meinen Kopf. Er ist weich, er riecht nach Nick und außerdem reicht er mir bis zu den Knien. Was gut ist, da ich nur meinen Slip wieder anziehen muss und damit fertig angezogen bin.

Ich schlüpfe aus der Schlafzimmertür und tapse auf nackten Füßen in den Flur. Nicks Mutter steht in der Küche und füllt die Kaffeemaschine. Sie steht mit dem Rücken zu mir, trotzdem hat sie mich wahrgenommen.

»Ich habe uns einen Kaffee aufgesetzt. War das okay?«

Ihr Kopf dreht sich zu mir. Ihr Lächeln ist strahlend weiß, schön, aber komplett gleichbleibend. Emotionslos. Es lässt mich nicht erkennen, ob sie irgendetwas an meinem Aussehen auszusetzen hat. Oder an meiner Person. An mir als Freundin ihres Sohnes …

»Gerne. Ich nehme Milch und Zucker dazu.«

»Ich weiß nicht, ob Nick Milch im Haus hat«, gibt sie zu bedenken.

Es fühlt sich nach einer Falle an. Weil Nick laktoseintolerant ist und ich eventuell nur eins seiner Betthäschen bin, das nichts über ihren Sohn weiß. Genau das denkt sie, oder? Das mulmige Gefühl ist da und es ist so erschreckend präsent, dass ich mir auf die Zunge beiße. Diese Frau will irgendetwas. Warum ist sie hier? Warum benutzt sie ihren Schlüssel und kommt in die Wohnung, während Nick auf der Arbeit ist? Hier stimmt doch was nicht.

»Das weiß ich leider auch nicht. Ich bin erst gestern Nacht aus Kroatien angekommen und hatte keine Zeit, in den Kühlschrank zu gucken.«

Oh, ich habe mich vertan. Ihr Gesicht trägt sehr wohl Emotionen. Dieses hier verdient den Ausdruck: Belächelnd. Genau so betrachtet sie mich.

Ich lasse mir nichts anmerken, greife an ihr vorbei und öffne den Kühlschrank. Mein Herz applaudiert dem Inhalt entgegen: Bier, Eier, Speck, Butter, Nutella und Milch. Vier Liter frische Vollmilch. Ich nehme eine Packung heraus und öffne den Deckel.

»Wusste ich es doch. Nick weiß genau, dass ich lieber Milch mit Kaffee trinke, als Kaffee mit Milch und hat vorgesorgt«, zwinkere ich ihr zu und setze mich an den Küchentisch.

Ich lasse mich lieber von ihr bedienen. Zum einen, weil ich keine Ahnung habe, in welchem der vielen Schränke Nick die Tassen aufbewahrt, wo das Besteck liegt und der Zucker steht. Und außerdem, weil ich demonstrieren will, dass ich mich hier wohlfühlen darf, dass ich hier hingehöre. An den Küchentisch, in seine Wohnung, an seine Seite. Kindisch? Vielleicht ein bisschen. Trotzdem muss das gerade sein.

Sylvia bringt Tassen und Zucker mit, setzt sich mir gegenüber. Sie gießt uns beiden ein. Dann legt sie ihre gefalteten Hände auf die Tischplatte und richtet ihren Blick auf mich.

»Dankeschön.«

Sie deutet ein Nicken an, beugt ihre perfekten Lippen in einen leichten Bogen.

Sie sagt nichts, betrachtet mich einfach nur. Ich weiß nicht, was für ein Spiel das ist, kenne die Regeln nicht. Und das ärgert mich. Maßlos.

»Was wollen Sie hier?«, frage ich eine Spur zu direkt.

»Meinen Sohn besuchen.«

»Kennen Sie seine Arbeitszeiten nicht?«

Ihr Lächeln wird breiter.

»Das Auto stand vor der Tür.«

»Und da haben Sie einfach beschlossen, hereinzukommen? Obwohl Nick regelmäßig ins *Stars* läuft oder mit dem Rad fährt.«

Für einen Moment glaube ich, etwas in ihren Augen flackern zu sehen. Dann verschwindet ihr Lächeln, die Hände verlassen die Tischplatte und finden einen neuen Platz auf ihrem Schoß. Sie sackt vollkommen in sich zusammen. Äußerlich. Das Schauspiel ist bemerkenswert. Und ich weiß nicht zu entscheiden, ob es genau das ist: Ein Schauspiel.

»Romi?«, fragt sie und zuckt dann kurz zusammen. »Darf ich Romi zu dir sagen?«

»Gerne.«

»Romi, ich glaube, du hast einen falschen Eindruck von mir gewonnen und daran bin allein ich schuld. Entschuldige bitte.«

Ihre Worte sind perfekt gewählt. Und trotzdem … Das eigenartige Gefühl bleibt. Es will einfach nicht von meinen Schultern gleiten.

»Das macht doch nichts«, erkläre ich und entscheide mich dann dazu, ihr eine Chance zu geben. »Wir fangen einfach noch einmal neu an: Hallo Sylvia, ich bin Romi Rosendahl, die Freundin von Nick.«

Ich stehe vom Stuhl auf und halte ihr meine Hand entgegen, die sie mit ihrer umschließt. Dann zieht sie mich zu sich heran und ich finde mich urplötzlich in einer Umarmung wieder. Es dauert einen Moment, bis ich sie erwidern kann, aber Sylvia scheint keine Eile zu haben. Ihre Hände drücken mich an sie. Ganz fest.

Als sie sich von mir löst, liegt ein vollkommen neues Lächeln auf ihren Lippen und dazu glitzern Tränen in ihren Augen.

»Romi«, haucht sie und streicht mir eine Strähne aus der Stirn. »Schön, dich kennenzulernen.«

Dann nimmt sie mich nochmal in den Arm. Das eigenartige Gefühl weicht einem warmen. Und meine Hände finden dieses Mal von ganz allein um den schlanken Körper der Frau vor mir.

Umarmen. Sich in die Arme schließen. Aneinanderdrücken. Herzen. All diesen Ausdrücken wohnt ein gemeinsamer Gedanke inne: Ich habe dich so gern, dass ich mein Herz in deiner Nähe spüren will, und halte diesen Moment mit beiden Armen fest.

Kapitel 37

NICK

Auf dem Weg nach Hause werde ich nervös. Meine Füße laufen schneller als sonst und mein Herz hüpft bei jedem Schritt ein kleines bisschen höher. So fühlt es sich an. Weil nicht nur der Feierabend auf mich wartet, meine Wohnung, ein kaltes Bier … Nein, heute wartet Romi auf mich.

Ich drücke auf die Klingel, um mich anzukündigen. Dann schließe ich die Haustür auf. Im Treppenhaus nehme ich immer gleich zwei Stufen auf einmal, um möglichst schnell in den zweiten Stock zu kommen. Die Tür fliegt auf, kurz bevor ich oben bin. Romi stürmt hinaus und springt in meine Arme.

»Hey Kleines,« flüstere ich zwischen stürmischen Küssen. »Schönes Outfit.«

Romi grinst mich an, tupft einen Kuss auf meine Stirn.

»Ich habe mich nicht getraut, zum Auto zu laufen, um meine Sachen zu holen. Ich hatte keinen Schlüssel und wollte nicht, dass die Haustür zufällt. Also …«

»Also hast du meinen Pullover angezogen.«

»Ganz genau.«

»Du darfst ihn gerne anbehalten.«

Ich stelle Romi wieder auf ihre Füße, lege meine Hand in ihre und betrete meine Wohnung. Es sieht so aus wie immer, nichts ist anders. Und doch alles. Allein, weil sie da ist. Verrückt, oder?

»Erzähl, wie war dein Tag?«

»Ganz normal. Gut. Irgendwie gibt es nichts Interessantes zu berichten«, überlege ich laut. »Und, wie war dein Tag?«

»Ich habe deine Mutter kennengelernt.«

Ein Satz. Fünf Worte. Und sie preschen wie ein Güterzug durch meinen Kopf.

»Du hast was?«, brülle ich.

Romi zuckt. Und ich sterbe.

»Entschuldigung. Kleines, es tut mir leid. Romi?«, flehe ich. Dann nehme ich ihr Gesicht in meine Hände, küsse lauter kleine Entschuldigungen auf ihre Haut.

»Schon gut.«

»Ist es nicht.«

»Doch, ist es.« Ihre Hände schieben meine beiseite, ihr Gesicht entfernt sich. »Mensch, Nick. Guck mich nicht so an.«

»Wie gucke ich denn?«

»Als hättest du dein Haustier getötet. Und ich bin nicht dein Haustier.«

»Getötet habe ich dich auch nicht.«

»Na siehst du.«

»Aber angeschrien«, gebe ich zu bedenken und meine es auch genau so.

Ich habe geschrien, sie ist zusammengezuckt. Das sind die Fakten. Was mir einmal mehr vor Augen führt, wie viel Angst noch immer in ihrem Herzen wohnt. Ich glaube, das wird sich nie ändern. Ich kann nur jeden Tag versuchen, sie daran zu erinnern, dass sie bei mir keine Angst zu haben braucht. Und das funktioniert nicht, indem ich sie anschreie. Ich Vollidiot!

»Du hast dich entschuldigt, alles ist gut. Du kannst dich nicht dafür bestrafen, dass ich sensibel bin.«

»Aber dafür, dass ich ein Idiot bin.«

»Nick …«, haucht sie und lässt ihre Augen alles andere sagen. »Was ist so schlimm daran, dass ich deine Mutter kennengelernt habe?«

»Ich weiß es nicht.«

»Das weißt du sehr wohl und ich kann auch ganz bestimmt damit umgehen. Spuck es aus!«

»Mhh.«

Wie immer, wenn ich nachdenke, führen meine Hände ein Eigenleben. Sie fahren meine Oberschenkel auf und ab, knibbeln an der abstehenden Naht am Knie, reiben sich aneinander und wollen neue Wege gehen. Ich merke es gar nicht. Bis sich Romis Hand zwischen meine schiebt.

»Na gut«, beginne ich. »Ich hatte ein Gespräch mit meinem Vater.«

»Und?«

»Er hat gefragt, wie es dazu kommt, dass ich an deinem Fall arbeite.« Meine Finger schließen sich um ihre Hand, drücken sie. »Er ist daran interessiert, die Gegenseite zu vertreten.«

»Bitte was?«

»Mehr weiß ich nicht. Aber ich wette, meine Mutter war deswegen hier. Um etwas herauszufinden. Über meine Verbindung zu dem Fall, über dich.«

»Und jetzt weiß sie, dass ich deine Freundin bin.«

»Ganz genau.«

»Ist deine Mutter auch Anwältin?«

»Nein.« Für einen Moment weiß ich nicht, was ich sagen soll. Ich schlucke den Kloß in meinem Hals herunter. Er wandert tiefer, schnürt meine Brust ein, mein Herz. »Meine Mutter hat nie etwas hinterfragt. Sie hat alles mitbekommen und sie hat nicht … sie hat einfach nichts gemacht. Sie stand immer hinter meinem Vater. Felsenfest.«

»Und wer stand hinter dir?«

Feige stielt sich ein Lachen aus meinem Mund. Es bleibt auf meinen Lippen liegen und erlaubt mir, empört auszusehen. Empört über Romis Frage. Wobei ich vielmehr enttäuscht bin. Enttäuscht von meiner Mutter.

»Jetzt wissen sie, warum ich an dem Fall interessiert bin«, lenke ich ab. »Aber wir wissen nicht, warum mein Vater für Steffen arbeitet. Es gibt keine Verbindung, ich habe nichts gefunden. Deswegen schätze ich, dass Steffen auf ihn zugegangen ist.«

»Wann war denn euer Gespräch?«

»Vor drei Tagen. Warum?«

»Weil ich gestern Morgen mit Steffen telefoniert habe.«

Ihre Worte krabbeln meine Schultern herab und dringen bis in die Fingerspitzen vor. Sie erwecken jeden einzelnen Muskel zum Leben. Nicht die sportlichen Muskeln, die zum Heben und Halten gemacht sind. Nein. Es sind die *Haudrauf* Muskeln. Die *ich schlag dir ins Gesicht, wenn du meiner Freundin wehtust* Muskeln. Und sie freuen sich schon auf den Kampf. Sie grinsen bereits.

»Was will er?«

»Ich habe ihn angerufen.«

»Warum?«

»Weil das meine Sache ist und ich wissen wollte, ob wir es nicht einfach klären können wie Erwachsene. Immerhin bin ich ganz offensichtlich im Recht. Wir können uns den ganzen Kram mit Anwälten, gerichtlicher Entscheidung, Sachverhaltsermittlung und dergleichen sparen.«

»Und?«

»Tja … Wir können es anscheinend nicht klären.«

Jeder einzelne Finger presst die Wut in meine Fäuste. Ich bin angespannt. Und sauer. Und ich kann überhaupt nichts unternehmen. Fuck!

»Warum musstest du ihn anrufen, wenn du allein bist? Du hättest das auch von hier aus erledigen können.«

»Ich bin kein Kind.«

»Das weiß ich.«

»Nick, das ist mein Kampf.«

»Das ist er ganz bestimmt nicht.«

»Ich …«

»Romi«, unterbreche ich sie. »Du bist nicht allein. Schließ mich nicht aus. Und rede nicht wieder mit Steffen. Bitte.«

»Nick-«

»Ich habe bitte gesagt«, presse ich hervor und fühle mich auf einmal wie ein Stier, gefangen im Körper eines Häschens.

Ich kann nichts machen. Ich bin außen vor. Und ich hoffe, dass sie sich dafür entscheidet, mich mit einzubeziehen. Mich kämpfen zu lassen. Als Anwalt. Und wenn es sein muss, auch als Mann.

Später lümmeln wir auf der Couch, essen Pizza und gucken zusammen Fernsehen. Wobei wir weniger dem Film zuhören als einander. Romi ist Feuer und Flamme für ein neues Projekt, eine Geschichte, die ihr auf der Fahrt eingefallen ist und seitdem nicht mehr loslässt. Sie erzählt mir immer wieder kleine Häppchen, fängt dann an zu grinsen und winkt wieder ab. Sie ist unsicher. Und das passt so gar nicht zu der Schriftstellerin in ihr.

»Du bist dir nicht sicher, ob du mir lieber alles oder nichts erzählen willst, oder?«

»Nein! Warum meinst du?«, fragt ihr Mund und ihre Wangen zeigen dabei höchst verräterisch, dass ich recht habe.

»Einfach so.«

»Wenn du alles wissen möchtest, erzähle ich es dir natürlich.«

»Ich will immer alles wissen.«

»Okay …« Romi grübelt, legt das Stück Pizza aus ihrer Hand in den Karton zurück. »Was wäre, wenn ich keinen Thriller schreiben möchte?«

»Möchtest du nicht?«

»Doch. Nein. Ich weiß es nicht.«

»Du weißt es nicht?«

Sie dreht ihren Kopf zu mir, blickt mir direkt in die Augen. Was immer sie gleich sagen wird, es ist ihr wichtig. Ich merke es. Also werde ich ruhiger, aufmerksamer. Ich höre zu.

»Ich habe schon immer das aufgeschrieben, was ich fühle. Meine Träume durften in meinen Geschichten weiterleben. Und meine Ängste auch. Du weißt, dass das meiste frei erfunden ist.«

Ich nicke, bitte sie stumm weiterzureden.

»Trotzdem fließt immer ein Teil von mir selbst in jedes Buch.«

»Und?«

»Ich weiß es nicht. Das ist es ja. Ich weiß einfach nicht, was ich schreiben soll. Die Idee für einen Thriller kommt nicht.«

»Und was schreibst du anstatt dessen?«

Sie grinst mich an, ist kurz davor, zu antworten. Und dann schüttelt sie den Kopf. Ihre Augen verschließen sich. Genau wie ihr Mund. Habe ich etwas falsch gemacht? Nein. Nein, ich glaube, sie braucht lediglich ein bisschen Zeit, um mir zu sagen, was das für sie bedeutet. Mein Herz hat die Antwort längst verstanden. Es klopft ganz friedlich und regelmäßig in meiner Brust. Es fühlt sich sicher.

»Anderes Thema?«, schlage ich vor und treffe auf ein dankbares Lächeln.

Statt eine Frage zu stellen, greife ich nach Romis nacktem Fuß und ziehe ihn hoch. Sie fliegt rückwärts in die Kissen, lacht lauthals los und kreischt dabei: »Wehe, du kitzelst mich. Nick, ich warne dich!«

»Das hatte ich nicht vor.«

»Was dann?«

Ihre Arme richten sich auf, sie guckt mich an. Und dann …

»Nein. Nein, nein, nein. Neeeeeein!«, brüllt sie und will mir ihren Fuß wieder entreißen.

Keine Chance. Ich halte ihn fest umschlossen und mir direkt vors Gesicht. Und dann kann auch ich mir ein Lachen nicht mehr verkneifen. Fünf dunkle Stoppeln und ein längeres Haar wachsen auf ihrem dicken Zeh.

»Du hast tatsächlich Haare auf deinen Zehen.«

»Ich rasiere sie jeden Tag. Da gibt es nichts zu sehen. Das kann gar nicht.«

»Doch, hier ist ein Langes.«

»Wo? Zeig her?«

»Genau hier, guck.« Mein Finger zeigt auf den Fuß in meiner Hand. Meine Lippen grinsen in epischer Breite.

»Lass los jetzt.«

»Wie sieht denn dein anderer Fuß aus?«

»Nick …«, versucht Romi sich an einem warnenden Tonfall. Zuckersüß.

Ich schnelle vor, packe den anderen Fuß und reiße ihn hoch. Romi schreit, lacht, schlägt nach meinen Händen. Und ich nutze die Situation aus, um mich zwischen ihre Beine zu drängen. Ich küsse sie. Stürmisch erst, gierig. Und dann immer sanfter.

Kennst du das Gefühl, wenn dein Herzschlag friedvoll wird? Wenn das Adrenalin noch durch deine Adern pumpt, jeder Schlag kräftig ist, aber allmählich an Geschwindigkeit verliert? Dann wird alles um dich herum langsamer, deutlicher. So lange, bis es gestochen scharf vor dir stehen bleibt.

»Ich liebe dich«, flüstere ich.

»Ich liebe dich auch.«

Kapitel 38

ROMI

Seit ich in Deutschland bin, schlafe ich jede Nacht bei Nick. Ich bin nicht einmal bei mir zuhause gewesen. Warum? Weil mich nichts in meine Wohnung zieht. Aus welchem Grund sollte ich meine Zeit in den vier Wänden verbringen, die mir nie vertraut geworden sind?

Richtig, weil ich meine Schuhe besuchen möchte. Das ist der einzige Grund. Okay, den Ohrensessel vermisse ich auch ein wenig. So kommt es also, dass ich zu meiner Wohnung fahre. Ich habe den Laptop im Gepäck, eine Flasche Wasser und einen Apfel. Ich will nicht lange vor Ort bleiben, aber wenn der Sessel mich einmal begrüßt hat … Ich weiß nicht, wann ich wieder aufstehen werde.

Der Briefkasten ist - wie erwartet - leer. Ich lasse mir die Post nach Kroatien schicken und aktuell kommt die Post aus Kroaten zu Nick. Ein wenig kompliziert, ich weiß. Aber das war auch alles nicht so geplant.

Jedenfalls ist der Briefkasten leer und meine Wohnung ist es auch. Außerdem ist es kühl hier und es riecht nach frischer Wäsche.

Der Geruchstest begleitet mich, wann immer ich eine verlassene Wohnung betrete. Ich mag den Gedanken, dass es nur in guten Wohnungen nach frischer Wäsche riechen kann. Nur da, wo gute Menschen wohnen. Weil nichts als reiner Duft zurückbleibt, wenn das Menschliche den Raum verlässt. Anderenfalls würde es stinken. Den Geruch kenne ich nämlich auch.

Außerdem weiß ich, was hinter den Türen von übelriechenden Wohnungen auf einen wartet. Als Kind habe ich die Augen geschlossen, bevor die Haustür aufging, und mich allein auf meine Nase verlassen. Sie hatte jedes Mal recht. Leider.

»Da seid ihr ja«, begrüße ich die Schmuckstücke in meinem Schuhregal und schaffe es so, die Schwere der Vergangenheit vor der Tür stehen zu lassen.

Ich öffne die Flügeltüren und fahre mit dem Zeigefinger über die einzelnen Schuhpaare. Eigentlich ist es jammerschade, dass ich sie hier einsperre. Ich trage sie viel zu selten. Beinahe nie. Ich gucke sie nur an. Und ich kaufe mir zu jeder Veröffentlichung eines Buches ein neues Paar, um es danach in den Schrank zu stellen.

Man könnte sagen, ich sperre meinen Erfolg ein. Ich trenne ihn vom Rest meines Lebens ab. Vielleicht auch, dass er nicht zu mir passt. Möglich. Ich aber denke, dass ich mir Tag für Tag bewusst mache, wie besonders mein Leben ist. Ich habe es geschafft. Ganz allein. Von Second Hand zu Designerschuhen.

Und das Verrückte an all dem ist, dass meine Füße sich Barfuß am wohlsten fühlen.

Sechs Stunden später gucke ich das erste Mal auf die Uhr. Es ist Nachmittag. Mein Magen knurrt und der Apfel, den ich mitgenommen habe, sieht auf einmal nicht mehr sättigend aus. Ich hole mein Handy aus der Handtasche, um nachzusehen, wann mein Lieblingsitaliener öffnet.

Auf dem Sperrbildschirm werden mit zwei Anrufe und eine Nachricht angezeigt. Die WhatsApp ist von Nick.

> Nick: Kleines, ich hoffe, du hast einen schönen Tag. Ich muss heute länger bleiben. Hast du Lust, mich besuchen zu kommen?

Meine Finger fliegen über die Displaytastatur.

> Romi: Gerne. Ich melde mich, wenn ich loslaufe. Bis heute Abend. Kuss.

Die Anrufe sind beide von einer unbekannten Nummer. Ich tippe auf das Anrufsymbol und bin gespannt, was mich erwartet.

»Romi?«, meldet sich eine Frauenstimme.

»Ja?«

»Super, das du zurückrufst. Hier ist Laura, die Freundin von Raphael. Also von Nicks Kumpel. Weißt du, wer ich bin?«

»Natürlich weiß ich das. Hi Laura.«

»Ach klasse. Warum ich anrufe: Hast du Lust mit mir auszugehen?«

Als ich nicht direkt antworte, quatscht Laura weiter.

»Raph ist mit Liam zum Schwimmkurs, ich bin ganz allein zuhause und mir fällt die Decke auf den Kopf. Außerdem habe ich Hunger und…«

»Sehr gerne«, erlöse ich sie von ihrem Erklärungswahn.

Ehrlichgesagt habe ich mir Laura tougher vorgestellt, vorlauter. Auf den ersten Eindruck wirkt sie aufgeregt auf mich, fast schon niedlich. Wer weiß, vielleicht ändert sich das, wenn ich sie gleich treffe.

»Ich wollte gerade nachsehen, wann das *I Galetti* öffnet, hast du Lust?«

»Spaghetti mandorle e pompdoro? Hmm …«, seufzt sie. »Ich bin dabei. Wollen wir uns da treffen? In einer halben Stunde?«

»Perfekt.«

»Ich freue mich schon.«

»Ich mich auch«, gebe ich zurück.

Und genau das mache ich. Ich freue mich. Es ist lange her, dass ich eine Freundin hatte. Steffen, die Scheidung, der Erfolg, Kroatien … Die letzten Jahre haben mich zum Einsiedler gemacht.

Schließlich habe ich eine andere Frau dafür bezahlt, dass sie mir zuhört. Eine der besten Entscheidungen überhaupt. Ohne Dr. Lange hätte ich meine Vergangenheit niemals bewältigen können. Ich hätte mich nicht bei dem Blind Date angemeldet, hätte Nick nicht getroffen, wäre nicht verliebt. Und jetzt scheint mir mein neues Leben sogar eine Freundin schenken zu wollen.

Vielleicht bin ich ein wenig zu euphorisch … Ganz bestimmt sogar. Trotzdem lasse ich das Gefühl zu, packe meine Handtasche und stürme aus der Wohnung. Bis zum *I Galletti* ist es nicht besonders weit. Ich kann laufen. Und das mache ich auch.

»Laura?«, spreche ich eine dunkelhaarige Frau an, die allein an einem der kleinen Tische auf der Terrasse sitzt.

»Ähm, nein«, antwortet diese und schenkt mir einen abschätzigen Blick.

Ich bin gerade dabei, mich weiter umzugucken, als ich es hinter mir kichern höre. Ich drehe mich um und blicke einer eindeutig schwangeren Frau in ihr wunderhübsches Gesicht.

»Hi Romi«, strahlt Laura mich an.

Und dann nimmt sie mich in den Arm. Ganz selbstverständlich. Laura ist die zweite Frau innerhalb einer Woche, die meinem Herzen ein kleines Fünkchen Wärme schenkt.

»Hi.«

»Komm, wir setzen uns hier hin, dann haben wir alles im Blick«, beschließt sie und wählt einen Tisch mitten im Geschehen aus.

Ich mag es, eher am Rand zu sitzen, unauffällig zu sein, aber das kann sie nicht wissen. Also setze ich mich.

Es gibt Tage, an denen ich problemlos durch die Stadt laufen kann. Ich gehe ins Kino, setze mich ins Café, bin mitten unter Leuten und keiner erkennt mich. Das ist sogar der Regelfall. Aber es gibt eben genauso Tage, an denen ich erkannt werde. Erkannt und angesprochen. Und dann gibt es Tage, an denen scheinbar alle Leute um mich herum genau wissen, wer ich bin und nichts lieber möchten, als mir genau das mitzuteilen.

»Romi? Romi Rosendahl?«, fragt eine aufgeregte Stimme hinter uns. Bevor ich antworten kann, redet der Mann, dem die Stimme gehört weiter: »Das gibt es ja nicht. Wenn ich das meiner Frau erzähle, die flippt aus. Es ist nämlich so, dass wir all Ihre Bücher gelesen haben. Alle. Und jetzt kommts: Wir sind uns sicher, dass der Kerker der verlassenen Villa im Wald – der aus ihrem letzten Buch - das Geberetti Anwesen sein muss. Oder? Oder?«

Seine Augenbrauen hüpfen gespannt auf und ab, auf den speckigen Wangen liegt eine Spur Röte. Der Mann ist ein Schauspiel für sich und er ist vollkommen außer sich. Wegen mir. Damit konnte ich nie wirklich gut umgehen, weswegen ich auch jetzt ein wenig ins Stottern gerate.

»Ich kenne das Geberetti Anwesen nicht. Das tut mir leid.«

»Nicht? Warten Sie, ich zeige es Ihnen«, sagt er und ist schon dabei, sein Handy aus der Hosentasche zu ziehen. Anstatt mir aber irgendein Foto zu zeigen, hält er inne.

»Dürfte ich wohl?«

Das Handy in der Hand und sein schüchterner Blick komplettieren die Frage.

»Aber sicher.«

Er lehnt sich zu mir, greift mit dem Arm über meine Schulter und knipst ein paar Fotos. Dann guckt er sich entzückt die Bilder an, bedankt sich und dreht sich wieder um. Ich bekomme das Bild von mir nicht zu sehen. Dafür höre ich, wie er seinem Gegenüber berichtet, wer ich bin. Und ihn gleich danach auffordert, auch ein Bild mit mir zu machen.

Das ist der Augenblick, an dem ich aufstehen und das Restaurant verlassen würde. Aber ich bin heute nicht allein. Laura ist hier und ich wage einen Blick in ihr Gesicht.

»Scheiße. Wollen wir was zum Mitnehmen bestellen?«

»Unbedingt.«

»Hast du gesehen, wie er dich angeguckt hat?«, prustet Laura, als wir wenig später in ihrem Garten sitzen.

»Du kriegst dich nicht mehr ein, oder?«

»Das war zu köstlich. Und dann hat er dir nicht mal gezeigt, was das jetzt für eine Villa ist, die er meint.«

»Und das Bild von uns auch nicht.«

»Genau!« Empört schnappt sie nach Luft. »Das hat er sich ganz allein angeguckt. Wie frech ist das denn? Was, wenn du total blöd auf dem Bild aussiehst?«

»Dann habe ich jetzt Pech gehabt.«

»Passiert dir das öfter?«

»Dass ich blöd auf Bildern aussehe? Andauernd.«

»Nein. Dass du angesprochen wirst.«

»Eigentlich nicht. Ich gehe aber auch selten aus. Außerdem bin ich die Hälfte des Jahres in Kroatien.«

»Das stimmt natürlich. Bist du deswegen dorthin gezogen, weil das Interesse an deiner Person zu groß war?«

Irgendwie schafft Laura es, Fragen zu stellen, auf die ich antworte. Ehrlich. Und das, obwohl ich sonst nichts über mich preisgebe.

»Nicht nur. Ich hatte mich von meinem Mann getrennt, ich wollte meine Ruhe haben und dann kam die ganze Sache mit der Bekanntheit dazu.«

»Deinem Mann?«

»Ich war schon einmal verheiratet. Hat Nick das nicht erzählt?«

»Nein, das hat er nicht. Aber er hat in letzter Zeit ohnehin wenig erzählt«, sinniert Laura.

Ihre Stimme klingt dabei nicht böswillig und ich habe auch nicht das Gefühl, dass sie mich dafür beschuldigt, Nicks Zeit übermäßig zu beanspruchen. Es ist nur ein laut ausgesprochener Gedanke, den sie mit mir teilt. Und genau das bringt mein Herz dazu, sich zu öffnen.

»Das liegt vielleicht daran, dass ich ihm unglaublich viel erzählt habe, das er für sich behalten möchte.«

»Oh.«

»Weißt du, ich-«, beginne ich und werde von Lauras Hand auf meinem Unterarm unterbrochen.

»Romi, so war das nicht gemeint. Du hast jedes Recht, Dinge für dich zu behalten und Nick wird deine Geheimnisse bewahren. Er ist ein verdammt guter Mann.«

»Das weiß ich.«

Sie lächelt, lässt ihre Finger noch einmal sanft zudrücken, bevor sie meinen Arm wieder verlassen.

»Erzähl mir lieber, wie er im Bett ist.«

»Waaaas?«, pruste ich und beginne dann richtig laut zu lachen.

»Komm schon, gönn mir meinen Spaß«, funkelt sie mich an. Sie beugt sich über den Tisch und flüstert verschwörerisch: »Ich habe Nick einmal nackt gesehen. Das war, nachdem die Männer eine Kanutour gemacht haben. Er hat sich im Gebüsch umgezogen und ich habe hingesehen.« Eine kurze Pause später fügt sie hinzu: »Ganz genau hingesehen.«

Mein Grinsen scheint Geschichten zu erzählen. Laute, erotische Geschichten, die alles andere als jugendfrei sind.

»So gut?«

Ich lache, schüttle den Kopf und beschließe dann, ihr ein kleines bisschen mehr für ihre Gedanken zu schenken.

»Warst du schon mal auf einer Wildwasserbahn?«

Laura nickt, schüttelt den Kopf und dann scheint sie nicht zu wissen, was die richtige Antwort ist.

»Du gehst gerne Schwimmen und - vollkommen klar – die Rutschen sind das Beste am Schwimmbad. Viele machen richtig Spaß, einige sind langweilig und die meisten sind einfach zu kurz. Aber eine Wildwasserbahn …«

Ich schließe genießerisch meine Augen, lasse meine Stimme ein wenig leiser werden. Tiefer.

»Eine Wildwasserbahn schleudert dich durchs Wasser, presst dich gegen die Beckenwand und drängt dich unaufhörlich weiter. Sie beherrscht dich. Du hast keine andere Chance, als ihrem Weg zu folgen. Und du genießt ihn vom Anfang bis zum Ende. Sie hat Stromschnellen, Hügel und steile Abfahren. Aber auch einzelne ruhigere Passagen. Vielleicht einen Whirlpool, kleine Bereiche zum Verschnaufen. Und dann kommt das Ende. Sie zieht dich mit sich. Mit dem Kopf unter Wasser. Und bevor du weißt, wo du bist, lässt sie dich Kopf über ins Becken stürzen.«

»Wildwasserbahn …«, haucht Laura anmutig. »So ein Teufelskerl.«

»Das ist er.«

Wir teilen ein Grinsen. Und dann ist er auf einmal da. Der Moment, der aus Laura und mir Freundinnen macht.

Später fährt sie mich ins ***Stars***. Ich hätte gerne Raphael kennengelernt und natürlich Liam, Lauras Sohn. Aber das werde ich schon bald. Wenn ich daran denke, wie bald, muss ich grinsen. Laura hat überhaupt keine Ahnung. Und sie wird sich so unglaublich freuen.

Wir haben den ganzen Abend miteinander gelacht, einander einiges aus unserem Leben erzählt und wir haben von unseren Männern geschwärmt. Laura ist glücklich, vollkommen unbeschwert, frei. Und sie ist verliebt. Genau so sollte man sich fühlen, bevor man einen Antrag bekommt. So und nicht anders.

Wenn ich acht Jahre zurückdenke an den Moment, als Steffen mich gefragt hat, an das Gefühl in meiner Brust … Damals war ich erstaunt. Ich konnte gar nichts anderes als *ja* sagen.

Wenn man sein ganzes Leben lang nur Graubrot gegessen hat - mehr nicht - und dann kommt jemand, der dir Gemüse zeigt, es dich probieren lässt und sagt, du könntest bei ihm jeden Tag Gemüse essen und das so viel du willst. Würdest du dann nicht auch *ja* sagen? Oder würdest du dich fragen, ob es etwas anderes gibt?

Ich habe *ja* gesagt. Ich habe nicht einen Moment darüber nachgedacht, dass es mehr geben könnte. Ich wollte kein Graubrot mehr. Nie wieder.

Dass mir nicht jede Gemüsesorte schmecken wird, habe ich erst später begriffen. Ich musste sie trotzdem essen. Dass es auch Obst gibt, Fleisch und Fisch, andere Backwaren, Getränke und so vieles mehr … Das wusste ich nicht. Ich bin wahrscheinlich noch immer dabei, die unglaubliche Vielfalt des Lebens zu entdecken.

Ich hätte nicht *ja* sagen sollen. Das weiß ich jetzt. Aber Laura? Laura weiß genau, was das Leben für sie bereithält. Und Raphael macht ihr Leben reicher. Die beiden werden heiraten, weil sie sich lieben. Daran ist einfach alles richtig und ich kann nicht anders, als mich von ganzem Herzen für sie zu freuen.

»Willst du noch mit reinkommen?«, frage ich, als Laura vor dem *Stars* anhält.

»Heute nicht.« Sie lacht kurz auf. »Ich muss erst die Bilder aus meinem Kopf vertreiben. Sonst sehe ich Nick an und stelle mir vor, mit ihm im Schwimmbad zu sein. Wildwasserbahn.« Genießerisch schließt sie die Augen, legt eine Hand an ihr Herz. »Süße, das geht nicht. Nick ist dein Mann und ich werde jetzt zu meinem fahren und ihn zum Schwimmen überreden.«

»Das hört sich sehr gut an.«

»Ich weiß!«

»Danke für den schönen Tag mit dir.«

Ich schnalle mich ab und verharre einen Moment in der Bewegung. Ich werde Laura zum Abschied umarmen. Ganz selbstverständlich. Weil wir Freundinnen sind und man das so macht. Warum kann ich so gut mit Worten umgehen und so furchtbar schlecht mit allem, was körperlich ist? Das ist lächerlich. Los, Romi.

Ich gucke hoch und sehe sie grinsen.

»Du hast überlegt, ob du mich umarmen sollst, oder?«

»Wie kannst du mich schon so gut kennen?«

»Süße, du brauchst nicht viele Worte, um zu erklären, dass es wenig Liebe in deinem Leben gab.« Ich will meinen Kopf senken, mich verstecken, irgendwie aus der Situation flüchten. Aber Laura lässt mich nicht. Sie blickt mir direkt in die Augen. »Und das ändert sich jetzt okay?«

»Okay.«

Arme ziehen mich an eine schlanke Schulter. Laura drückt mich fest an sich. Und ich drücke zurück.

Dann öffne ich die Tür und laufe auf das alte Gebäude zu.

Ich gehe durch die offene Tür, lasse meinen Blick durch den Raum gleiten und bleibe an der Bar hängen. Die verspiegelte Wand mit all den Schnapsflaschen ist ein echter Eyecatcher.

Und genau davor steht er. Schwarzes Hemd, hochgekrempelte Ärmel, ein Bierglas in der Hand und ein Lächeln auf den Lippen. Zweifelsfrei, er ist ein Teufelskerl. Mein Teufelskerl.

Kapitel 39

NICK

Das *Stars* ist mein Revier. Hier habe ich früher gefeiert und die ein oder andere Frau kennengelernt. Später habe ich hier gearbeitet und dabei viele Frauen kennengelernt. Dann kam wieder eine längere Partyzeit und schließlich habe ich das *Stars* gekauft, hier gearbeitet und … Frauen kennengelernt. Du weißt, was *kennengelernt* heißt, oder? Jedenfalls ist das *Stars* mein Revier. Hier jage ich, hier esse ich, hier arbeite ich, hier bin ich.

Und auf einmal ist es so, dass ich nicht mehr daran interessiert bin, Frauen *kennenzulernen*. Ich arbeite trotzdem hier und ich mag meinen Job – das mache ich wirklich – trotzdem ist es anders. Der Blickwinkel hat sich geändert. Ich bin jetzt mehr Chef und weniger Kollege. Ich denke an Umsatzsteigerung, sinnvolle Öffnungszeiten, plane die Schichten anders ein. Ich verbringe mehr Zeit im Büro als hinter dem Tresen.

Und ich denke daran, wie es funktionieren kann, weniger vor Ort zu sein, um mehr … was eigentlich? Irgendwo anders zu sein? Ja. Ja, ich glaube, genau darauf läuft es hinaus. Ich möchte etwas finden, dass mich glücklich macht. Privat, beruflich, allumfassend.

Der Gedanke hinterlässt ein warmes Gefühl in meiner Brust. Das nächste Bier wechselt den Besitzer, ich kassiere das Geld ab, werfe einen lustigen Spruch in grinsende Gesichter, denke weiter nach. Ich bin kurz davor, die Lösung zu finden, mein Verstand gräbt bereits in die richtige Richtung, als ich sie entdecke. Romi. Sie steht im Eingangsbereich und lächelt mir zu.

Und dann wird es mir klar. Alles wird klar. Das *Stars* war mein Anker. Der Platz, der meine Sorgen nicht kennt, der mich leben lässt. Bis jetzt. Weil ich jetzt nicht mehr vor etwas davonlaufe und Sicherheit suche. Ich habe sie gefunden. Und mit Sicherheit im Herzen brauche ich nicht mehr zu fliehen. Ich kann auf etwas zugehen. Keine Ahnung, was das sein wird, ehrlich nicht. Aber ich kann! Und das ist ein verdammt geniales Gefühl.

»Hallo schöner Mann«, begrüßt Romi mich.

Ich schenke ihr ein Lächeln, beuge mich über den Tresen und spitze meine Lippen. Sie folgt meiner Einladung, lehnt sich vor.

Sie sieht glücklich aus, sie strahlt. Das und die Gedanken von vorhin lassen mich übermütig werden. Ich packe ihren Hinterkopf mit beiden Händen, presse meine Lippen auf ihren Mund, lege eine Show hin. Um uns herum bricht Grölen aus. Irgendjemand stimmt einen Trinkspruch an und dann wird auch schon gezählt.

Zehn. Neun. Acht … Fuck, ich dränge Romi in eine Situation, die ihr ganz und gar nicht gefallen könnte. *Sieben. Sechs.* Ich lockere meinen Griff, gebe ihre Lippen frei, blicke in ihre Augen. *Fünf.* Sie funkelt mich an, grinst, lacht. *Vier. Drei. Zwei.* Und dann packt sie mein Gesicht und zieht mich zu sich. *Eins.* Ihr Mund prallt auf meinen. *NULL!*

Eine kalte Lawine klatscht mir auf den Rücken, Schreie explodieren in meinen Ohren und Romis Zunge dringt in meinen Mund. Sie kreischt, sie lacht und sie küsst mich. Immer wieder küsst sie mich. Bis wir uns atemlos gegenüberstehen.

Romi wird von Nora begrüßt, von der ganzen Mannschaft und ich werde wie ein Held gefeiert. Nick, der endlich eine Frau an seiner Seite hat. Irgendwie ist es albern, auf jeden Fall witzig und dann fühlt es sich schön an. Romi ist hier willkommen. Alle freuen sich für uns. Und das Beste ist: Sie fühlt sich wohl damit. Ich sehe es an dieser Art echtem Lächeln auf ihren Lippen, das sie nur zu besonderen Augenblicken herausholt. Nur dann, wenn sie wirklich ehrlich glücklich ist.

Der Abend beginnt herrlich und genau so geht er weiter. Erst hole ich Romi hinter die Theke, bediene mit ihr gemeinsam. Wir arbeiten gut zusammen. Romi ist schnell, sie sieht und hört einfach alles und sie weiß, wie man mit Kunden umgeht. Sie lacht. Sie lacht den ganzen Abend und sie scherzt mit den Frauen, flirtet mit den Männern, verteilt freche Sprüche genauso selbstverständlich, wie sie Bier zapft, Cola einschüttet und Sektflaschen entkorkt.

Heute lerne ich Romi von einer vollkommen neuen Seite kennen. Sie fühlt sich pudelwohl inmitten vieler Menschen. Bisher waren wir immer allein. Sowohl in ihrem Haus als auch in meiner Wohnung. Wir haben abseits der übrigen Restaurantgäste gegessen, sind zu zweit schwimmen, schnorcheln und wandern gegangen. Wir waren allein. Und ich dachte, das läge an Romi, ihrer Bekanntheit und daran, dass sie sich nur so wohlfühlt.

Ha! Falsch gedacht. Ein Blick nach links bestätigt mir einmal mehr, wie falsch ich lag. Und deswegen beschließe ich, dass wir genug gearbeitet haben. Jetzt ist Feierabend.

Ich stehle Romis Hand, ziehe sie zu mir.

»Komm, wir tanzen«, flüstere ich in ihr Ohr und laufe los.

Romi folgt mir auf die Tanzfläche und bleibt dicht vor mir stehen. Sie brüllt gegen die laute Musik an: »Wir können doch nicht einfach so tanzen gehen.«

»Warum denn nicht?«

»Hast du nicht gesehen, was los ist?«

Ich beuge mich vor, lasse meine Hände ihren Rücken hinabgleiten, senke meinen Kopf auf ihre Schulter.

»Doch«, hauche ich.

»Und du willst lieber mit mir tanzen, als zu arbeiten?«

»Genau das will ich.«

Ich drehe Romi um, presse ihren Rücken an meine Brust und lasse meine Hüften den Takt der Musik folgen.

»Nick, das geht nicht«, schreit Romi über ihre Schulter.

»Natürlich geht das.«

»Aber–«

»Sei still jetzt«, bestimmt mein Mund und erstickt jeden weiteren Protest. Romi dreht sich in meinem Arm, findet zu mir. Und dann küsst sie mich zurück. Die Musik schwingt durch meine Adern, der Kuss befeuert mein Blut und ich … bin angekommen. Das *Stars* ist mein Revier. Hier feiere ich, hier arbeite ich, hier bin ich. Und Romi ist bei mir.

Nach der letzten Runde gab es noch eine letzte Runde und danach die Allerletzte. Bis das *Stars* vollkommen leer ist, dauert es immer ein wenig. Die Putzkolonne kommt morgens um sechs Uhr, weswegen eine Stunde vorher die Lichter angehen, die Musik aus und die Theke schließt. Ansonsten hätten wir nie Feierabend.

Ich mag das Bargeschäft, aber die Arbeitszeiten sind brutal. Natürlich muss ich nicht jeden Tag von Beginn an bis zum Ende vor Ort sein. Meistens bin ich während der Öffnungszeiten gar nicht anwesend. Trotzdem finde ich es wichtig, ab und zu auszuhelfen, da zu sein. Und dann lasse ich es mir nicht nehmen, den Laden abzuschließen.

So wie heute. Es ist bereits hell, als Romi und ich das *Stars* verlassen, den Schlüssel im Schloss drehen und Hand in Hand nach Hause laufen.

»Das ist also dein Job?«

»Ja. Nein. Manchmal. Warum fragst du?«

»Weil mich interessiert, wie dein Tagesablauf aussieht.«

»Hmm. Als ich dich das letzte Mal danach gefragt habe, hast du einfach aufgelegt. Weißt du noch?«, stichle ich und drücke ihr gleich danach einen Kuss auf den Scheitel. Mein Arm liegt um Romis Schulter, ihrer um meine Hüfte.

»O Gott. Das war schrecklich, oder?«

»Japp.«

»Ich hatte so Angst, dass du nicht kommen würdest, dass du sauer auf mich wärst und nichts mehr von mir wissen wollen würdest.«

»Tja. Ich bin schon ganz schön toll.«

»Das bist du.«

Ihr Lächeln ist bezaubernd. Sie ist bezaubernd. Und das ist es, was mich von Anfang an begeistert hat.

»Was machen wir jetzt mit dem Morgen?«

»Schlafen gehen?!«, fragt Romi verdutzt und unterdrückt nur mit Mühe ein Gähnen.

Ich schmunzle. »Hast du keinen Hunger?«

»Doch, schon. Was sollen wir denn essen?«

Ein Blick von mir reicht, damit sie weiß, worauf ich anspiele.

»Eier mit Speck?«

»Und Zwiebeln!«

Kapitel 40

ROMI

Wenn die Tage schneller vergehen, liegt das meistens daran, dass man viel erlebt und wenig Sorgen hat. Meine Sorgen sind groß, sie lassen sich nicht bewältigen und sie kleben in meinen Gedanken. Trotzdem schafft die Zeit es, zu fliegen …

Jeden Morgen wache ich auf und stelle fest, dass wieder ein Tag vergangen ist, an dem ich nichts von Steffen und auch nichts vom Amtsgericht gehört habe. Ein weiterer Tag, der mich kein Stückchen näher an mein Ziel gebracht hat. Und ich frage mich, wie lang das so weitergehen soll.

Mein Fall ist kompliziert. Das ist mir bewusst. Weil Steffen nicht nur damit aufhören muss, etwas zu machen. Er muss mir auch die Möglichkeit zurückgeben, selbst handeln zu können. Ich brauche die Passwörter, den Zugriff, alles. Es ist mein Werk und er hat alle Daten. Scheiße, oder? Je mehr Zeit vergeht, desto klarer wird mir, dass es keine einfache Entscheidung ist. Keine Schnelle. Und das macht mich wahnsinnig.

So wahnsinnig, dass ich auch heute Morgen wieder aufwache, bevor die Sonne entschieden hat, dass der Morgen beginnen darf.

Ich schleiche aus dem Bett, gehe in die Küche und stelle die Kaffeemaschine an. Ich öffne meinen Laptop. Aus dem Kühlschrank hole ich Milch, aus dem Schrank neben der Dunstabzugshaube eine Tasse und den Löffel ziehe ich aus der Schublade zu meiner Rechten. Inzwischen weiß ich genau, was wo liegt, und kenne mich hier bestens aus.

Ich fühle mich wohl in Nicks Wohnung. Und bei ihm. Ich fühle mich wohl … Eigenartig, wie schnell dieses Gefühl zur Normalität geworden ist. Jetzt, wo ich es kenne, will ich es behalten. Ich möchte es in den Arm nehmen und an mein Herz pressen, es ganz fest bei mir haben und nie wieder verlieren. Es ist kostbar. Und es ist im Stande, meine Sorgen zu verdrängen. Zumindest für den Moment.

Mit der Leichtigkeit von Pusteblumenfeldern setze ich mich auf die Couch, trinke meinen Kaffee und beginne, mein neues Buch weiterzuschreiben. Die Geschichte lässt mich immer wieder innehalten, schmunzeln und mein Herz bringt sie zum Tanzen. Vorsichtig erst und dann immer wilder. Mittlerweile ist es wohl ein Tango, ein Jive oder einer dieser ausdrucksstarken Volkstänze, die mein Herz aufs Parkett legt.

Wild, leidenschaftlich, frei. So fühlt es sich an. Tief in mir. Und genau dieses Gefühl strömt aus meinen Fingern, presst die Tasten herunter, lässt sie singen.

»Guten Morgen«, durchkreuzt Nicks tiefes Brummen meinen Schreibwahn.

»Guten Morgen. Habe ich dich geweckt?«

»Nein, es ist schon acht Uhr. Ich bin von ganz allein wach geworden.« Ein Kuss trifft meinen Nacken. »Was schreibst du da?«

Aus einem plötzlichen Impuls heraus klappe ich den Laptop zu, verstecke meine Geschichte.

»Es ist … ich bin … scheiße!«, stammle ich vor mich hin, drehe meinen Kopf und blicke geradewegs in Nicks umwerfend verschlafenes Lächeln.

»Du willst es mir nicht verraten, bis du fertig bist, oder?«

»Ja«, gestehe ich und komme mir dabei mies vor. So unglaublich mies.

»Okay«, sagt er und schenkt mir noch einen Kuss.

Okay. So einfach ist das also. Mein schlechtes Gefühl verpufft augenblicklich. Offensichtlich ist es vollkommen okay, dass man sich nicht jede Kleinigkeit erzählt. Ich darf Geheimnisse mit mir selbst haben. Und ich darf Nick einweihen, wenn der Moment sich für mich richtig anfühlt. Allein für diese Erkenntnis könnte ich ihn knutschen und ihm dann doch alles erzählen. Das mache ich aber nicht. Also alles erzählen. Knutschen, das ist eine brillante Idee.

Meine Hände ziehen ihn näher zu mir heran, meine Lippen kribbeln voller Vorfreude und dann pressen sie sich besitzergreifend auf seinen Mund. Der Kuss ist schön. Er ist vertraut. Und dann wird er unterbrochen.

Es klingelt an der Haustür.

Kurz darauf wird ein Schlüssel im Schloss gedreht. Das Öffnen der Wohnungstür hinterlässt ein schabendes Geräusch. Nicks Mund, ein Knurrendes.

»Mutter. Was willst du hier?«, bellt er Sylvia an, als sie den Flur betritt.

»Hallo ihr zwei. Schön, euch zu sehen«, flötet diese.

Sie scheint Nicks Tonfall nicht bemerkt zu haben, seine Abfälligkeit nicht zu spüren. Oder aber, sie will es nicht merken. Dessen ungeachtet läuft sie auf uns zu, lächelt uns entgegen. Und ich sitze zwischen den Stühlen.

»Was willst du hier?«

»Nick. Bitte.«

Die beiden starren einander an. Nick hat sich aufgerichtet. Sein Blick trägt Waffen. Sylvias Blumen. Für mich ist nicht begreifbar, was hier vor sich geht, aber ich beginne, der zierlichen Frau den Rücken stärken zu wollen.

»Darf ich mich wenigstens setzen?«

»Sehr gerne«, purzeln zwei Worte aus meinem Mund, für die ich gleichermaßen bestraft wie beschenkt werde.

Sylvia setzt sich an den Küchentisch und ich folge ihr, nehme gegenüber Platz. Nick stellt sich hinter mich, stützt seine Hände an meiner Stuhllehne ab.

»Also?«, fragt er.

»Einen Augenblick. Ich habe etwas für dich«, sagt sie und blickt dabei in mein Gesicht. In meins! Sie hat etwas für mich?

Ich traue mich nicht, einen Blick über meine Schulter zu werfen, Nicks Augen und die Gedanken dahinter zu sehen. Ich weiß nicht einmal meine eigenen Gedanken einzuordnen. Was ich weiß, ist, dass mein Bauch zu kribbeln beginnt und meine Hände zittern. Ich bin nervös. Und ich habe das Gefühl, genau zu wissen, was es ist, dass Sylvia bei sich trägt.

»Bitteschön.«

Ein weißer Zettel findet seinen Weg von ihrer in meine Hand. Meine Augen fliegen über den Text, scannen Satz für Satz, Wort für Wort. Drei bleiben hängen, verändern alles.

Urheberrecht zweifelsfrei bewiesen.

»Ist alles wieder gut?«

Ich brauche einen Moment, um zu verstehen, was ich da in den Händen halte: Ein Gutachten, dass mich eindeutig als Urheberin benennt. Dann blicke ich auf, will ihr antworten und bemerke, dass Sylvias Augen dieses Mal nicht auf mir ruhen. Sie sind auf einem Punkt 30 cm über meinem Kopf gerichtet.

Nick schnaubt. Er nimmt den Zettel an sich. Und dann wird es ruhig. Vollkommen ruhig.

Wenn ein stiller Raum zu schweigen beginnt, fühlt es sich so an, als wären die Ohren tauchen gegangen, ohne den Körper mitzunehmen. Es ist beängstigend. Und genauso, wie das Wasser im Ohr bleibt, hallt die Stille nach, wenn man längst wieder aufgetaucht ist.

»Nick?«

»Wie bist du drangekommen?«

»Dein Vater hat-«

»Daher weht der Wind. Was verlangt er, soll ich zurück in die Kanzlei kommen? Ist es das, was ihr wollt?«

Nicks Stimme ist kalt. Er presst die Worte aus seinem Mund, lässt heraushören, was er fühlt. Sylvia antwortet ihm. Dann sagt Nick wieder etwas und dann wieder sie. Es geht hin und her.

Über meinem Kopf beginnen Krieger in die Schlacht zu ziehen. Sie tragen Schwert und Schild. Sie kämpfen. Und ich komme nicht umhin, mich zu fragen, warum der Krieg überhaupt ausgebrochen ist.

Wie bei jeder Schlacht wird es Verletzte geben. Sätze werden ausgesprochen, die man nicht mehr zurücknehmen kann. Verdrängte Gefühle bekommen eine Waffe und schlagen ziellos um sich. In dem Tumult geht der Sinn verloren und die Ohren? Sie rauschen vom immer gleichen Klang aneinander klirrender Schwerter. Es führt zu nichts. Es ist traurig. Sinnlos. Es ist die Geschichte meiner Vergangenheit. Weswegen ich abtauche.

Alles um mich herum beginnt zu rauschen. Die Sicht wird so lange unklarer, bis sie vollkommen verschwimmt. Und auch meine Gedanken werden langsamer. Ich bin wie in Trance und genieße diesen herrlich unbekümmerten Zustand, in dem ich nicht erleben muss, was vor mir passiert. Ich kann minutenlang so verharren, vermutlich Stunden. Ich bin gar nicht mehr anwesend. Stille.

Dann ändert sich etwas.

Eigenartigerweise ist es leicht, laute Geräusche auszublenden, Schreie, Drohungen, Wut. Was allerdings nicht mit den leisen Geräuschen funktioniert, nicht mit den sensiblen. Glasklar nehme ich wahr, was meine Augen und Ohren nicht im Stande sind, zu verschleiern.

Jemand weint. Mein Herz hört jedes Schluchzen und es sieht jede Träne. Und dann begreift es, dass hier nicht Trauer, sondern Glück im Vordergrund steht. Und das lässt mich meine Augen und Ohren wieder öffnen.

Nick und Sylvia stehen Arm in Arm im Flur. Sie weint und er hält sie. Dann wendet sie sich ab, wischt sich eine Träne aus dem Auge, lacht.

»Ach Mam, du musst doch nicht weinen.«

»Doch, das muss ich«, schluchzt sie und schafft es dann doch, ihr Lächeln überwiegen zu lassen. »Und jetzt stell mir bitte deine zauberhafte Freundin vor.«

»Du kennst Romi doch schon.«

Ich bin gemeint, das realisiere ich erst dank der zwei Augenpaare, die auf mir ruhen. Also stehe ich auf und stelle mich an Nicks Seite. Auch wenn ich nicht genau weiß, was alles gesagt wurde, verstehe ich, dass dieser Kampf vorbei ist. Der zwischen Mutter und Sohn. Und das ist wundervoll. Trotzdem geht mir eine Sache nicht aus dem Kopf.

»Sylvia, warum warst du hier, in Nicks Wohnung, als wir uns zum ersten Mal begegnet sind?«

»Weil ich mit Nick reden wollte.« Ihre Stimme ist glasklar, ihr Ausdruck offen. Sie guckt mich an. Und dann sagt sie: »Der Plan war, dass ich mit Nick rede und mich hier umgucke. Da er nicht zu Hause war, habe ich beschlossen, mich ohne ihn umzugucken.«

»Wessen Plan war das?«

»Der von meinem Mann.«

»Und was solltest du hier finden?« Mein Herz schlägt wieder schneller. Ich bin aufgewühlt, fühle mich bedroht. Obwohl ich doch weiß, dass von Sylvia keine Gefahr ausgeht. Sie hilft mir. Und trotzdem … fühlt es sich falsch an, dass ihre erste Intention eine andere war.

»Ich sollte herausfinden, was Nick mit dir zu tun hat.«

»Wie ich Dad kenne, solltest du dreckige Wäsche finden, damit er Romi erpressen kann«, wirft Nick ein und Sylvia nickt.

»Hast du etwas gefunden?« Meine Stimme zittert, mein Herz bricht. Weil ich verstehe, dass Steffen sich einen Anwalt gesucht hat, der im Dreck wühlt und mich kleinmachen will. Er wird nicht aufgeben.

»Das habe ich.« Sylvias Hand legt sich auf meinen Arm, sie drückt ihn. »Ich habe dich gefunden.«

Mein Verstand arbeitet noch an der Bedeutung ihrer Antwort, während mein Herz bereits alles verziehen hat. Sylvia ist mit den falschen Absichten gekommen und mit den richtigen gegangen. Und das ist alles, was zählt.

Nick erzählt mir später, dass seine Mutter wach geworden ist, als sie verstanden hat, wer ich bin. Sie hat ihre Entscheidung getroffen. Gegen ihren Mann und für ihren Sohn.

Sie hat ein Gutachten in Auftrag gegeben. Dazu hat sie all meine Bücher vorgelegt. Inklusive der drei Exemplare, die fälschlicherweise unter Steffens Namen veröffentlicht wurden. Die Logik hat gesiegt, die Mathematik, die Technik. Nick sagt, dass es ganz einfach gewesen sei. Es gäbe Algorithmen für Satzbau, Lieblingswörter, allgemeinen Sprachgebrauch und dergleichen.

Der Fall war eindeutig. Zumindest für den Gutachter.

Manchmal kann man Macht nur mit Macht bekämpfen. Aber dann gibt es Kämpfe, in denen die Logik siegt. Dieser ist einer davon. Davon bin ich überzeugt.

Und jetzt liegt es an mir, zu entscheiden, was ich möchte. Das Gutachten gibt mir Sicherheit. Ich habe nicht nur Recht, ich kann es auch beweisen. Also kann ich kämpfen. Ich kann Steffen verklagen, Schadensersatz für die Jahre fordern, in denen er sich an meinen Geschichten bereichert hat. Ich kann ihn kleinmachen und mich groß. Das kann ich wirklich …

Aber das werde ich nicht. Ich will nichts weiter, als mein Leben endgültig von Steffens Leben zu trennen. Ich will über meine Geschichten entscheiden, über meine Gedanken, über mich. Dafür kämpfe ich.

Ich kämpfe mit dem Gutachten in der Hand, mit Sicherheit im Herzen, mit Nick an meiner Seite und Sylvia daneben. Ich bin bereit. Und ich werde gewinnen.

Die Zuversicht schenkt mir meine Leichtigkeit zurück. Meinen Wohlfühlort. In dieser Wohnung, an Nicks Seite, mit ihm. Und auch mit seiner Familie. Zumindest mit einem Teil seiner Familie, aber für den Moment reicht mir das. Mir geht es gut.

Die Selbstverständlichkeit, mit der ich in eine Zukunft an Nicks Seite blicke, berauscht mich.

Ein Gefühl, so überwältigend, dass meine Lippen lächeln, meine Augen strahlen und mein Herz tanzt. Und wer weiß, vielleicht beginnt jetzt der Teil meines Lebens, an dem die Sonne jeden Tag scheint.

Kapitel 41

NICK

Wenn man lange auf einen bestimmen Tag wartet, kommt es vor, dass man plötzlich von ihm überrascht wird. So wie heute. Heute ist die Grillparty. Heute wird Raphael Laura einen Antrag machen. Heute lernt Romi meine Freunde kennen. Viel für einen Tag, ich weiß.

Deswegen ist es so, dass ich ein klein wenig aufgeregt bin. Männliche Aufgeregtheit. Und ich spüre sie auch nur unterschwellig. Aber sie ist eindeutig da. Die ganze verdammte Zeit über ist sie da. O Mann, das wird ein Tag …

»Welche Schuhe soll ich anziehen?«, fragt Romi in dem Moment, als ich mir eingestehen wollte, mehr als ein bisschen aufgeregt zu sein.

Sie hält in jeder Hand einen Schuh. Und sie sind beide scheußlich.

»Hast du noch mehr Auswahl?«

»Nein, ich habe nur die beiden eingepackt, warum?« Romi beäugt die Schuhe, blickt an sich herunter und dann wieder in mein Gesicht. »Die Farbe passt perfekt zum Kleid. Entweder die Kitten-

Heels in Taupe oder die Plateau mit helleren Riemchen?«

»Es ist eine Gartenparty.«

»Ich weiß, deswegen habe ich mich ja auch für die beiden entscheiden. Ich muss ja keine Fetisch-Heels anziehen«, zwinkert Romi mir zu und ändert schlagartig ihren Ausdruck, als sie meinen bemerkt. »Was ist los?«

Fuck. Ich hätte mich einfach für einen Schuh entscheiden sollen.

»Nichts«, lüge ich.

»Nick.«

Der Unterton in ihrer Stimme erzählt Geschichten von Folter, Strafe, Unterdrückung.

»Es ist nur-«

»Was?«

»Ich stehe einfach nicht auf hohe Schuhe, Heels, Dings. Trag doch einfach deine normalen Schuhe. Die mit den Muscheln mag ich.« Ein Glück, dass mir das eingefallen ist. Oder? Oder?

»Du meinst die Flipflops aus Kroatien?«

»Ganz genau!«

»Nick, die haben wir an der Promenade gekauft. Für 75 Kuna.«

»Und?«

»Und? Ich will heute gut aussehen, ich will deinen Freunden gefallen … Ich weiß auch nicht.«

»Wie teuer waren denn die Dinger da?«, frage ich und zeige mit leicht angewidertem Blick auf die Schuhe in Romis Händen.

»Die hier?« Ihre Stimme ist gut und gerne vier Oktaven höher als sonst. »Ach, die haben nicht so viel gekostet. Die Jimmy Choo waren 550€ und die anderen … vielleicht 750€?«

»Nicht dein Ernst.«

»Was denn? Eine Frau will schöne Schuhe haben und schöne Schuhe kosten.«

»Ja. 75 Kuna.«

»Du bist blöd.«

»Bin ich nicht.«

»Doch. Richtig viel sogar.«

»Wie viel blöd bin ich denn?«, schmunzle ich und laufe auf Romi zu.

»Zehn Meter. Mindestens.«

»Das ist ganz schön viel.«

»Vielleicht auch 15 Meter.«

Ich stehe direkt vor ihr, neige meinen Kopf. Ich rechne damit, dass sie noch etwas sagt, dass ich noch viel blöder bin. Aber sie sagt nichts. Sie zieht mich zu sich und küsst mich. Und ich küsse sie.

Irgendwann schleicht sich ein Lächeln in unseren Kuss. Und dann ihre schüchterne Frage: »Ich soll also wirklich die Muschelflipflops anziehen?«

»Ja.«

»Warum gefallen dir die anderen nicht?«

»Das bist einfach nicht du.«

»Was für ein Schuh bin ich denn?«

Ich schließe meine Augen. Egal, an welchen Moment ich zurückdenke, Romi läuft Barfuß, in Birkenstock, Schwimmschuhen oder in ihren Muschelsandalen. Sie trägt luftige Kleider oder Shirts zu engen Jeansshorts. Sie hat ihre Haare offen, geflochten oder dreht sie auf dem Kopf zusammen. Auf der Nase trägt sie Sommersprossen, in den

Ohrlöchern kleine Perlen und auf ihren Lippen ein Lächeln. Romi ist wunderschön. Und sie ist vor allem natürlich schön.

»Du bist ein Barfuß Typ.«

Romi lacht. Ihre Augen glitzern. Dann sieht sie zur Seite, schüttelt den Kopf und lacht nochmal.

»Ich habe in meiner Wohnung einen deckenhohen Schuhschrank mit vier Türen. Er ist komplett voller Schuhe wie diesen hier.«

»Oh.«

»Und weißt du was?«

Ich verneine.

»Am allerliebsten laufe ich Barfuß.«

»Warum hast du dann all die Schuhe?«

»Weil ich mir zu jeder Veröffentlichung ein neues Paar gekauft habe. Manchmal auch zwischendurch.«

Ihre großen Augen suchen mein Verständnis. Und ich weiß nicht, was ich ihnen zeigen soll. Eigentlich ist die Antwort so leicht. Nur sieht Romi sie nicht. Weil sie immer noch nicht sich selbst sieht. Und weil Rituale ihr Halt geben, obwohl der Halt aus ihrem Inneren kommt.

»Wie wäre es, wenn du dir zur nächsten Veröffentlichung etwas anderes kaufst?«

»Das könnte ich machen.«

»Wie wäre es, wenn du jetzt die Muschelschuhe anziehst?«

»Das könnte ich auch machen.«

»Dann los. Wir sind spät dran«, flüstere ich, bevor meine Lippen einen Kuss auf ihren Mund tupfen.

»Waaaas? Ich bin noch nicht geschminkt, meine Haare sind noch nicht fertig. Ich … was hast du jetzt schon wieder?«, kommentiert sie mein Augenrollen.

Aber dieses Mal sage ich nichts. Ich grinse einfach nur und setze mich auf die Couch.

Zehn Minuten später ist Romi fertig. Ihre Haare fallen in weichen Wellen über ihre Schultern und ihre Augen sehen dunkler aus als sonst. Sie ist wunderschön.

»Wir können los.«

»Einen Moment noch.«

»Was denn jetzt noch? Wir sind doch schon zu spät«, überdramatisiert Romi die fünf Minuten, die wir tatsächlich zu spät dran sind.

Ich laufe zu ihr, nehme ihren Kopf in meine Hände, presse meine Lippen auf ihren Mund. »Du sieht bezaubernd aus.«

Einen kurzen Fußmarsch später sind wir bei Raphael angekommen. Romi ist nervös. Ich merke es und ich muss gestehen, dass ich es niedlich finde. Komischerweise bin ich kein bisschen aufgeregt mehr. Ich weiß, dass meine Freunde Romi mögen werden. Außerdem sind wir heute in kleiner Runde. Es sind nur Raphael, Laura und Liam, Andreas und Elli und wir beide da. Der engste Kreis.

Ich lege meinen Zeigefinger auf die Klingel und drücke zu. Es läutet. Die Finger in meiner Hand halten mich fester an sich. Ich blicke zur Seite und spüre nichts als Liebe. Dann geht die Tür auf, Laura stürmt heraus und schließt Romi in die Arme.

»Da seid ihr ja! Kommt rein«, kreischt sie, lässt Romi los und zieht kurz darauf mich in ihre Arme. »Romi ist großartig. Sei lieb zu ihr, hörst du«, flüstert sie in mein Ohr und verschwindet ins Haus.

Was ist hier los?

Romi guckt mich mit Welpen Augen an, lächelt. »Ich habe ganz vergessen, dir zu sagen, dass ich Laura schon kennengelernt habe.«

»Das hast du wohl.«

»Ich mag sie.«

»Das höre ich gerne, ich mag sie nämlich auch.«

Mein Mund strahlt mit dem von Romi um die Wette. Wir treffen uns für einen schnellen Kuss und laufen dann ins Haus und gleich darauf in den Garten.

Die Männer versammeln sich am Grill, trinken Bier und erzählen. Die Frauen sitzen mit Liam im Gras. Der Abend verstreicht mit guter Laune und den typischen Witzen unter Freunden.

Immer, wenn ich zu Romi herübersehe, sieht sie glücklich aus. Sie zwinkert mir zu, schickt mir einen Kuss durch die Luft, lacht. Ihr geht es super hier und nichts anderes hätte ich erwartet. Na ja, zumindest jetzt, wo ich weiß, dass es genau so abläuft. Die Aufregung von vorhin will ich nicht unter den Tisch kehren, wobei das wirklich übertreiben war.

Und dann fällt mir ein, dass jemand anderes hier wahrscheinlich vor lauter Aufregung platzt.

»Und?«, frage ich Raph mit gesenkter Stimme, »Wann ist es soweit?«

»Keine Ahnung.«

»Wie, keine Ahnung?«

»Vielleicht einfach jetzt?«

»Das ist dein Ding, du musst doch wissen, wann du fragen willst.«

»Dann jetzt«, beschließt er und wirkt alles andere als zuversichtlich.

Ganz ehrlich, einen so starken Mann so unsicher zu sehen … Das ist ganz schön eigenartig. Ich erkenne meinen besten Freund gar nicht wieder und will ihm helfen.

»Du machst das schon«, spreche ich einen der besten Ratschläge in der Weltgeschichte aus und haue ihm dazu demonstrativ auf die Schulter.

»Schwachkopf.«

»Selber. Und jetzt los.«

»Okay, ich geh den Ring holen«, sagt er und läuft ins Haus.

Ich beobachte, wie Raph sich hinkniet, mit Liam redet und ihn dann bei der Hand nimmt. Die beiden gehen zusammen durch die Tür.

Das ist der Moment, an dem ich zu den Frauen laufe. Und mitten in einen höchst emotionalen Moment platze. Romis Hand liegt auf Lauras Bauch und Laura hält sie mit beiden Händen fest.

»O Gott, Romi, du musst nicht weinen. Wie süß du bist!«, seufzt Laura und zieht Romi in ihre Arme.

»Bild dir nichts ein, Romi ist eine Heulsuse«, will ich die Situation auflockern.

»Ey! Nenn sie nicht so.«

»Ja, Nick. Nenn mich nicht so.«

»Sorry, Schatz. Wirklich. Aber Laura und Elli werden jede Menge in deine Tränen hineininterpretieren. Wirklich jede Menge. Und du weinst nun mal oft.« Ich blicke in drei ungläubige Augenpaare. »Nachher glaubt jemand, du würdest weinen, weil du dir auch so sehr ein Baby wünschst.«

Stille.

Ich lasse meinen Blick von Laura zu Elli und schließlich zu Romi wandern. Keiner sagt ein Wort.

»Du bist doch eine Heulsuse, oder?«, frage ich und bin mir nicht sicher, ob ich für die Antwort bereit bin. Moment, das stimmt so nicht. In mir kribbelt es warm, wenn ich daran denke, ein Kind zu bekommen. Mit Romi. Wie verrückt ist der Gedanke? Wo kommt er auf einmal her und warum zum Teufel grinse ich? Fuck!

»Ich bin eine Heulsuse«, bestätigt Romi meine Aussage. »Keine Angst.«

»Dann ist ja gut«, höre ich mich sagen, während mein Herz mir ganz andere Worte in den Mund legen wollte.

Dann beuge ich mich zu Romi hinab und küsse ihre Wange. Ich bleibe neben ihr stehen. Unauffällig. Und ich sage nichts weiter. Weil ich den Stimmen lausche, die in mir lauter werden. Ich weiß ganz genau, was sie mir sagen wollen und dann wieder nicht. Ich höre sie, ohne sie zu verstehen. Ich lächle, grinse, strahle. Weil das Gefühl tief in mir großartig ist.

Und dann treffe ich auf Lauras Blick.

»Komm, Großer, ich hol uns ein Bier.«

Kapitel 42

ROMI

Mein Heiratsantrag von Steffen war unspektakulär. Eine einfache Frage. *Willst du mich heiraten?,* klingt genau wie: *Gibst du mir die Butter?* Es ist ja nur eine Frage, mehr nicht.

Deswegen hatte ich keine großen Erwartungen. Zumal nicht mir, sondern Laura die Frage gestellt wird. Und das von einem Mann, den ich nicht einmal kenne.

Tja, was soll ich sagen … *Willst du mich heiraten?* klingt wie eine Schneeflocke, die auf deinem Gesicht landet. Sanft. Zart. Vollkommen. Es ist alles, was du liebst, was du bist und was du dir schon immer gewünscht hast in einer einzigen Frage.

Willst du mich heiraten? ist der Moment, den Laura und Raphael uns allen schenken. Weil ihre Liebe zueinander riesengroß ist. Sie fliegt durch die Luft und rieselt in kleinen Glitzerpartikeln auf uns nieder. Und ich sauge ein, was der Moment mir gibt.

Meine Hand findet die von Nick, mein Herz hält seins fest umschlungen. Und als Laura *ja* sagt, ist es für einen winzigen Moment so, als würde auch ich *ja* sagen.

Vielleicht ist es egoistisch, dass ich ihren Moment als meinen spüre. Ich weiß es nicht. Was ich weiß, ist, dass mein Herz in diesem Augenblick so heftig schlägt wie lange nicht. Es klopft, es poltet, es hämmert. Irgendetwas will es mir sagen.

Ich höre ganz genau zu, will die Bedeutung jedes einzelnen Herzschlages verstehen, aber es sind zu viele, sie sind zu schnell. Sie rufen alle durcheinander und ich verstehe nicht ein Wort. Bis Nick sich zu mir dreht, sein Gesicht an meine Halsbeuge senkt und mich küsst. Und dann haucht er: »Ich würde dich gerne etwas fragen.«

Außerstande zu antworten, nicke ich lediglich.

»Würdest du für die Liebe deines Lebens das Land verlassen? Würdest du der Liebe deines Lebens überall hin folgen? Bedingungslos?«

»Der Liebe meines Lebens?«, flüstere ich.

»Der Liebe deines Lebens.«

Es wird still um mich herum. Und auch in mir drin. Jetzt spüre ich jeden einzelnen Herzschlag ganz deutlich. Und ich weiß genau, was er mir sagen will.

»Ja.«

Epilog

ROMI

Ich bin Romi. Ich lebe in Kroatien, in einem kleinen Haus am Ende einer Küstenstraße. Ich brauche nicht viel, um glücklich zu sein. Nur meine Hängematte, die Sonne und das Meer. Dazu habe ich diesen ganz besonderen Sessel, der vor meinem Kamin steht. Er ist pink, er ist weich und er kennt all meine Geheimnisse. Ich bin demnach mehr als glücklich.

Und weißt du, was das Schönste ist? Es gibt eine Steigerung davon, mehr als glücklich zu sein. Ich nenne es *das Eier-mit-Speck-und-Zwiebeln-Empfinden*. Du hast bereits etwas Köstliches und gibst noch eine Zutat hinzu, die aus köstlich einen Genuss macht. Man könnte auch *Sahnehäubchenempfinden* sagen, aber das wäre plakativ. Ich mag das Besondere. Und ich mag meine Extrazutat. Liebe.

Liebe steckt in jeder einzelnen Geschichte, die ich veröffentliche. Liebe lebt in den Besuchen von Laura, Raphael, Liam und Emma, die ihre Urlaube hier verbringen. Sie wohnt in den Telefonaten mit Sylvia und ihrem Wunsch, Zeit mit uns zu verbringen. Liebe ist mein ständiger Begleiter. Sie tanzt durch meinen ganzen Körper. Und wer weiß, vielleicht bündelt sie sich irgendwann in meinem Bauch.

Der bloße Gedanke daran lässt mein Herz seufzen. Ich blicke zur Seite und treffe auf ein unverschämt breites Grinsen. Er kann unmöglich wissen, was ich gerade gedacht habe, oder? Doch … Doch, ich glaube, Nick weiß es ganz genau. Außerdem glaube ich, dass es ihm genauso geht.

Ich bin Romi. Ich bin Liebesromanautorin. Ich schreibe, was ich fühle. Und ich glaube an die Liebe auf den Herzensblick. Du auch?

Danksagung

Verdammtesaukackmistwichsscheiße,
DANKESCHÖN!

Für Abende mit offenen Ohren und offenem Herzen. Für gemeinsames bangen, freuen, lachen. Für all eure Ideen und das Verständnis, dass nichts davon in einen Liebesroman passt. Ich danke euch für eure Liebe. Immer. Weil ihr meine seid. Mein Mann und mein Sohn. Meine Liebe auf den Herzensblick.

Für euer Lachen und eure Tränen, die beste Sorte von Umarmungen und all eure Liebe. Dankeschön Mama und Papa.

Für die wundervollen Schreibabende, das Cheerleading, Voicemails, Gin Tonic und Weißwein mit dir, liebe Annie Stone.

Dafür, dass wir zusammen am lautesten lachen und du jede meiner Ideen mit mir feierst, liebe Anya Omah.

Tomke Jantzen (Honey), dir danke ich dafür, dass mit dir alles Gute heller strahlt und alles Schlechte verblasst.

Annika Born und Sandra Nuß: Ich danke euch für die besten Momente:

Ich will Vin Diesel
Das bist einfach du!
Ich schmier auch Butter unter die Nutella.
Sag mal, hast du denn Haare auf den dicken Zehen?
Ich liebe euch.

Mein Eskalationsteam: Franzi und Nici, ihr habt euch in mein Herz geschlichen. Ganz heimlich. Und jetzt seid ihr da. Ich lache, weine, tanze und singe mit euch. Und ich danke euch. Ihr seid meine Herzensbuddies, mein Eskalationsteam, mein schönster Song am Morgen und mein Lachen zwischendurch. Ihr seid großartig. Ist so!

Meine Crew: Was würde ich ohne eure Hilfe machen? Ich danke euch von Herzen für die vielen Kommentare, Sprachnachrichten, jeden einzelnen Smiley und die Begeisterung für meine Geschichte. Diana, Kristina, Lisa und Sara: Fühlt euch gedrückt.

Meine Buchpatentanten: Ihr seid wundervoll. Von Herzen vielen Dank für eure Unterstützung, die vielen Ideen und eure Hilfe. Ihr habt meinem Buchbaby einen ganz besonderen Start geschenkt.

Liebe Rose Bloom, ich liebe liebe liebe das Cover. Von Anfang an. Dankeschön, dass du meiner Geschichte diese wunderschöne Verpackung geschenkt hast.

Tausend Dank für jeden Fehler, den du siehst und damit meine Geschichte so viel besser machst, liebe Ruth Pöß.

An alle Blogger: Ihr rockt! Ich bin unendlich glücklich, dass ihr mich unterstützt. Jedes Foto lässt mein Herz höherschlagen und die ein oder andere Rezension treibt mir die Tränen in die Augen. Dankeschön.

Abschließend möchte ich mich bei dir bedanken. Weil du meine Geschichte gelesen hast. Bis hier hin. Was das für mich bedeutet? Alles! Es ist das schönste Gefühl überhaupt. Das *Eier-mit-Speck-und-Zwiebeln-Empfinden*. Und dafür danke ich dir.

Und wenn dir meine Geschichte auch etwas bedeutet hat, sie dir gefällt und du mir davon erzählen magst: Unglaublich gerne. Du findest mich auf Instagram und Facebook und meine E-Mail-Adresse lautet: lenia.vdweide@gmx.de.

Eine kurze Rezension auf Amazon wäre grandios.

Rezept: Eier mit Speck und Zwiebeln

ZUTATEN:

5 Eier
1 Zwiebel
80 ml Schlagsahne
6 Scheiben Speck
Butter
Salz
Pfeffer

ZUBEREITUNG:

Die Zwiebel in Würfel scheiden. Eine Pfanne auf den Herd stellen und erhitzen. Den Speck auf beiden Seiten anbraten und rausnehmen. Danach einen guten Stich Butter in die Pfanne geben und die gewürfelte Zwiebel darin anschwitzen.

Eier mit Sahne, Salz und einer Prise Pfeffer in einer Schüssel verrühren und dann in die Pfanne hinzugeben.

Eiermasse stocken lassen, gelegentlich rühren.

Fertiges Ei mit Speck belegen und mit zwei Gabeln direkt aus der Pfanne essen.

Printed in Great Britain
by Amazon

47049852R00215